Five

Tous droits réservés. Ce livre, ou quelque partie que ce soit, ne peut être reproduit de quelque manière que ce soit sans la permission écrite de l'éditeur.

Ce livre est une fiction. Les noms, caractères, professions, lieux, événements ou incidents sont les produits de l'imagination de l'auteur utilisés de manière fictive. Toute ressemblance avec des personnages réels, vivants ou morts, serait totalement fortuite.

© 2018, Marjy Noname Stories by Fyctia

Image de couverture : © Shutterstock
Conception graphique : Laëtitia Kalafat

Collection « New Romance® » créée par Hugues de Saint Vincent, dirigée par Arthur de Saint Vincent
Collection « Hugo Poche » dirigée par Franck Spengler
Ouvrage dirigé par Lea Mariani

© 2019, Hugo Poche
Département de Hugo Publishing
34-36, rue La Pérouse
75116 Paris
www.hugoetcie.fr

ISBN : 9782755641486
Dépôt légal : juin 2019
Imprimé en Espagne en mai 2023 par Liberduplex

MARJY NONAME

Hugo Poche

NEW ROMANCE

*Contre le véritable mal, on ne trouve
réparation que de deux manières :
le pardon absolu ou la vengeance mortelle.
Et jamais je ne pardonnerai ce que j'ai subi.*

Evy

*Son regard m'obsède,
ses silences me narguent.
Plus elle se renferme,
plus je veux tout connaître d'elle.
Ses pensées, ses douleurs,
ce qui un jour pourra la faire sourire.*

Noah, alias Five

PROLOGUE

EVY

* *Kenny*
* *Cobb*
* *Hoggan*
* *Lyons*
* *Five*

Je fixe le passage de l'autre côté de la rue et j'agrippe l'arme dans la poche de mon sweat.

CHAPITRE 1

EVY

— Alors, tu en as ?
— Oui, mais tu vas attendre.
— Quoi ? Non, putain, il m'en faut…

Il est fébrile, il tremble et a le regard fuyant. Un vrai junkie, ce mec. Pathétique. Nous sommes dans une ruelle mal éclairée. Ça sent les égouts, les rats filent dans les coins, je suis certaine d'avoir vu un clochard se cacher derrière une poubelle plus loin. Il tousse faiblement, essayant de passer inaperçu. Nous nous trouvons dans un coin de la ville où il ne fait pas bon de traîner. Mais je suis bien obligée d'y venir. Notre rencontre ne peut pas se faire au grand jour, encore moins à la vue de tous.

L'humidité s'insinue lentement dans mes vêtements, le froid glisse le long de mon dos. Je hais cette peur viscérale qui me tient, elle me contrôle trop. Je dois maintenir une poigne de fer sur mes nerfs pour avoir l'air impassible. Les circonstances font remonter les images de mes pires cauchemars.

— Si je te dis d'attendre, tu le fais. D'abord, tu paies, je lui réponds sèchement.

— Qui me dit que tu m'en donneras après ?

— Petit malin. J'ai besoin de toi, et toi, de moi. Si tu n'as pas confiance en moi, ça n'arrangera pas tes problèmes.

— Tu débarques, comment tu veux que j'aie confiance ?

— Eh bien, ne me crois pas, pour ce que j'en ai à faire. Mais tu me donnes les infos et je te donne ce qui est là-dedans.

J'agite sous ses yeux un petit sachet plastique fermé avec un zip. Il contient une poudre blanchâtre. Pas beaucoup, mais suffisamment pour acheter cette vermine. Un frisson parcourt mon dos, la nausée remonte dans ma gorge. Ce que je suis en train de faire me dégoûte.

J'échange des informations contre de la drogue. Avec l'argent de mon père, si droit et honnête. Il doit se retourner dans sa tombe. J'ai acheté un stock à New York avant de venir. Lyons gère l'approvisionnement de son sous-fifre, les doses qu'il peut se procurer, la nature et la dureté de celle-ci. Il veut pouvoir le contrôler – dans la mesure du possible – et s'il est camé jusqu'aux yeux, il ne lui servira plus à rien. Preuve de sa mainmise sur Kenny, il décide de tout, même des substances qu'il ingère. Mais c'est sans compter sur le pouvoir de l'addiction : le mec est parti tellement loin qu'il vendrait son âme et celle de sa mère pour se shooter. Il le faisait déjà il y a dix ans, et ça continue.

J'ai réussi à m'immiscer dans sa vie et je lui fournis, dans l'ombre, ce dont il a besoin. La discrétion est indispensable, difficile pour lui de trouver une source aussi accommodante et de mon côté, je tiens à rester anonyme. Lyons doit ignorer mon existence et mes plans le plus longtemps possible.

Je le regarde et ma nausée s'intensifie. Je dois rester calme et sans expression. Je ne dois rien montrer. Mais je le revois cette nuit-là, quand j'ai ouvert la porte. Lui ne m'a pas reconnue, j'ai grandi, teint mes cheveux, mon visage a changé. Seuls mes yeux pourraient me trahir, mais qui se souvient de la couleur des iris d'une enfant que l'on a côtoyée seulement quelques instants ?

Il ne m'a pas fait la causette, ne m'a pas rassurée. Non, il m'a étouffée avec un bout de chiffon imbibé de chloroforme. Puis remise à mes futurs bourreaux. Mais perdu comme il l'est dans les tentacules de la drogue, je n'ai pas à me soucier de lui. Il ne verra rien.

– Alors ? Donne-moi les infos.

Mon ton est sec et hargneux. Je veux le pousser à répondre et ne pas perdre de temps. Il suit des yeux son paradis empoisonné, fiévreux et impatient.

– Voilà l'adresse, il habite au troisième. Pour la fille… elle va au collège Saint Patrick dans le centre, c'est chicos et privé. Seuls les enfants de riches y vont.

Il me tend un bout de papier froissé et taché.
– Donne maintenant !
Sa voix se veut forte et sûre, mais j'entends bien la fêlure. Il est en manque.
– Oui, tiens.
Je lui laisse son dû. Quand ses doigts accrochent le plastique, je retiens ma main et je fixe son regard pour donner de l'intensité à mes propos :
– N'oublie pas que je veux aussi des infos sur Hoggan et Cobb. Les lieux où ils vont, ce qu'ils font de leur journée. Comment et avec qui. Si tu me satisfais, tu auras encore tes doses.
– Mais… tu veux quoi, à la fin ? Tu sais, Lyons n'est pas con, il saura que quelqu'un fait des recherches.
Je le laisse récupérer sa récompense, il serre fébrilement le sachet contre son cœur et recule pour le mettre hors de ma portée.
– Si tu l'ouvres, tu n'auras plus rien de moi ! Et tu te retrouveras six pieds sous terre encore plus vite, je le menace en faisant un pas en avant.
Il recule comme le lâche qu'il est. C'est écœurant. Cet homme n'a même pas de couilles face à moi qui suis plus frêle.
– Maintenant, dégage, je lui jette, rebutée par sa saleté et par son manque de fidélité envers son chef.
Car oui, il n'y a pas de règles ni d'honneur avec ces gens-là. Ils sont tous pourris. Même entre eux. C'est à moi de jouer à présent. Mettre tout en place. Trouver un moyen d'atteindre Cobb, attirer

l'attention de Five et surtout ne pas me faire remarquer trop vite par Lyons.

***

Collège Saint Patrick, de vieilles pierres pour un établissement de haut standing. Un style anglais avec des colonnes et des statues. Des jardins entretenus, pas un brin d'herbe qui dépasse, pas un papier sur les chemins pavés et tous les élèves en uniforme. On parle tout bas et on ne court pas. Les façades grises sont parsemées de lierre et de hautes fenêtres à croisillons.

Ça ressemble à l'établissement que j'ai quitté il y a des années. Il ne me manque pas. C'était l'antichambre de la fausseté, des ragots et de la manipulation. On ne pouvait y être que proie ou prédateur. Un beau bain de requins. Une répétition générale de la vie politique ou professionnelle future des étudiants. Car seuls les enfants fortunés, voués à perpétuer l'héritage parental, dans les affaires ou dans le monde sournois de la politique, peuvent intégrer ce genre d'établissement.

Des jeunes sortent en riant, en chuchotant entre eux, par groupes d'affinités. J'attends contre ma moto, en tenue de cuir, les bras croisés. Je sais quelle image je renvoie. Tout est calculé. J'ai besoin de faire sensation et d'être remarquée. Ces jeunes ne jurent que par ce qui brille ou attire l'attention. Ce monde n'est qu'apparence et popularité. En étant cool et distante, mon image sera égale à un rêve difficile d'atteinte. Que ces sots fantasment sur ma vie et se posent des questions sur ma relation avec leur amie. Plus ma cible sera enviée d'être vue avec moi, moins elle sera regardante au flagrant manque de cohérence dans mon CV.

Ça fait quelques semaines que j'ai pris contact avec elle. Elle imagine que je suis une professionnelle de l'organisation de fêtes. Pour cela j'ai racheté exprès, avec une partie de mon héritage, une société dans l'événementiel et je me suis forgé rapidement une solide réputation, mais sur la côte ouest. Je l'ai contactée en lui faisant croire que j'avais besoin de me lancer dans cette ville. Que je cherchais des clients friqués et connus qui pourraient faire ma pub.

Cette jeune fille, pourrie gâtée et pleine d'oseille, ne m'a rien fait. Elle a sa vie, ses amis, ses histoires. Elle est innocente mais elle va pourtant me servir. Elle ne l'a pas choisie, n'y peut rien, mais… elle sera mon point d'ancrage, elle me permettra d'atteindre ma vraie cible. Et si je dois en faire un dommage collatéral, je n'hésiterai pas, même si ma conscience me tiraille. Je ne veux pas la faire souffrir, ne le souhaite pas. J'essaierai d'éviter les traumatismes, mais mon plan ne devra pas être trop modifié. Je dois peser le pour et le contre. On m'a fait beaucoup de mal et mon âme a sombré depuis longtemps. Si je dois l'entacher encore plus, je le ferai, malgré les remords. Et tant pis pour Chloé.

La voilà qui arrive, son entourage stoppe en me voyant. Les regards et les messes basses commencent.

Ma future cliente sourit, fière d'elle, parle à ses amies puis se dirige vers moi. Le menton haut, les épaules en arrière, elle se sait le centre de l'attention. Elle rayonne. Le jeu de la popularité est en route. Elle est heureuse de ma présence, sachant que le bonus sera pour elle. Pendant un temps, toutes les conversations tourneront autour de ma présence et du but de ma visite.

– Evy, je suis heureuse de te voir. Enfin !

Elle s'approche pour me faire la bise en posant les mains sur mes épaules, comme si nous étions les meilleures amies du monde. Elle croise mon regard et soulève les sourcils de façon élégante.

– Chloé, je lui réponds à voix suffisamment haute pour que notre auditoire peu discret nous entende, comment vas-tu ?

– Super, je suppose que tu viens pour la fête.

– Oui, je t'apporte le dossier, j'ai quelques propositions pour le lieu.

Je lui donne la pochette avec les éléments. Je sais que rien ne correspondra à ses désirs. C'est fait exprès pour qu'elle revienne vers moi et finalement accepte ma dernière offre. Celle qu'elle ne pourra pas refuser et qui fera tomber son père.

– Génial. Je regarde et je te rappelle pour te dire si ça me plaît.

– OK, n'oublie pas, j'ai beaucoup de clients et peu de temps. Je sais que tu peux m'aider, mais si c'est trop long, je trouverai quelqu'un d'autre.

Je lui mets la pression, car je sais que cette gamine aime faire mariner, ça fait partie de son caractère et de sa foutue non-éducation. Je souffle le chaud et le froid avec elle, lui faisant croire qu'elle me mène à la baguette alors que je la pousse à me donner ce que je veux : une confiance totale et inconditionnelle en moi.

Un sourire froid me fend le visage contre mon gré. J'espère qu'il passe pour amical, ou du moins crispé, et qu'elle l'interprétera comme dû au stress.

– Non, non, je serai celle qui te lance dans cette ville, et plus tard on pourra même faire des affaires.

Elle n'a pas encore quinze ans et se prend déjà pour une adulte. Je pourrais trouver ça mignon si je m'autorisais des sentiments envers cette gosse. Ce que je ne peux pas me permettre. Avoir des hésitations au moment crucial pourrait s'avérer dangereux. Je dois me blinder.

– Allez, je te laisse à ta petite cour, je dis en désignant ses amis au-dessus de son épaule. Donne-moi de tes nouvelles.

J'enfourche ma moto, une Yamaha faite pour la vitesse pure et la mets en route. Le moteur ronronne et Chloé se bouche les oreilles en riant. Je glisse ma tête dans le casque intégral, rabats la visière et lance mon bolide hors de l'enceinte scolaire. Dans le rétro, j'aperçois la fille chérie de Cobb, entourée de ses amis, qui me regarde partir. Mission accomplie : me faire connaître et augmenter la popularité de ma future victime.

Le téléphone sonne et j'appuie sur le bouton du Bluetooth pour répondre, le son me parvient directement dans le casque. J'aime la technologie quand elle me sert.

– Oui ?

Une seule personne peut m'appeler maintenant. Elle connaît mon emploi du temps et sait ce que je manigance.

– Ma biche, tu en es où ?

– Je viens de ferrer le poisson. Chloé est sur des charbons ardents. Elle ne voit que la popularité que je vais lui apporter.

– Elle veut la faire quand, sa fête ?

– Dans une dizaine de jours, je la reverrai et on fixera une date.

J'ai encore un peu de temps avant de mettre mon plan à exécution, Kenny doit encore me fournir des infos sur le père de la gamine. Quand j'aurai ce qu'il me faut, je déclencherai les événements qui précipiteront la chute de ce minable. Et je passerai à la cible suivante.

– Surtout pas de précipitation, me conseille mon amie.

– Oui, je sais. Les pièces du puzzle se mettent en place, une à une. Il me faut beaucoup de temps, et encore plus de patience. Mais le jeu en vaut la chandelle. Si je me précipite, je me raterai et je n'aurai pas de seconde chance.

– Prochaine étape ?

— Je n'ai plus qu'à emménager dans mon nouvel appartement et à me trouver un emploi pas trop loin. Un boulot passe-partout.

— Comme quoi ?

— Serveuse, je pense.

— Et tu devrais vendre cette bécane. Tu roules, non ?

— Oui, je suis en route. Et tu as raison, elle est trop reconnaissable.

— Je peux faire quelque chose ?

— Tu peux déjà m'aider à couper les liens avec mon avocat et payer mon détective privé pour qu'il oublie jusqu'à mon existence.

— OK, je m'en occupe. L'argent est un élixir d'amnésie très efficace.

— Ah oui, dernière chose. Le faussaire est prêt ?

— Tu as rendez-vous cet après-midi.

— Merci, grâce à toi, je ne serai bientôt plus Evy Russel, mais Evy Langdon.

***

Je les vois entrer dans la ruelle.

Je comprends que c'est enfin le moment que j'espérais depuis longtemps quand je vois ce furet de Kenny suivre Five. Il se glisse derrière lui, à moitié caché par l'ombre des immeubles. Tout va commencer ici. J'ai mis en place cette situation et elle va exploser. Maintenant serait le mieux. Mon attente a assez duré.

Ma première cible va tomber. Blessé ou mort, le maigrelet paiera cette nuit. Ma soif de vengeance sera un peu soulagée, pour un temps du moins. On se débarrasse des ordures en premier.

En dix ans, Kenny n'a pas changé. Toujours aussi accro aux drogues dures, offrant son corps et son âme à qui lui procurera sa prochaine dose. Pour le déstabiliser et le pousser à agir, je n'ai eu qu'à insinuer que Five avait ordonné de lui couper toutes sources d'approvisionnement, la mienne y compris. Que celui qui lui vendrait de la dope serait puni. Le fait que Lyons contrôle sa consommation l'emmerdait déjà, mais que je ne puisse – soi-disant – plus lui refiler sa mort en sachet l'a totalement paniqué. Je n'ai plus qu'à attendre et voir ce qu'il ressort de cette confrontation.

Mort ? Blessé ?

Je regarde ma liste. Je n'en ai pas besoin pourtant. Je la connais par cœur. Elle ne comporte que cinq noms. Il pourrait y en avoir tellement plus. Cette ville, sombre, qui ne mérite pas d'avoir un patronyme, cette cité du péché, déborde de monstres en tous genres, des voleurs, des tueurs, mais aussi des âmes perdues qui essaient de survivre tant bien que mal.

J'ai ciblé ces cinq hommes. Ils ont marqué mon corps et mon esprit.

Je dois savoir comment ça se passe dans cette ruelle.

CHAPITRE 2

FIVE

Il m'a suivi.

Que me veut ce rat ? Je ne l'ai jamais supporté, sa vue me dégoûte. Et ce n'est pas nouveau, il sert mon père depuis toujours. Faisant ses sales besognes, léchant les bottes et espionnant ma vie pour son compte. S'il me fait chier ce soir, il va le regretter.

Il se cache derrière une benne, se croyant discret. Quel con !

Je le maintiens dans la conviction que je ne l'ai pas repéré. J'allume ma clope lentement, prenant le temps de souffler une bouffée de fumée. Je bloque ma respiration quelques secondes et me concentre sur les bruits environnants. Ses semelles qui frottent le sol, une voiture qui passe au loin, le son d'une série télé poussé au maximum dans l'un des appartements du bâtiment voisin. Tous ces bruits, provenant de tous ces gens que j'ignore, que je côtoie sans vouloir les connaître. Ici, l'humidité, les odeurs de détritus, les chats errants qui miaulent, la vermine en tous genres, tout est à l'image de la ville. Elle brille, mais dans l'ombre se cache son vrai visage. Pourri et malade.

Kenny tremble tellement que la poubelle vibre. Pour la discrétion, on repassera. Autant en finir tout de suite.

– Sors de là, je lui ordonne. Kenny, ne me force pas à me répéter. Tu sais ce qui arrive quand on me cherche

Il apparaît en se tordant les mains. Les pieds traînants, son imperméable défraîchi pendouille. Misérable, Il a les cheveux gras, filasses et la peau jaune : cet air maladif m'a toujours dégoûté.

– Pourquoi tu me suis ? Tu vas encore me supplier, mendier une faveur ?

– Five, s'il te plaît, j'ai besoin...

– Quoi ? Je ne suis pas un dealer ! Tes doses, tu te les procures ailleurs.

– Mais tu as dit...

Il s'approche, mettant ses mains dans les poches. Et comme un con, je le laisse faire.

– Rien à foutre ! je balance. Je ne veux pas te voir ni te parler.

Une silhouette apparaît dans l'entrée de la ruelle. Elle me déconcentre, à peine deux secondes, mais c'est suffisant pour que je ressente une douleur dans l'abdomen. Je baisse les yeux et je constate que Kenny m'a planté avec une lame de dix. Au niveau du ventre, mon sweat est troué. Cela ne semble pas trop profond heureusement, mais assez large. *Merde !*

En plus d'être suicidaire, il n'est même pas capable de me poignarder correctement. Pas que je m'en plaigne, hein, mais ce n'est pas très malin. C'est superficiel, douloureux, mais en aucun cas mortel. Juste de quoi me foutre la rage. Son regard est comme fou. Il est blême et transpire. Il est en manque, ce connard.

Je l'empoigne par l'épaule d'une main et le cogne de l'autre. Je le projette contre le mur. Il me repousse, mais il n'est pas à la hauteur. Même blessé, je suis plus costaud, et surtout plus en forme. Pas affaibli par toutes ces drogues qu'il s'enfile. Et j'ai la rage qu'il ait osé me défier.

– Qu'est-ce qui t'a pris ? M'attaquer ne te vaudra rien de bon. Ou alors, quelqu'un t'a payé pour me supprimer ? Qui ?

– Personne ! couine-t-il comme une fille.

Je lui tords le poignet et il lâche son canif. Je lui bloque les épaules avec mon avant-bras et me tourne pour surveiller l'entrée du passage. Mais j'ai perdu de vue l'intrus. La fouine se débat, me fout un coup de genou dans l'entrejambe. La douleur, associée à celle de ma blessure, me plie en deux et je desserre ma prise. Il en profite pour me frapper direct dans le ventre. Putain que ça fait mal.

Un mouvement dans ma vision périphérique me montre qu'au lieu de se barrer, Kenny a décidé d'en finir. Il veut m'achever. Il a sorti un flingue de son manteau et me braque.

— Quoi ? Tu vas oser ? Vas-y, je lui dis. Tu attends quoi ? Rien à battre de crever.

Le canon tremble, comme son propriétaire. C'est un putain de lâche et un camé. On ne peut pas prédire ce qu'un junkie va faire. Ça me foutrait les boules d'être éliminé par une merde pareille. Triste fin pour moi, pas très glorieuse.

Une détonation résonne. Ayant les yeux rivés sur le canon, je sais pertinemment que ce n'est pas lui qui a tiré. Cette ordure tombe à terre, la face dans une flaque d'eau trouble et nauséabonde. Rendant son dernier souffle de la même manière qu'il a vécu. Comme un rat.

Je fais un pas de côté, ce qui me permet d'avoir une idée de mon sauveur. L'intrus entraperçu quelques instants plus tôt, et qui vient d'écarter la menace pesant sur ma vie, est une femme.

Et elle est surprenante. Son regard est direct et froid, sans peur, ni même une quelconque émotion. Un regard gris fumée, comme celle qui s'échappe encore du canon de son arme. La main fine qui la tient ne tremble pas. Un sourcil remonte, j'ai une vue nette de son visage d'ange. Un ange de la mort.

Pâle, une bouche à damner un saint, un nez petit et des boucles brunes qui sortent de la capuche relevée de son sweat. Ayant besoin de la voir de plus près, je m'approche en enjambant le cadavre de Kenny, sans un regard pour cette petite merde.

Elle ne cille pas. J'ai une réputation et ma carrure en impressionne plus d'un. J'ai pratiqué la boxe et les sports de combat, légaux ou non, ces dix dernières années, ce qui a façonné les muscles de mon corps. J'ai l'air brutal et j'aime faire flipper mes interlocuteurs. Dans le milieu d'où je viens, prendre l'ascendant sur les autres est une question de vie ou de mort. Être le fils de Lyons n'a jamais été une protection, au contraire. J'ai toujours eu à me battre pour ma sécurité et celle de ceux à qui je tiens. Très peu peuvent se vanter de compter pour moi. Tout ça a forgé mon âme et mon corps.

Cette fille ne recule pas, ne frémit, ni n'émet le moindre mot. Elle se laisse approcher par un mec tel que moi. J'aime sa bravoure. Ou son inconscience. Mon sang coule le long de mon ventre et commence à imbiber la ceinture de mon jean. La douleur est sourde et m'emmerde grave. J'ai pourtant bien l'intention de l'ignorer. Je ne montrerai à cette fille aucune faiblesse.

Voulant savoir qui elle est et ce qu'elle fout là, j'ancre mon regard dans le sien et lui balance sèchement :

– Tu es qui, toi ?
– Je suis celle à qui tu dois la vie, Five.

Le timbre rauque de ses mots me prend de court. Il passe sur moi telle une caresse, descend le long de ma colonne et va direct titiller ma queue. Sa bouche est un appel à la baise et sa voix me file la gaule.

– Comment tu connais mon nom ?
– Oh, je l'ai appris, c'est tout. Qui ne connaît pas Five, le fils rebelle de Lyons. Celui qui refuse de se mêler des affaires de son père.

Elle me sourit froidement. J'envahis son espace en plongeant dans son cou pour la respirer. Ce geste est calculé, ayant pour but de décrypter ses réactions. Son odeur me parvient, sucrée avec une pointe de vanille. Elle me surprend en ne sursautant pas. Elle lève la tête et j'en profite pour lui retirer son joujou. Pas envie de me prendre une balle. Une blessure me suffit amplement. Cette inconnue est tendue mais pas effrayée, elle a seulement un mouvement pour dégager le passage.

– Tu fais quoi ici et pourquoi tu l'as buté ? Tu n'as pas l'air d'avoir de remords. En fait, tu as l'air… indifférente, comme si tu venais juste de commander un café.

Elle jette un regard sur le corps derrière moi. Ses pupilles se dilatent un bref instant, quelque chose passe. Un trouble, un frémissement et puis plus rien. Rideau.

– Ça ne te regarde pas. Une vermine de moins. De toute façon, dans ce quartier qui me le reprochera ? Personne.

Elle hausse les épaules et se détourne. Je la chope par le poignet et la retiens.

– Tu ne m'as pas répondu. Pourquoi tu m'as aidé ?

– Je passais par là pour rentrer chez moi. J'habite ici depuis trois semaines.

Elle désigne du menton l'immeuble qui fait face au mien.

— J'ai bien vu que tous les soirs, tu sors fumer et que tu traînes dans cette ruelle, reprend-elle. Tu vas réfléchir ou glander, je ne sais pas et je m'en fous. Ce soir en rentrant, j'ai surpris ce camé à te filer. Je me suis dit que je pouvais t'aider. Maintenant, lâche-moi, je suis crevée, sans mauvais jeu de mots. J'ai travaillé tard et j'ai envie de dormir.

Elle secoue son bras et je la laisse partir. Je la suis des yeux, observant sa fine silhouette traverser et entrer dans l'immeuble. Au bout d'une minute, j'aperçois une lumière éclairer une pièce au troisième étage. Voilà, je sais où crèche ma sauveuse. En revanche, j'ignore son nom.

CHAPITRE 3

FIVE

— Shane ? Je n'attends pas qu'il me réponde pour lui donner directement mes ordres. Tu peux envoyer des hommes pour faire du ménage ?

— Oui, bien sûr. Où ? Un problème ?

— Kenny a joué au plus malin. Dans la ruelle au pied de mon appart.

— OK, ce sera fait dans moins de vingt minutes. Mais... Kenny ? Bordel ! Il lui est passé quoi par la tête à ce con ?

— Aucune idée. Autre chose... trouve-moi tout ce que tu peux sur ma voisine dans l'immeuble d'en face. Troisième étage aussi.

— Tu m'intrigues.

Je sens un sourire dans sa voix. Il n'y a rien de mieux qu'un bon mystère pour lui faire plaisir.

— Pour demain, j'insiste.

— Pas de problème.

Après avoir raccroché et laissé mon seul véritable ami et bras droit faire ce pour quoi il est réputé, je remonte chez moi. Je vis dans un quartier populaire. Je pourrais aller où je veux, mais c'est chez moi. Je m'y sens bien. Tout le monde me connaît. J'ai la paix la plupart du temps. Et si pour mon plus grand déplaisir, j'ai à régler certains problèmes, je n'ai pas à me préoccuper de ce qu'on pourrait dire. Rien à cacher ni à nettoyer. Les hommes de mon père vont venir récupérer ce qui reste de Kenny. Pas de flics, pas de questions. Et le message se répandra : si on me cherche, on se retrouve six pieds sous terre. Dans ce cas précis, ce n'est pas moi qui ai fini le travail, mais ma petite sauveuse n'a pas l'air du genre à se vanter. Le téléphone sonne au moment où j'entre.

Je calme mon souffle et décroche. Pas besoin d'être Sherlock Holmes pour deviner qui m'appelle. Sa rapidité ne m'étonne même plus.

– Oui ?

– Que s'est-il passé, nom de Dieu !

– Aucune idée. J'étais tranquille et Kenny a décidé de me flinguer. Il n'a pas donné de raison.

– Fallait-il que tu le tues ?

– Non, mais ça m'a fait plaisir. J'ai jamais pu l'encadrer.

Je souris. Je sais qu'il déteste mon attitude, mais il me connaît, sait que je prends mon pied à le foutre en colère.

– Toujours à me mettre des bâtons dans les roues, rage-t-il.

– Si tu es plus ennuyé de la mort de ce cafard qu'inquiet pour ma santé, je n'ai aucune raison de me refuser le plaisir de te causer du tort.

– Attention à ce que tu dis. Tu me dois le respect, Noah.

Sa voix se refroidit distinctement.

– Non, le respect, ça se gagne et tu n'es rien pour moi. Juste mon géniteur, rien d'autre.

Je raccroche avant qu'il ne puisse répondre. Mon père ne se préoccupe que de lui et de ses affaires. Rien d'autre n'a d'importance. Je n'ai aucun statut particulier à ses yeux. Je n'ai plus besoin de lui et depuis longtemps.

Mais il possède quelque chose, une information, qui est vitale pour moi. Tant qu'il ne me la fournit pas, je suis obligé de lui obéir. Et encore, je trouve toujours le moyen de contourner ses ordres, de le contrarier et de repousser les limites de sa patience. *Après je le tuerai.*

Je me déshabille, je prends une douche et soigne ma plaie. Pas besoin de points de suture. Comme je le pensais, c'est superficiel, il ne m'a pas planté la lame droit dans le ventre et n'a réussi qu'à me faire une longue estafilade. Mais la coupure saigne bien, j'y mets des strips pour rapprocher les bords de la plaie et un pansement collant par-dessus. Si ça ne cicatrise pas bien, j'irai voir quelqu'un pour des médocs. Mon paternel a un bon réseau de médecins qui ferment les yeux sur l'origine des blessures de leurs patients. Et ne caftent rien aux flics.

Quand je sors de la salle de bains, j'aperçois de la lumière dans l'appartement d'en face. Elle est encore réveillée. J'ai une vue imprenable sur son salon. La rue est étroite, à sens unique et moins de dix mètres me séparent de chez elle. Comment ai-je pu ne pas me rendre compte que cette fille vivait là ? Il faut vraiment que je trouve des informations sur elle. Shane fera le boulot, vite et bien comme d'habitude.

Son nom, son job, d'où elle vient. Elle n'a pas sourcillé en butant le cafard de service. Je dois faire attention. Peut-être qu'elle a fait ça pour que j'aie une dette envers elle. Je lui dois la vie, selon elle. Alors que je pouvais me débrouiller tout seul. Je verrais bien si elle réclame un coup de main. On ne tue pas sans raison. Il y en a toujours une.

Une ombre se déplace et je l'observe. Elle semble tourner en rond. Les bras autour d'elle comme pour se protéger, se rassurer. Puis elle se fige et je croise son regard. Une rue nous sépare, pourtant je me noie en elle. Elle est bien plus vivante que tout à l'heure. Des sentiments se bousculent sur son visage.

Elle détourne les yeux pour me reluquer de haut en bas. Sa main cache sa bouche et la caresse de façon inconsciente, absorbée par ce qu'elle voit. Je suis nu et elle semble apprécier ce qu'elle découvre. Je me souviens de son odeur et de sa voix. Je sens le poids de son regard glisser sur moi. L'excitation s'empare de mon sexe, qui se dresse, fier. Je souris de sa stupéfaction. Et commence à me caresser.

De loin, je la vois rougir. Ça me plaît de la déstabiliser. Observer ses expressions changer, son corps se tendre. Ses yeux qui brillent et parcourent mon anatomie. J'aime surtout constater le dégel de son petit minois et l'échauffement de ses pommettes. Elle se rapproche de la fenêtre, comme hypnotisée.

Je l'imite et pose mon avant-bras libre sur la vitre. Je suis à contre-jour, grâce à la lumière derrière moi. Mes muscles se tendent et mettent mon corps en valeur. Je le sais, je le sens. Nos yeux sont rivés l'un sur l'autre. Sa poitrine se soulève de plus en plus vite. Elle n'est plus si indifférente maintenant. Mon ego s'en réjouit.

Soudain, elle ferme le rideau et éteint la lampe. Je ne peux pas m'empêcher de rire. Elle n'a pas tenu, j'ai gagné le duel. Je retourne sous la douche finir ce que j'ai commencé. En pensant tout du long à ma jolie tueuse de voisine.

CHAPITRE 4

EVY

Une fois rentrée, je laisse tomber le masque.

Mon corps commence à s'affoler. D'abord en frémissements légers. De petites contractions dans les muscles. Mes doigts se serrent en poing, se desserrent. De façon convulsive. J'ai froid, mes lèvres picotent, tremblent sans que je puisse y faire grand-chose. Puis ça augmente en intensité. J'ai la chair de poule. Mon cœur palpite.

C'est le choc. C'est juste une réaction normale. J'ai appuyé sur la détente. J'ai fait ce que j'attends depuis tant d'années. Ma respiration se fait courte et précipitée. Mon corps m'envoie des signaux pour me dire qu'il lui faut plus d'oxygène. Mais je ne sais pas, je n'arrive pas à prendre de grandes inspirations pour le calmer. C'est une putain de crise d'angoisse.

Je fais les cent pas dans le salon. Il me faut de l'air. Je me dirige vers la fenêtre et je me fige. Il m'épie, il m'observe. *Merde ! Depuis combien de temps ?* Nos regards se percutent violemment. J'arrête de penser. Je ne sais plus où je suis, où j'en suis. Il a changé depuis notre première rencontre. Il m'avait dit qu'il s'appelait Noah. C'est un homme à présent. Un beau spécimen, même. Un mâle, un dominant. Il a une carrure de boxeur, les muscles déliés, marqués, mais pas gonflés comme ceux qui prennent des stéroïdes au lieu de faire vraiment du sport. On dirait qu'il retient en lui toute sa vigueur, qu'il peut exploser à tout moment et libérer cette violence contenue dans son regard d'un seul coup. Il me fait peur, pourtant il subira le sort que je lui réserve. Lui aussi. *Son nom est sur ma liste.*

Je fais un pas délibéré vers la vitre, je dois l'intéresser, attirer toute son attention. Je dois faire en sorte qu'il veuille me connaître. Et cacher ce que je pense de lui, ce que je souhaite pour lui. *Du mal. Autant que j'en ai eu.* Il imite mes gestes. Je l'observe et je constate qu'il est nu ! Il sort probablement de la douche.

Oh, mon Dieu ! Cet homme est… Son corps est parfait. Une ligne de muscles bien marqués, la peau lisse, des tatouages sur les bras et les pectoraux. Je ne peux pas détourner mon regard de son corps. C'est un modèle de masculinité. Mes yeux glissent sur lui, mes doigts aimeraient suivre le même chemin. Mon angoisse a disparu, mes hormones ont réussi à changer le rythme de ma respiration. Mon sang semble plus épais, plus chaud dans mes veines.

Seul un pansement sur le côté droit de ses abdominaux brise la perfection de cette image. Les muscles saillants, les hanches étroites. Je descends encore, oh... Il est en train de se caresser. Devant moi, en souriant. Il me mate et se masturbe, sans aucune gêne. Il s'exhibe sans honte, un rictus suffisant aux lèvres. Il sait qu'il me plaît. Il doit être certain de me plaire, imbu de lui-même comme il semble l'être. C'est un point que je dois exploiter. Tenter d'en faire une force pour le lier à moi et me servir de lui.

Ma température corporelle augmente encore. Il me fixe comme s'il voulait me manger, me dévorer. Un court instant, je voudrais traverser cette rue pour voir si je pourrais connaître enfin ces sensations qui me font peur depuis si longtemps. Les papillons dans mon estomac, la sourde pulsation dans mon bas-ventre me laissent penser qu'avec lui, je pourrai peut-être y arriver. Avoir ce que je n'ai jamais connu. Même si cela me surprend, j'ai déjà eu de l'intérêt pour le corps masculin, et ça n'a jamais abouti à plus que des regards et une envie. Avec Five aussi, cela restera de l'ordre du fantasme. Jamais je n'irai plus loin.

Mais qu'est-ce que je fais là ? Je me secoue et reviens à la réalité. Je ne dois pas oublier mes objectifs. J'ai un plan et dans celui-ci, il n'y a pas de place pour une attirance physique. Surtout pas avec lui. Pas moi envers lui en tout cas. En plus si je couche avec lui, ça sera comme avec les précédents,

Je n'irai pas jusqu'au bout. Comme d'habitude. Je ne supporterai pas les caresses ni les sentiments qui en découlent. Et pourquoi lui, en plus ? En quoi est-il différent ? J'ai croisé tellement d'hommes qui auraient pu, auraient dû me plaire. Mais lui ! Non, je ne le veux pas ! Je ne veux pas de lui, jamais ! Il ne mérite pas mon intérêt et j'ai le droit de vouloir mieux. Son corps m'attire mais sa vie est le reflet de ce que je hais. L'enveloppe est belle mais le fond est laid. Je résisterai à ses attraits, et pour cela je n'ai qu'à me rappeler notre passé.

Pour couper court à mes fantasmes, je referme le rideau d'un coup sec et j'éteins la lumière. Une douche glacée me sera salutaire.

***

« Anna... Annaaaa... ma si belle... »
Je me réveille en sursaut.

Je suis couverte de sueur, j'ai chaud et froid en même temps, le cœur fébrile et la respiration hachée.

« Annabelle... si belle... », c'est ce que ce monstre me murmurait à l'oreille.

Sa voix est revenue me hanter. J'avais mis tellement de temps pour me débarrasser de mes cauchemars, voilà qu'ils sont de retour. Son souffle dans mon cou. Je le sens encore. Ses mains sur moi. Et cette douleur. Et le plaisir de cette brute. Il a aimé me faire mal, me torturer.

Je me lève vite, cours à la salle de bains et je vomis ce passé morbide et douloureux. Je laisse remonter tous mes affreux souvenirs et je me vide de toutes mes souffrances. J'ai des vertiges, à genoux sur le carrelage fêlé, le front sur l'émail des toilettes. Le souffle saccadé. Mes cheveux me collent au cou et aux joues. Mes mains tremblent et je suis sûre que si je fais une tentative pour me relever, mes jambes me lâcheront. Je tremble comme une droguée en manque.

Après un long moment, je suis enfin un peu plus calme. Je me remets debout, chancelante, et abandonne mes vêtements à terre. Une douche chaude finit de me vider la tête des images du passé. Je me lave de ces cris, de ces pleurs et laisse le tout couler par la bonde d'évacuation. Mes larmes se mêlent à l'eau et s'en vont silencieusement. Je me frotte frénétiquement pour effacer les traces invisibles. Je voudrais m'arracher la peau et la remplacer par une nouvelle. Une, vierge de toutes marques, de tous souvenirs.

***

Je me force à me recoucher. J'ai besoin de repos pour assurer demain, mais je ne sais pas si j'arriverai à me rendormir. Des images de ces dernières semaines me reviennent en boucle. Mon retour dans cette ville, ma prise de contact avec Kenny.

Bien qu'on ait cherché à l'enterrer, mon avocat avait réussi à récupérer le dossier de l'affaire. Si toutes traces informatiques avaient disparu, la paperasse a survécu. On pense à supprimer les données dans notre monde ultra-connecté, mais les vieilles feuilles sont souvent négligées, laissées dans les tréfonds des archives, les ténèbres humides d'une cave abandonnée d'un tribunal.

Le travail de mon avocat a consisté à retrouver tous les détails de mon agression. Des noms, des adresses, les quelques éléments recueillis et sauvés de l'époque. Car Lyons ayant le bras long, le dossier n'était pas très épais, même les photos avaient été détruites.

Kenny est le seul à avoir été embarqué par la police et à avoir été soupçonné d'enlèvement. Il a pris pour les autres et payé pour son crime. Enfin pas longtemps, car les preuves et témoignages avaient mystérieusement disparu. Il avait été relaxé après quelques mois de prison. Mon père, dégoûté par ce système judiciaire qu'il défendait ardemment jusque-là, m'avait éloignée pour éviter le scandale médiatique et un traumatisme plus grand encore. Il savait que rien ne sortirait de bon de cette pseudo-enquête, que personne ne serait accusé et encore moins jugé. Et peut-être même que l'on aurait mis ma tête à prix pour couper court à un éventuel témoignage de la victime. Car je pouvais décrire chacun de mes bourreaux. Je les avais vus de très près. Trop même.

Grâce au travail de maître Wittaker, j'ai réussi à approcher Kenny. Il était toujours à la botte de Lyons. Je devais trouver de quoi l'appâter pour qu'il le trahisse. Et quoi de mieux pour cela que lui fournir un produit que son « maître » lui rationne ? Son patron se fout bien de sa santé, mais veut que ses investissements lui rapportent. Un sous-fifre camé jusqu'aux yeux ne lui servirait à rien. Et démontrerait qu'il ne sait pas tenir ses hommes.

D'après l'enquête du détective privé engagé par mon avocat, Lyons le tient d'une main de fer, lui fournissant des petites doses pour qu'il soit à sa botte mais pas trop défoncé non plus. C'est ce détail qui m'a permis d'avoir un levier pour faire pression. Lui vendre cette merde, au risque qu'il fasse une overdose, mais avoir plus d'infos sur mes cibles.

***

La journée est difficile, comme toutes celles de la semaine. J'ai sous-estimé le choc émotionnel. Je fais des cauchemars chaque nuit depuis la mort de Kenny. Il me hante plus que de son vivant. Je n'aurais pas cru être si touchée d'avoir abattu ce chien. Il le méritait pourtant. Pour ce qu'il m'a fait subir, et ce qu'il a manigancé au cours de sa misérable vie. Il m'a enlevée à ma famille, à ma vie paisible d'enfant. En brisant l'idée que le monde est beau, et en arrachant une à une les ailes fragiles me permettant de m'envoler vers mes rêves.

Je m'étais retrouvée dans une cave, ligotée. Apeurée. Sans nourriture ni lumière. Tout ça pour sa putain de drogue ! J'ai eu ma revanche. Il a péri par son vice. L'addiction et le manque l'ont conduit à son funeste destin.

Le premier nom de ma liste est barré. Pourtant, je me sens mal. Je pensais que je serais au mieux heureuse de mon geste, au pire indifférente. Au lieu de ça, mes émotions se bousculent, me tirent et me fragilisent. Il faut que je me reprenne. Je dois tenir ma ligne de conduite.

Prochaine étape, m'insérer dans la vie de Noah, alias Five. Grâce à lui, m'approcher des autres. Un à un, je les trouverai et les tuerai. Jusqu'à ce qu'il ne reste que Five. Je veux terminer par lui, car il m'a blessée plus qu'un autre. Pas dans mon corps, mais dans mon âme. Je pensais qu'il me sauverait, qu'il voulait m'aider. Au lieu de ça, il m'a trahie. Me blessant comme les autres… Non, pire qu'eux.

CHAPITRE 5

FIVE

Ça fait une semaine que je viens, que je l'observe. Plus je la connais, plus je suis intrigué. Elle est serveuse dans ce restaurant de bas étage, qui sent le graillon, les frites mal cuites et dont le sol colle à cause des trop nombreuses bières renversées. Elle prend les commandes, discute, évite les phrases graveleuses des uns et les mains baladeuses des autres.

Il y a autour d'elle une bulle de solitude qu'elle ne remarque pas. Elle semble l'avoir érigée depuis si longtemps qu'elle en a oublié sa présence. Elle sourit rarement, parle avec ses collègues encore moins. Son attitude n'est pas froide pour autant, elle n'est pas indifférente aux problèmes des autres. Je l'ai vue servir des frites à une femme accompagnée d'un enfant qui n'avait commandé qu'un seul repas pour deux. Par manque d'argent sans doute. Elle lui avait dit que la maison les offrait, car elles étaient en surplus. Que la cuisine en avait trop cuit d'avance et qu'ils allaient être obligés de les jeter. Elle s'était fait réprimander par son patron, qui lui avait passé un savon et avait retenu sur sa paie la somme due. Elle avait haussé les épaules et repris son travail. En passant, elle avait ébouriffé les cheveux du gamin. Pas d'indifférence, juste des barrières, des murs élevés haut pour se retirer loin du monde.

Elle m'ignore délibérément. Cette petite maligne fait en sorte que ce soit une de ses collègues qui me serve. Mais ses regards en coin, je les vois. Je suis étudié en permanence. Elle me juge et me scrute avec minutie. Malgré son travail, les allées et venues entre les clients et le comptoir, je sens toujours quand ses prunelles m'effleurent. Pourtant, elle ne s'approche pas, ne se soucie pas de savoir pourquoi je suis ici, pourquoi je reste des heures à la guetter. Ses nerfs sont d'acier, beaucoup auraient craqué et seraient venus me parler pour comprendre de quoi il retourne.

Aujourd'hui, j'ai décidé de mettre un terme à cette comédie. Je n'aime pas cette attitude.

– Alors, tu as des informations ? je demande à Shane, mon bras droit.

Nous sommes assis dans un coin, place stratégique pour avoir une vue imprenable sur les points d'entrée et les dangers potentiels. Je suis dos contre le mur du fond et mon compagnon est face aux vitres, tournant le dos à la salle.

— Elle se fait appeler Evy Hunname. Vingt et un, vingt-deux ans, pas de famille, pas de mec, pas d'ami. Elle crèche dans ta rue, ça, tu le sais déjà. Aucun passé non plus. Elle est apparue subitement il y a un peu plus d'un mois. Avant, je ne trouve rien. J'ai cherché et je suis certain qu'elle utilise un faux nom.

— Je me doutais qu'il y avait quelque chose de pas clair.

Il l'observe en terminant son gâteau. Ses yeux brillent d'une lueur que je reconnais. Il est en train de la déshabiller en pensées.

— Tu arrêtes ça tout de suite, je lui dis. Tu n'y penses même pas. S'il doit y en avoir un qui la met dans son lit, ce sera moi.

— Allons Noah ! Tu pourrais lui laisser le choix, non ?

Je lui jette un regard noir. Il se marre. Il peut toujours rêver.

— Je ne plaisante pas. Va voir ailleurs si j'y suis. Et fais ce pour quoi je te paie.

— Tu sais, dès que je trouve, ne serait-ce que le début d'un indice, je te préviens. On va la retrouver. Et tu te débarrasseras de Lyons une bonne fois pour toutes.

Il me parle d'un ton solennel. Il est l'un des seuls que j'autorise à m'appeler par mon prénom. Nous avons connu pas mal de galères ensemble et il sait à quel point j'ai besoin de retrouver une partie de mon passé. Il peut me chambrer sur mon obsession du moment, mais quand on revient aux choses sérieuses, il est présent. Il se lève et s'en va, non sans me jeter un regard quand passant près d'Evy, il lui glisse un mot à l'oreille.

Je la vois hésiter un instant puis se diriger vers le comptoir.

– Je prends une pause, je l'entends dire au gérant, qui hoche la tête.

– Dix minutes, pas plus.

Elle vient dans ma direction, j'ai le temps de la scanner de haut en bas, ouvertement. Sa tenue de service couvre à peine ses courbes. Ses jambes semblent interminables avec cette jupe vulgaire qu'elle doit porter. Le débardeur peine à contenir ses seins. Ils ne sont pas énormes, mais il y a de quoi remplir les mains. Humm, je n'attends que le moment où je pourrais vérifier s'ils sont aussi doux qu'ils le paraissent.

Elle s'installe devant moi.

– Salut, fait-elle simplement.

– Bonjour ma belle, je lui réponds.

Elle se fige une microseconde. C'est furtif. Si je ne l'observais pas si scrupuleusement, je l'aurais raté. Elle n'aime pas ce que je viens de dire. Ce n'est pas juste un refus que je commente son physique. Non, j'ai senti un froid glacial s'installer, un vrai recul, comme si je l'avais frappée au lieu de lui faire un compliment.

– Ne m'appelle pas comme ça. Jamais !

Sa voix est devenue impersonnelle, comme morte.

— OK, je dis quoi alors ? Tu es jolie et bandante. J'aime donner des petits noms à celles qui vont partager mon lit.

— Tu es sacrément imbu de toi-même. Tu crois, ou plutôt tu espères, que je vais avoir envie de toi ?

— Tu étais chaude, il y a une semaine quand tu me matais, je lui rappelle. Je suis certain que je te baiserai un jour.

— Pff… Qui baisera qui ? Ce sera peut-être moi. Tu serais surpris.

— Tu peux quand tu veux, ma jolie. Mais je préfère être au-dessus.

Je lui souris en haussant un sourcil. Elle lève les yeux et se détourne un instant. Elle n'est pas aussi à l'aise qu'elle voudrait le faire croire. Elle n'est pas timide, mais elle n'a pas l'habitude de flirter. Enfin, si on peut donner le nom de flirt à notre conversation.

— Si je décide de coucher avec toi, tu regretteras tes paroles, me fait-elle en jouant avec une de ses mèches.

Ses cheveux brun foncé, attachés en queue-de-cheval, excitent beaucoup mon imagination. Je me vois la tenir, les doigts enfouis dans ceux-ci, la pilonnant par-derrière. Elle, à moitié pliée sur une table, les jambes écartées, et moi lui serrant une hanche ou une fesse de ma main libre.

— Arrête de me regarder comme ça.

Je ne prends pas de gants, j'appelle un chat un chat. En l'occurrence, ici, ce serait plutôt une chatte. Avec de jolies petites griffes. Voilà, mon imagination s'est mise en route. Je la vois déjà me lacérer le dos de ses ongles. Je commence à me sentir à l'étroit dans mon jean. Consciente de mon intérêt, elle gigote sur sa chaise. Je dois la dévorer du regard.

– J'arrêterai quand je le voudrai. Et ce n'est pas maintenant. Toutes les choses que j'imagine…

– Tu pourrais imaginer ailleurs ? me coupe-t-elle.

– Oh non, je suis bien ici. J'attends la fin de ton service et je te raccompagne. Faut qu'on parle.

– De quoi ? Maintenant, c'est bien.

– Non, je veux causer de Kenny et de tes motivations. Tu ne m'as pas convaincu.

– OK, si tu veux. Tu vas te faire chier, j'en ai encore pour deux bonnes heures. De toute façon, je voulais te voir pour que tu me rendes mon arme.

– Et pourquoi je te la restituerais ? J'ai quoi à y gagner ? je lui rétorque, calculateur.

J'aime lui faire croire que je ne suis qu'un pauvre mec qui pense avec sa bite. Il y a un peu de vrai, mais pas complètement. Si elle me prend juste pour un gros obsédé, elle ne me verra pas arriver quand je lui arracherai ses secrets. Car elle me cache beaucoup de choses. Déjà, la raison de son intérêt et celle de son revirement là, tout de suite. Elle me snobe pendant une semaine et il suffit que mon pote lui glisse un mot pour qu'elle change d'avis et vienne me voir, presque tout sourire.

— Quoi ? elle baisse le ton en remarquant que nos voisins se sont retournés. Je t'ai sauvé la vie et un flingue, c'est pas donné. J'en ai besoin.

— Oui, je suis d'accord. Et merci au fait. Je ne te l'avais pas encore dit. Un oubli de ma part. Mais, quoi qu'il en soit, je veux une rétribution.

— Une quoi ? Rétribution ? Tu veux que *je* te paie pour quelque chose qui m'appartient et que tu m'as piqué ? Tu es gonflé !

Je lui souris et croise les bras en m'adossant contre le dossier de la banquette. Son regard gris me sonde, elle secoue sa jolie tête, effarée par mon attitude.

— Ouais, j'ai l'avantage alors je m'en sers. Pourquoi m'en priver ?

— Tu es un sale type, Five !

— Oui, et tu le savais, non ? Tu m'as dit connaître ma réputation.

Elle soupire et je la vois faire signe à son chef. Il lui montre l'horloge. Sa pause est finie.

— Tu veux quoi ? soupire-t-elle.

— Je te le dirai tout à l'heure. Je vais avoir du temps pour réfléchir. Maintenant, va bosser et ramène-moi de la tarte aux pommes à la cannelle. Un bon morceau, j'ai faim.

Elle se lève en râlant. De dos, elle me fait un doigt en s'éloignant, ce qui me fait bien rigoler. Je lorgne son cul jusqu'au comptoir. Deux heures... si je dois perdre mon temps, autant l'utiliser à la mater sous toutes les coutures.

CHAPITRE 6

EVY

Pas envie de me changer. Trop crevée, je reste en jupe et débardeur aux couleurs du resto. Five m'attend à l'extérieur, le dos appuyé au mur, les mains dans les poches. Il a rabattu sa capuche. On ne voit presque plus son visage. Le jeu d'ombres fait ressortir sa mâchoire, marquée par un début de barbe et ses yeux verts.

Il me fait penser à un chat. Un gros félin patient. Très patient. Il m'a attendue toute la soirée. Et m'a guettée telle une proie. Tout le temps, j'ai senti le poids de sa présence. Il a essayé de me déstabiliser. Il joue au chat et à la souris avec moi. Il voudrait savoir qui je suis, et aussi me sauter bien sûr. Comme tous les hommes que j'ai croisés dans ma vie. Mon corps de poupée a des formes qui attirent toujours leur regard.

Seuls mes yeux dérangent. Je ne sais pas leur donner vie. Je souris, je peux même rire et il m'arrive d'avoir des pensées heureuses. Mais quand j'observe un homme, je n'ai que des sentiments négatifs. Dégoût et rage en premier. J'ai appris à éviter de les fixer. Mettre mal à l'aise ceux qui se trouvent en face de moi peut attiser leur curiosité. Et je ne veux pas qu'ils cherchent à me sonder trop profondément. Qu'ils se demandent pourquoi je les déteste.

J'ai mis des années à me remettre. J'ai vu des psys, j'ai subi leurs séances de lavage de cerveau. J'ai avalé des médocs. L'éloignement et le semblant de famille que nous avions recréé m'ont permis de faire croire que j'étais guérie. Que j'avais surmonté mon traumatisme. *Oui, le passé est révolu. Non, je n'y pense presque plus. Ne vous inquiétez pas, je prends mes médicaments...* La culpabilité de mon père, ainsi que son argent, m'ont donné la possibilité de gruger mon monde. J'ai disparu, refait ma vie, prit un autre nom.

Aujourd'hui je reviens dans cette ville, mais pour peu de temps. Dès que mes objectifs seront atteints, je quitterai le pays. J'espère faire ma vie après, vraiment, libérée de tout, et de tous.

Qui pourrait reconnaître en moi la petite fille du sénateur Russel ? Je ne suis passée dans leur vie qu'un court instant. Insignifiante et vite oubliée. J'ai changé, grandi, mais eux sont restés gravés dans ma mémoire. Leurs visages, leurs gestes, leurs paroles sont indélébiles.

– Te voilà, me dit Five.

Il se redresse et me laisse faire quelques pas avant de me suivre. Le restaurant est à deux rues de la nôtre. Je laisse le silence s'installer entre nous. J'aime ça, et puis chercher à faire la conversation ne m'intéresse pas. Je le laisse faire les premiers pas, et j'attends de voir ce que je peux en retirer. Il veut savoir pourquoi je l'ai « aidé ». Sa curiosité est ce qui le fera tomber dans mes filets. Je ne dois pas être trop rapide, je dois lui laisser croire qu'il mène la barque.

– Tu fais le chemin tous les soirs ?

– Oui, ce n'est pas loin. Cinq minutes de marche.

– Tu le fais seule ? insiste-t-il.

– Oui, comme une grande. Je connais le quartier.

– C'est dangereux, tu pourrais faire de mauvaises rencontres.

Je rigole et le regarde.

– Tu te fous de moi là, non ? Qui a pris le flingue qui me sert à me protéger ? Toi. Et maintenant, tu t'inquiètes ? je raille.

– Ouais. Tu es sans défense. Tu devrais être prudente.

Il a un sourire ironique. Ses yeux vert clair brillent, malicieux.

– Rends-moi mon arme, enfoiré.

– Non, je t'ai dit que je voulais quelque chose en échange.

– Et quoi ?

– On peut commencer par un baiser. J'aimerais savoir quel goût tu as.

– Pff… J'embrasse pas. J'aime pas ça.
– Tu as tort. Ça peut être très chaud, un baiser.

Il est loin de se douter que si je n'embrasse pas, c'est parce que je ne supporte pas d'être si près d'un homme. C'est trop intime, trop risqué. Celui qui pose ses lèvres sur les miennes pourrait comprendre le vide qu'il y a en moi. Et pire, il pourrait me remplir de sensations, de pensées et d'émotions. Je ne veux pas ressentir tout ça. Pas encore. Et surtout pas avec lui, celui qui n'a pas tenu parole et est responsable de mes malheurs. Ses actes ont eu des conséquences et je ne veux plus les subir à nouveau. Quand tout sera fini, je voudrais trouver un mec qui me fasse oublier mes peurs, mes appréhensions et me donne envie. Oui, envie de vivre, de revivre. Un homme qui me donnera l'espoir de partager avec lui des projets.

Je ne veux pas lui offrir mes lèvres. Je ne veux pas le laisser m'envahir. Il est attirant, il a du charme et pour mon malheur, c'est un chasseur. Il ne perd pas de vue son but et le poursuit sans relâche. S'il veut une chose, il la prend. Pour l'instant je suis sa cible.

Nous arrivons devant chez moi. J'entre sans l'attendre, il me suit telle une ombre dans mon dos. Je grimpe les trois étages d'une traite. Mes jambes tremblent sous l'effort. Je ressens soudain la fatigue de ma journée de travail, qui me rappelle que je ne peux pas le semer aussi facilement dans les escaliers. J'arrive sur le palier, essoufflée. Mon suiveur est calme, en forme et tout près de moi. Je cherche fébrilement mes clés. Il se colle contre moi. Ses bras m'enlacent et m'empêchent de bouger, il me prend le trousseau des mains.

Je me raidis, c'est plus fort que moi. J'ai horreur de sentir une présence derrière moi. Pour éviter de paniquer, je me retourne dans le creux de ses bras.

– Tu fais quoi là ? je lui demande, hargneuse.

– Je vais me servir puisque tu ne veux pas me donner de toi-même ce baiser dont on parle depuis tout à l'heure.

Je me détourne en le sentant baisser la tête. Mon premier réflexe est de paniquer. Il veut me forcer, m'utiliser. La peur qu'il me touche surgit, effaçant un instant mes capacités de réflexion. Mon instinct me hurle de fuir. Malgré tout, je m'efforce de reprendre mes esprits. Il ne me fera rien, pas maintenant. Five est intrigué et veut juste jouer, me pousser à réagir.

– Non, je n'aime pas ça, je te l'ai dit. Si tu veux, je peux te proposer autre chose en contrepartie.

– Et tu as quoi de plus intéressant ?

– Je ne sais pas, je te fais à manger ? La compta ? Garde du corps ?

Il se marre.

– Garde du corps ? Sérieux ? Tu es minuscule, petite fille. Si j'ai besoin de protection, ce qui n'est pas le cas, je ne te choisirai jamais.

– Je t'ai déjà sauvé les miches, quand même.

– Ouais, c'est pas faux. Mais tu as réussi seulement grâce à l'effet de surprise.

— Cuisine alors ? je répète en me collant à la porte.

Il a resserré sa prise. Je le sens, son corps presse le mien sur toute la surface possible. Sa bouche m'attire. J'essaie de ne pas la fixer, mais c'est difficile. J'ai du mal à ne pas être curieuse.

Il a la réputation d'être un bon amant. En ville, les filles parlent de ses exploits. Il semblerait que, bien qu'il aime dominer, il donne beaucoup de plaisir à sa partenaire. Et il y a une petite armée de femmes qui sont passées dans son lit. Il serait presque plus rapide de dénombrer celles qui n'ont pas couché avec lui que le contraire. Un vrai serial baiseur.

Ces pensées me ramènent au présent. Sa main est sur ma hanche, il me fixe. Il essaie de lire en moi.

— Tu es un vrai défi, tu sais. D'habitude, je n'ai qu'à claquer des doigts pour que les petites culottes volent. Plus tu me résistes, plus j'ai envie de te prouver que tu peux aimer être embrassée.

— Ce n'est pas près d'arriver.

Mais je pense que pour entrer dans sa vie et y rester, c'est le bon plan. Être un défi, une épine dans son flanc. Si je dois me sacrifier en le laissant m'embrasser, et bien soit, laissons-le faire.

— Tu n'arriveras pas à me faire aimer ça.

— J'accepte le défi. Si tu es mouillée après mon baiser, faudra que tu fasses tout ce que je veux. C'est mon gage. Si tu ne l'es pas, je te rendrai le flingue et je ferai en sorte que personne ne t'emmerde dans le quartier.

– Quoi ? Non, hors de question d'accepter de faire tout ce que tu veux !

– Et pourquoi pas ? Moi, ça me branche bien.

– Tu es un gros con, tu le sais ça ? Tu veux parier, OK, mais trouve un gage correct. Tu en veux trop, là !

Mon cœur s'est emballé, des frissons me parcourent. Je ne comprends pas les signaux envoyés par mon corps. Peur ? Anticipation ? Je suis perdue. Il veut me baiser, je le savais. Mais s'il espère que je le laisse faire ce qu'il veut juste parce que je réagis à une caresse plus ou moins appuyée ! Ça, jamais !

Je pourrais à la rigueur, accepter de jouer avec lui, le chauffer, peut-être apprécier l'expérience, mais ne rien lui offrir au bout du compte. Si je suis trop facile à attraper, il se désintéressera de moi très vite. Je dois le manipuler et s'il faut utiliser le sexe et son attirance, je le ferai. Malgré mes peurs, en maîtrisant mes réflexes de recul. Mon corps veut parfois, mais mon esprit refuse toujours.

Il me caresse le bras dans un mouvement machinal de haut en bas. Il cogite quelques secondes puis sourit.

– D'accord, si je te tire des gémissements et que tu me désires après ce baiser, je veux… une heure avec toi.

– Pas de baise hein ? j'insiste, les dents serrées.

– Ce que tu es prête à me donner. Mais si tu me le demandes, je te ferai crier.

Son expression est coquine et un brin filou. Un voyou charmeur dans toute sa splendeur. Je dois faire un pas vers lui, lui donner l'impression qu'il est aux commandes de la situation. Je dois le laisser me toucher. Je ne veux pas, j'ai peur de mes réactions physiques face à son obstination, mais je me souviens de mon but. Il doit être sous ma coupe. J'ai besoin de me servir de lui avant de lui faire payer ses crimes. Avec mon corps, si besoin.
– Et tu arrêteras tes provocations ?
Il hoche la tête et resserre les doigts sur ma peau.
– Alors… OK.
Il me regarde. Vraiment. Son sourire disparaît, son visage devient grave, sérieux et il se fixe sur moi. Son regard chauffe, devient braise. Je veux me détourner, mais il attrape mon menton et me bloque. Ses hanches me poussent. Pour lui échapper, je voudrais savoir traverser cette foutue porte. Mon cœur bondit et me fait mal, une sensation de chaud et de froid me donne le frisson. Ma tête est vide et lourde. Toutes ces sensations contradictoires, la peur, le dégoût, l'attirance et la… curiosité ? Elles me chamboulent et me tiraillent. *Je ne me comprends plus.*

Il va m'embrasser, ses lèvres frôlent les miennes. Son parfum m'enivre et me fait oublier l'endroit où nous sommes. Sa chaleur me réconforte. L'ambiance de ce couloir, l'odeur d'humidité pourrissante, la semi-obscurité, l'ampoule à moitié morte qui clignote, tout est glauque. Des souvenirs malsains tentent de refaire surface, je les repousse en fermant les paupières. L'image de Five est imprimée sur ma rétine. Il me tient, je sais qu'il est là, que c'est lui. Personne d'autre.

– Hey ! sa voix s'est adoucie. Ce n'est qu'un baiser. Je ne vais pas te faire de mal.

Je rouvre les yeux, son inquiétude me surprend. Je le pensais plus salaud, plus égocentrique. Il me rassure et je lui en veux presque. Le détester est préférable.

– Allez, vas-y, je souffle dans un murmure avant de perdre le reste de mon courage.

Il fronce les sourcils, semblant un peu perdu devant mes hésitations. J'agrippe ses épaules et le force à se baisser vers moi pour plaquer ma bouche sur la sienne. Il se ressaisit immédiatement. Sa langue contourne mes lèvres serrées qui refusent de s'ouvrir et va se nicher dans une des commissures. Me chatouillant, me poussant à réagir. Je me recule un peu. Il suit le mouvement, me passe une main derrière la nuque dans un geste pour me retenir. Empêchant ma fuite. Je secoue la tête, il sourit contre moi et me mordille la lèvre inférieure.

– Oh…

Five en profite pour envahir ma bouche. Il explore et me pousse dans mes retranchements. J'en perds le souffle. J'essaie de contrôler ma respiration et de ne pas paniquer, repoussant mes peurs pour vivre le moment présent. Je bataille avec lui, tente de le faire quitter ce territoire qui m'appartient encore. Mais ce jeu de langues, de dents me trouble. Je tremble.

Je le retiens et le repousse. Je veux et je refuse. C'est le moment d'oublier mes appréhensions. Échanger un baiser, c'est pouvoir partager. Je dois dépasser mes craintes, même si c'est lui. Dans mes rêves, c'est un autre que je souhaitais, encore inconnu, qui n'aurait rien à voir avec mon passé. Mais c'est trop tard. Autant tenter de profiter de l'expérience.

Une pensée noire surgit. Je sursaute et arrête notre échange. Pour ne plus voir mon passé sur l'écran trop net de mes paupières, j'ouvre les yeux. Je peux admirer mon compagnon de près. Ses iris verts m'observent. Ses cheveux coupés court, quasi à ras, attisent mon envie de caresses et pour détourner mon attention de mes tristes souvenirs, je me laisse tenter. J'y passe les doigts et je le griffe légèrement. C'est rêche, pareil à la langue d'un chat. C'est intrigant.

Il reprend sa tentative de séduction. Il y met du cœur. Ses mains caressent mon dos sur toute sa hauteur. Se baladent sur mes hanches. Se perdent sur mon ventre. Sa bouche me presse et me fait la cour. Par petites touches, comme de légères taquineries. Il suit la ligne de ma mâchoire, remonte vers mon oreille, laissant un sillage humide qui me donne la chair de poule. Il m'envahit de nouveau, prend possession de ma bouche, comme si elle représentait tout mon être.

Je ne respire plus correctement, je m'accroche à lui, les jointures de mes doigts sont douloureuses et mes jambes molles. Pour me soutenir, son genou les écarte et se niche entre elles, tout en continuant ses assauts. Mes seins deviennent sensibles. Mes tétons pointent et frottent contre le tissu fin de mon débardeur. Il doit les sentir, car l'une de ses mains vient en prendre un en coupe. Il le serre, le soupèse. Son pouce joue avec l'extrémité dure. Je ne sais pas combien de temps il m'embrasse. Il me mange, me dévore, me déguste. Il gronde en moi, tel un animal. Ses gestes se font plus fort, plus brutaux. Il se retient, il en veut plus. Plus que je ne veux, ne peux lui donner. Mais il se contient.

Je finis par gémir mon plaisir tout neuf. Mon ventre se contracte, une sensation de vide se creuse en moi et se fait pulsations électriques. Il s'arrête, pose son front sur le mien. Essoufflé et très excité, il me sourit fièrement.

– Tu vois ! me fait-il. Tu peux aimer, quand c'est bien fait. Et par quelqu'un qui sait s'y prendre.

Je dois admettre qu'il a raison, il m'a complètement retournée. Mais pas question de le lui dire. Son sourire suffisant me donne envie de lui faire ravaler son ego. Il est trop content de lui.

– Faudrait que je trouve un élément de comparaison, je lui réponds.

Ma voix n'est pas aussi assurée que je ne le voudrais. *Merde.* Je vois son visage se rembrunir et son regard se durcir.

— Tu ne feras rien. Pour l'instant, j'ai réussi. Je suis certain que tu mouilles. Tu dois faire ce que je veux, c'était le deal.

— Hé !

— Tu veux que je vérifie ? m'interrompt-il en glissant la main sur une de mes jambes et en remontant sous la jupe.

Ses doigts, un peu calleux, irritent la peau sensible de l'intérieur de ma cuisse. Je serre les jambes pour le stopper et frappe sa main pour l'éloigner. Pas question qu'il ait la confirmation. Mon corps a trahi ma volonté mais ce n'est pas une raison pour que Five soit conscient de l'étendue de ma débâcle. Je me débats et lui jette un regard noir.

— Non, ça va ! C'est bon, tu as gagné, je soupire exagérément pour bien montrer mon exaspération. Je ferai ce que tu veux. On a dit une heure, et pas de sexe… J'ai des limites.

— Pour le moment…

Il s'arrête net. Un bruit venant des escaliers indique que plusieurs personnes sont en train de monter vers nous.

CHAPITRE 7

FIVE

Un bruit de pas lourds et lents. Bientôt deux têtes apparaissent, leurs propriétaires grimpent épaule contre épaule. Ils bouchent toute tentative de fuite par ce chemin. Putain ! Ce n'est pas le moment, ils me cassent mon coup. Je suis très à l'étroit dans mon jean et j'aurais préféré continuer ce que j'ai commencé avec ma jolie poulette.

Ce sont des mecs de mon père, faciles à reconnaître grâce au tatouage de lion stylisé caractéristique dans leur cou. Des gorilles patibulaires, sans une once d'intelligence sur leur visage, exécutant les ordres sans poser de questions. Ils approchent de façon calme et sûre. Sûrs de leur position dominante et de leur force brute. Me connaissant, ils devraient réviser leur jugement.

Juste derrière vient un gabarit plus petit, pourtant c'est celui dont on doit le plus se méfier. L'homme semble passe-partout, avec un physique qu'on oublie vite. Pas très grand, pas musclé, pas de signe distinctif, banal quoi. Il en joue à son avantage. La plupart ne font pas attention à lui et le regrettent amèrement. Je n'ai rien à lui reprocher, à celui-là, il a toujours été neutre avec moi.

Si Williams, un lieutenant, est ici, dans cet immeuble, c'est pour me transmettre un ordre. Comme ma réputation l'annonce, je suis réfractaire à tout ce qui vient de mon paternel. Je freine des quatre fers et n'aime pas obéir dès qu'il s'agit de lui. On a une super relation père fils, nous deux. Tout est dit quand on constate qu'il envoie une paire de malabars et un gradé pour me transmettre un message.

Je me déplace et me mets entre eux et Evy, dans un réflexe de protection qui surprend tout le monde, moi y compris. Elle est plus petite que moi et ne doit plus rien voir de ce qui se passe. La tension est montée d'un coup. L'ambiance, sur ce palier devenu trop petit, est à couper au couteau.

– Five, bonjour, fait-il, mielleux.

– Williams, je réponds sobrement. Que veux-tu ?

– Ton père voudrait que tu nous accompagnes pour le rejoindre. Il souhaite que tu participes aux combats de cette nuit. Comme c'était prévu.

– Tu es bien poli. Tu tournes tes phrases de façon plus diplomatique que Lyons.

– Tu n'aimes pas les ordres, j'essaye de te faire croire que tu as le choix. Autant mettre les formes, ça ne me dérange pas, tant que j'obtiens des résultats.

Je sens de petites mains agripper mon t-shirt, les doigts crispés sur le tissu couvrant mes muscles tendus.

– Rends-moi mes clés, me souffle la voix de ma future conquête.

Je la repousse doucement en faisant mine de l'ignorer. Elle me frappe l'omoplate du plat de la paume. Je regarde par-dessus mon épaule et hausse les sourcils. Il faudrait lui faire passer cette manie de donner des ordres. En plus, ce n'est pas le moment de se faire remarquer. Si elle pouvait passer inaperçue, ça m'arrangerait.

Ne pas m'inquiéter pour elle serait un plus. Déjà qu'elle occupe tout mon esprit, elle, ses courbes et ses hésitations. Il faut dire qu'elle me fait un effet dingue. Si j'avais pu, je l'aurais prise contre la porte de ce palier. Nous aurions fini la nuit dans son appart. À terre, sur le divan ou dans son lit, peu importe.

Mais je n'ai pas voulu la pousser au-delà de ses limites. Pourquoi a-t-elle eu une réaction pareille ? On aurait dit qu'elle n'avait jamais échangé un baiser. Et que j'allais la forcer, la violer. Je peux être un vrai connard, mais je ne m'en prends pas aux filles. Si je veux baiser, je n'ai pas à chercher bien loin pour en trouver une prête à écarter les cuisses. Où est le plaisir à forcer une femme ?

Et j'ai pris, il y a longtemps, la décision que je ne ferai plus de mal physiquement au sexe dit *faible*. Plus jamais !

– Reste tranquille ! Lyons veut que je me batte cette nuit, je lui explique.

Au départ, je voulais lui faire faux bond, mais maintenant avec toute cette excitation qui ne demande qu'à être libérée, je vais me faire une joie de défoncer le mec choisi pour être mon challenger. Je pourrai évacuer la frustration que je ressens dans l'immédiat. Pour faire redescendre la tension, rien de mieux que frapper un inconnu.

Je reprends en la plaquant contre mon jean.

– Tu vois, je bande, je te veux et au lieu de ça, je vais à la castagne.

Indifférent à nos spectateurs, je glisse les doigts sur le cou d'Evy, les passe dans sa nuque en une caresse délicate et les enfonce dans ses cheveux attachés. Mon geste lui tire un frisson. Je resserre ma prise et bascule sa tête en arrière.

– Tu vas te coucher et repenser à notre baiser, je lui ordonne. Je te verrai demain pour avoir ma récompense. N'oublie pas, j'ai gagné.

Sa bouche est entrouverte et appelle au crime, mais je n'ai pas le temps. Ses iris ont tout un monde enfermé derrière eux. J'aimerais le comprendre, toutefois elle a déjà repris son calme et redressé ses barrières. Elle ne me laissera pas entrer à présent. Ses pommettes reprennent leur couleur naturelle, perdant ainsi le beau rose que j'avais réussi à leur donner.

— Hum, excuse-moi, mais la petite dame est invitée aussi, interrompt le lieutenant.

— Quoi ?

— Oui, le boss veut la voir également, répond-il.

Il se tourne vers elle et l'observe calmement.

— Mademoiselle Hunname, veuillez nous suivre.

Sa politesse commence à me gonfler. Ma brunette a retrouvé son visage indifférent et sans émotion. Celui que je lui avais déjà vu dans la ruelle. Un masque pour cacher ce qu'elle pense et ressent. On ne peut plus rien lire en elle.

— Moi ? Pourquoi ?

— Monsieur Lyons ne nous explique pas ses motivations, il nous ordonne et nous obéissons. C'est tout.

Il hausse les épaules et fait demi-tour, certain d'être suivi.

***

La salle, où ont lieu les combats se trouve au sous-sol d'un des immeubles appartenant à Lyons.

Au-dessus se trouve un bar. Pratique pour faire croire au commun des mortels qu'un tel va-et-vient de personnes et de véhicules est normal. Sinon, ce serait suspect tout ce beau monde dans un quartier mal famé, sordide et à moitié abandonné et cela pourrait mettre la puce à l'oreille des flics. En plus, tous les spectateurs parieurs peuvent dépenser leur fric en boissons et débauches. Double bonus pour Lyons.

Notre voyage s'est déroulé dans le silence. On s'est tous entassés dans l'habitacle d'une berline noire passe-partout. Evy est perdue dans ses pensées, le regard tourné vers la route. Le seul signe d'inquiétude visible étant le frottement machinal de son pouce sur l'entrelacs des tatouages qui recouvrent son avant-bras droit. Je n'avais pas prêté attention aux motifs, fasciné par son corps et ses courbes. Il est vrai que ce n'est pas sur ça que je pose mon regard en premier chez une femme. Je suis plus attiré par son cul et son décolleté. Dans la pénombre du véhicule, il me semble qu'ils s'étendent sur tout l'intérieur, du poignet jusqu'au coude. Je ne vois pas ce qu'ils représentent, mais elle suit leurs contours comme si elle les connaissait par cœur.

Nous sommes escortés jusqu'au bureau à l'arrière du bar. Il donne sur la salle des combats et permet une vue de haut. Lyons peut ainsi surveiller ses intérêts sans se mêler à la « populace ». Il nous attend le dos tourné, le regard braqué sur son domaine.

– Monsieur, votre fils est là, annonce Williams avant de reculer près de la porte.

Ma compagne est raide et très mal à l'aise. Elle me donne envie de lui prendre la main pour la rassurer, mais ce n'est ni le moment ni le lieu. Et pas dans mes habitudes non plus. Montrer une quelconque faiblesse est risqué ici.

Mon père se retourne et me regarde. Un sourire suffisant aux lèvres, il s'allume un cigare.

– Noah, comme c'est généreux de ta part de nous honorer de ta présence. Moi qui pensais que tu allais encore me faire attendre.

– J'ai besoin de me défouler. Autant démolir un de tes caïds, je lui réponds, sarcastique.

– C'est toi mon champion, pas eux, réplique-t-il.

Ses yeux verts si semblables aux miens se tournent vers ma silencieuse voisine. Sans me laisser le temps de dire quoi que ce soit, il fait un signe de la main et un de ses sbires la pousse dans le dos pour qu'elle avance.

– Mademoiselle Hunname, Vous êtes nouvelle dans notre ville, laissez-moi vous accueillir convenablement !

Son visage a maintenant perdu toutes ses couleurs, ses yeux sont comme deux billes noires et ses poings si serrés que ses phalanges ont blanchi. Elle semble lutter férocement pour garder son contrôle. Un éclair de haine passe dans ses yeux, vite dissimulé. Elle détourne le regard et me fixe. D'où le connaît-elle ? Elle débarque de je ne sais où, semble détester mon père, fait des mystères sur son passé. Mais que cache donc cette fille ?

– Monsieur Lyons, finit-elle par dire d'un ton froid et sans vie.

Elle s'est reprise et j'ai l'intuition d'être le seul à avoir remarqué son aversion pour lui.

— On m'a rapporté que c'est vous, et non mon *fils*, qui êtes responsable de la mort de Kenny.

Il insiste sur notre lien de parenté sachant très bien que ça me fait chier. *Et merde ! Il est au courant. Comment l'a-t-il su ?* J'avance d'un pas, mais il m'arrête d'un regard.

— Heu... oui. Je ne souhaitais pas tuer cet homme, mais... elle hausse les épaules et continue, mais il valait mieux lui que Five, non ?

Elle fait la brave, le menton levé. Pourtant, pâle comme une morte et se tenant le poignet, elle n'en mène pas large.

— Mon fils est capable de se défendre. Dans le cas contraire, il ne mériterait pas de rester en vie. Je ne veux pas de faible ici, rétorque mon connard de paternel.

N'être qu'un pion dans son empire n'est pas nouveau, sa déclaration ne m'étonne donc pas. Au contraire d'Evy qui sursaute à ses mots, choquée, et me jette un regard d'incompréhension.

— Surprise, ma jolie, tu croyais que cet homme en avait quelque chose à foutre de moi parce qu'on a des gènes en commun ?

— Tais-toi, me fait-il. Je n'apprécie pas que l'on supprime un de mes hommes, même un cafard. Donc tu as un gros problème. Il va falloir me rembourser les pertes.

Tel un vautour sur sa proie, il tourne autour d'elle, semblant se poser des questions. D'habitude il est plus expéditif, se débarrassant de ceux qui sont sur son chemin et s'en servant pour faire un exemple. Elle le suit des yeux, mal à l'aise.

Soudain, il attrape ma compagne par les cheveux et la regarde de plus près. Elle sursaute, émet un petit cri de surprise, mais a la force de ne pas se mettre à supplier. J'en ai vu des plus costauds se pisser dessus face à Lyons. Elle a du cran, je dois le reconnaître.

— Tu me fais penser à quelqu'un, déclare-t-il. Je te connais, j'en suis certain.

— Non, on... on ne s'est jamais rencontrés, sa voix est chevrotante et pas plus forte qu'un murmure.

Son regard gris exprime toute sa peur. Lyons a mis le doigt sur un détail. Une lueur de panique est apparue au moment où il a affirmé la reconnaître. Mais qui est-elle ?

— J'ai la mémoire des visages. Je n'oublie jamais personne.

— Arrête ! fais-je. Tu ne vas pas lui reprocher d'avoir débarrassé le monde de Kenny. Tu aurais perdu bien plus si j'étais mort. Tes gains sur les paris en auraient pris un sacré coup.

Toujours parler fric avec lui. Il n'y a que ça qui le motive et est à même de détourner son attention de ma menteuse. Il la relâche dans un geste brusque qui la fait vaciller. Je la rattrape par les coudes.

— Comme c'est mignon, fait-il sarcastique. Tu te sens l'âme protectrice. Un vrai chevalier en armure. Tu la défends contre moi, tu fais en sorte que je pense à autre chose... Pourtant tu ne l'as pas encore sautée si je ne m'abuse ? Oui, j'ai mes sources, enchérit-il en me voyant surpris de cette info.

— Je n'en ai rien à foutre de ce que tu penses, je réplique en avançant vers lui.

— Non, ça, je le sais. Bon maintenant, tu vas descendre et faire ton job. Pendant ce temps, je vais continuer ma conversation avec ta pute. Nous n'en avons pas fini tous les deux.

Il essaie de me faire réagir, scrute mon attitude pour y déceler une faille. Il vérifie mon attachement à Evy. Je ne lui montrerai pas que ses insultes me font rager. Ce serait lui offrir un levier de plus pour me contrôler.

— Hey, je ne suis pas sa pute, j'entends râler à côté de moi.

— Pourquoi je te ferais ce plaisir ? rétorquai-je à mon paternel.

— Parce que dans quelques jours, c'est son anniversaire et que, peut-être cette année, tu pourrais être son cadeau…

Merde, il me tient. Échec et mat. Il sait que mon seul but dans la vie est de retrouver ma demi-sœur. Et que je ferai tout ce qu'il me demande tant qu'il me cachera où elle se trouve et son identité. Je me détourne et pars exécuter ses ordres. En claquant la porte. *Putain de vie.*

CHAPITRE 8

FIVE

Je me change et me bande les mains tout en essayant de me sortir de la tête ce qu'il vient de se passer. Il faut que je me concentre sur le moment présent, sinon je serai mis au tapis plus vite que mon ombre.

Pour ma demi-sœur, je ne peux rien faire dans l'immédiat. Il me tend cette carotte depuis plus de dix ans. Depuis que j'ai appris son existence, je désire la retrouver, la connaître, mais c'est lui qui a les cartes en mains. Il la cache et s'en sert pour m'imposer son bon vouloir.

J'ai fait des trucs horribles pour avoir des miettes d'informations, une photo, un signe de vie, l'espoir de la voir et lui parler... Shane est sur l'affaire. Il cherche, fouille et enquête. Il est comme un chien sur un os, il ne lâchera pas avant d'avoir trouvé. J'ai confiance en lui, mais ça prend du temps et j'en ai marre.

La question importante pour l'instant est de savoir ce que cache Evy. Ses secrets m'attirent comme une flamme. Si elle hait mon père autant que moi, je sens qu'on pourrait mettre en commun nos projets. Et si en plus, il y a de la baise, c'est tout bénef pour moi. Son corps et son regard rempli de mystères me tentent. Sa résistance à mes approches me plaît plus que de raison.

Ce défi ambulant est comme un drap rouge agité sous le nez d'un taureau. Mettre un plan en place va m'obliger à être malin et sournois. Et j'aime ça. Pour le moment, elle est avec mon père et la peur qu'il lui fasse du mal sans que je sois là pour le freiner me rend nerveux. Conclusion, il ne faut pas laisser durer ce combat. Je vais devoir être rapide.

***

Il y a énormément de monde. Un bruit assourdissant aussi. Pendant toute la traversée pour arriver au ring, les gens crient et hurlent, me touchent dans une tentative pour attirer mon attention. Les femmes me caressent et me jettent des regards chauds en me proposant leur corps, devant leur mec, sans aucune gêne. Ils sont tous venus pour assister à des combats pour étancher leur soif de violence.

J'entre dans la cage. Le public se presse contre la grille, la secoue et tape dessus. Ils en veulent pour leur argent. Ils ont parié des fortunes et n'attendent que les cris, la violence et l'excitation qui en résulte. Pour le sang et la douleur. La sueur et les gémissements.

Je ne dois plus leur prêter attention, je dois faire le vide en moi et me couper de cette ambiance. Comme si je baissais le son, je me canalise sur ma respiration. Ma concentration est à son paroxysme, toutes ces pensées et questions ne doivent plus interférer. Je me focalise sur le lieu et le moment. La cage devient mon univers. Quarante-huit mètres carrés entourés de huit côtés grillagés. Mon territoire, toute ma vie pendant les prochaines minutes.

L'adversaire du jour est déjà présent dans l'octogone. Je ne l'ai jamais eu comme challenger. Plus grand que moi, plus musclé. Reste à savoir s'il a des neurones qui fonctionnent. La force brute peut être contrée par l'intelligence et les réflexes. Un de mes points forts est la rapidité. Un autre est que je ne joue pas, je frappe pour mettre à terre le plus vite possible. Je ne fais pas le show.

L'arbitre qui ne sert qu'à chauffer la salle et à nous annoncer fait son speech. Je n'y prête pas attention. Il n'y a aucune règle, ce n'est pas de la boxe. Les exploits de mon adversaire et son pedigree m'indiffèrent, je le surveille du coin de l'œil. Il se pavane en levant les bras, certain de sa victoire. Mon cerveau enregistre ses mouvements, sa posture, son maintien. Calculant au préalable les avantages et inconvénients. Posant en pensées les frappes et les feintes, jouant à l'avance le combat.

Que le présentateur répète à l'envi la version officielle de l'histoire de mon surnom ne sert qu'à meubler. La musique et les cris dominent sa voix. Tous ici pensent que Five vient du nombre de coups qu'il me faut pour mettre K.-O. mes opposants. Je leur laisse volontairement croire que c'est la vérité. Il n'y a que Lyons, Shane et quelques rares personnes qui sont au courant du véritable sens de ce surnom. Il est bien trop privé pour être crié sur tous les toits.

Je reviens à la réalité, je ploie les poignets pour les faire tourner. De mes mains bandées, je donne des coups dans le vide pour m'échauffer. Je reprends mon travail de concentration : je me focalise sur ma respiration, n'écoutant qu'elle, laissant mon cœur accélérer sous l'effet de l'adrénaline. L'attente du début du combat et la musique hurlante accroissent mes pulsations. Mon sang coule plus librement dans mes veines et aide mon corps à se charger d'oxygène, carburant vital pour ces prochaines minutes.

Dès le gong, je ne laisse aucun temps mort. Directement un uppercut au menton de mon adversaire pour lui faire comprendre que je ne plaisante pas. Il suit le mouvement pour absorber le choc puis secoue la tête pour se recentrer. La foule ébauche l'habituel…

ONE

… qui acclame mon premier coup.

Ce tueur en puissance entame une approche, les traits crispés, pour m'infliger quelques uppercuts et coups droits. Je les pare de mes avant-bras et des pas de côté. Il cherche à me faire baisser la garde en imposant son rythme. Il me jauge sans vraiment comprendre que je le laisse faire. Je ne tente rien, mais je veille à ne pas être repoussé contre une grille ou un coin.

Son allonge est meilleure que la mienne, mais son calme se fissure déjà. Il perd son avantage en s'essoufflant. J'esquive les attaques suivantes sans grand dommage et j'en profite pour observer son attitude et sa tactique. Ma blessure au côté est refermée, pas plus gênante que ça. Il me donne un coup direct dessus, croyant me paralyser de douleur, ou du moins me déconcentrer. Je serre les dents, ce n'est qu'un élancement ténu. Ça ne me handicape pas plus que ça. En revanche, il m'a mis les nerfs.

Je suis mon adversaire des yeux, la crispation de ses épaules, le mouvement de retrait de son pied et de son épaule. J'attends. Je sais être patient et exploiter les faiblesses. Il arme son bras en position d'attaque et je profite de l'instant pour riposter. Sa garde est ouverte.

Plus lent et plus lourd que moi, il ne peut se dérober quand j'accroche son poignet en bondissant. J'entame une torsion dans un déplacement classique de clé de bras et le remonte vers l'omoplate. Tout cela ne me prend que peu de temps et me permet de le contourner. Aucune échappatoire pour lui, son coude se déboîte dans un claquement qui m'est audible par-dessus le bruit ambiant. Son cri prévient la foule de sa douleur et elle se met à scander…

TWO

Pour soulager la tension douloureuse dans son articulation, il découvre son flanc droit en se penchant sur la gauche et en fléchissant les genoux. C'est l'ouverture que j'attendais. J'enchaîne d'un coup dans les côtes flottantes qui me sont offertes comme sur un plateau. Un craquement se fait sentir sous mes phalanges. Elles sont sûrement brisées. J'y ai mis toute ma force. Le coup se répercute désagréablement dans mon bras, mais me fait plaisir malgré tout. Il gémit et se cabre. La foule s'époumone avec un exubérant…

THREE

Le relâchant, je mets de la distance entre nous par petits bonds et le laisse se reprendre. Le bras ballant, plié en deux, il enrage. Il me maudit et déverse sur moi une avalanche d'injures. Le visage rouge et transpirant, il s'énerve. Il est fini. Sans calme et réflexion, il commettra une connerie qui me permettra de le mettre au tapis. Je sens la satisfaction se répandre en moi. Pourtant je dois rester vigilant.

Voilà, ça y est. Cette montagne de muscles me fonce dessus. Même avec un bras affaibli, il veut me clouer au sol en me percutant. Une option comme une autre. Il ressemble à un taureau fou. J'écarte les pieds, me positionne de côté, en appui sur mes talons. En attente. Il se met à courir plus vite. Toujours patienter, rester concentré.

Il est presque sur moi quand je lui lance mon pied droit, la jambe tendue, dans un mouvement circulaire, en plein centre du plexus solaire. Le choc est rude pour lui comme pour moi. Les vibrations remontent jusque dans mes reins. Ses yeux sont comme des billes, il exhale un souffle court et ses jambes ploient sous lui. Il tombe à genoux sous les hurlements des spectateurs.

FOUR

C'est la folie de l'autre côté de l'enceinte de métal. Les paris s'envolent. Il y en a toujours qui espèrent le jackpot, si pour une fois je perdais ou si je n'arrivais pas à finir mon adversaire en cinq coups. Je me remets sur pied, m'approche et d'un dernier coup droit descendant à la tempe, je le fais rejoindre Morphée.

FIVE

Black-out pour un moment. *Adios amigo.* Ma sortie du ring se fait sous les invectives de certains, mais surtout sous les ovations de la majorité. La foule est en délire. Les billets s'échangent, les reconnaissances de dettes fleurissent. Les sourires de certains sont brillants tandis que d'autres se fanent. Mais tous ont un regard jaloux quand ils m'observent. Bande de connards ! Ils me pensent heureux de me battre alors que moi, je ne suis que le chien de mon père, qui me siffle et à qui il donne ses ordres.

Putain de vie.

CHAPITRE 9

EVY

Five est parti se battre, me laissant ici sans un regard. Dans ce nid de vipères dont il est issu. En serrant les bras autour de moi, je tente de paraître indifférente à mon entourage. Ne pas songer au passé et faire ce que j'ai prévu pendant le trajet jusqu'ici. Le duper avec une jolie histoire et une fausse identité. Encore une.

Le fait que Lyons pense me reconnaître peut être un atout. S'il pense que j'avoue la vérité parce qu'il m'a fait peur, il ne cherchera pas plus loin. À ma grande surprise, père et fils ne s'entendent vraiment pas. La rumeur, que je croyais excessive, est en fait bien en dessous de la réalité. Je dois m'en servir de levier pour briser cette engeance. En maître incontesté de la ville et de ses dessous, il tire les ficelles, contrôlant aussi bien les flics que les politiques. Et ceux qui résistent ne le font pas longtemps, mon expérience le prouve.

Je balise à mort. Les souvenirs affluent pendant qu'il observe son fils monter sur le ring. Cette ambiance morbide de spectateurs assoiffés de violence me rend malade. En attente de sang, de cris et de sueur. Tout m'effraie. Comment ai-je pu croire que je pourrais gérer ces émotions et mener ma vengeance à bien sans casse ? Ce sont de véritables montagnes russes. Ma respiration irrégulière va finir par attirer l'attention. Il me faut fixer un point et me focaliser dessus.

Inspire… Expire…

– Je sais que je te connais, tes traits me font penser à quelqu'un, j'en suis sûr. Ce n'est qu'une question de temps avant que je ne m'en souvienne. Mais je n'aime pas attendre, il vaudrait mieux pour toi ne pas m'énerver.

Sa voix lente et assurée fait disparaître le peu de quiétude que je venais de regagner. Il est perdu dans ses réflexions, indifférent aux coups reçus par Five. Il surveille juste son investissement. J'entends les cris sans rien voir. Il faudrait pour cela approcher de mon ancien bourreau. Il ne m'inspire que haine et affolement. Il est dangereux et sans scrupule, au contraire de Five qui m'étonne de plus en plus. Sous sa façade de salaud et ses manières de gros lourd, il cache peut-être une once de compassion.

Le volume sonore augmente d'une fois, la foule en délire hurle *ONE*. C'est quoi ça ? Je rejoins la fenêtre à petits pas prudents, la curiosité me faisant surmonter ma crainte. N'osant pas être trop proche de Lyons, je glisse à l'extrémité opposée de la vitre. La scène est surréaliste. Une cage entoure le ring. On se croirait dans un mauvais film à la *Mad Max*. Les gens se pressent contre cette frontière de métal. Entre brutalité et sadisme.

Comment peuvent-ils attendre, souhaiter et aimer ce spectacle décadent ? Mon regard se brouille sous le désarroi provoqué. Il n'y a plus que des mouvements flous et colorés dans mon champ de vision. Tout semble se glacer en moi. Dans ma tête résonnent encore les cris d'une petite fille. Elle pleure et supplie. Ces déchets de l'humanité, qui se gargarisent de la douleur des autres, ne méritent pas de vivre en toute quiétude. Ils n'ont pas à s'inquiéter des conséquences de leurs actes et se fichent des vies brisées. Tout particulièrement, celui qui chapeaute le tout et engrange les profits.

Je voudrais vomir ma haine et l'abattre tel un chien enragé. Mais ce n'est pas le moment. Il y en a d'autres avant lui dont je dois me préoccuper. Sinon, ils s'enfuiront et je ne les retrouverai jamais. Je remonterai la liste dans l'ordre établi.

– Tu vois, je l'ai poussé juste ce qu'il faut pour lui mettre la rage. Je sais l'amener où je veux.

Il se vautre dans sa propre suffisance. J'ai compris en les écoutant qu'il y a quelqu'un entre eux, une personne à laquelle Five semble attaché. Voilà son point faible. C'est ainsi que son géniteur le contrôle. Qui ? Pourquoi ? À quel point tient-il à cette personne ? Au point d'aller se battre contre une montagne de muscles ou de me faire subir ces sévices il y a dix ans ? Est-ce que déjà, à l'époque, il ployait sous le joug de Lyons ? Si jeune ? Quand bien même, il a fait son choix et il devra assumer.

TWO. Je retourne vers la scène qui se déroule sous mes pieds, la fluidité et la rapidité de ses gestes me fascinent. Il assène ses coups sans hésitation ni pitié.

– Je le façonne depuis ses quinze ans, un jour il sera parfait. Je briserai les limites qu'il s'impose, il finira par les dépasser. Alors... si tu t'interposes avec ton visage d'ange et fous en l'air mon œuvre, tu vas le regretter, me déclare-t-il.

Je n'ai pas le temps de répondre que je suis plaquée contre la vitre, le souffle coupé par le choc. Un des gorilles attrape mes cheveux violemment, ainsi qu'un de mes poignets. Je me retrouve dans la même position que l'adversaire de Five à cet instant précis. Le parallèle pourrait être cocasse, sauf que la douleur fait rater un battement à mon cœur. Je n'ai rien vu venir. Je crie de peur autant que de souffrance. Lyons se rapproche et continue son speech :

– Il ne veut pas m'obéir, je dois à chaque fois lui imposer mes désirs. Et, toi, tu débarques la bouche en cœur pour lui retourner le cerveau. Si tu me mets des bâtons dans les roues, tu finiras en morceaux au fond d'une poubelle. C'est bien compris ?

Ses menaces ne sont pas vaines, il les met toujours à exécution.

— Je vous en prie, je...

Je bafouille une réponse, la peur au ventre. L'homme de main me libère au moment où une gifle monumentale m'est assenée. C'est Lyons. Je m'effondre au sol, à genoux. Un goût de sang me prouve qu'il n'y a pas été de main morte. Des larmes coulent, impossibles à retenir.

Pas besoin d'imiter la panique, elle me prend à la gorge. Je garde les yeux baissés, pour cacher la répugnance et la fureur qu'il m'inspire. Il ne doit pas voir que je suis prête à le tuer. Mon ventre se serre, la nausée me rend faible. Des signes physiques, tels que mes tremblements et mes sanglots, peuvent lui faire croire à de la terreur. Dommage que je ne sois pas armée. Je suis obsédée par l'idée de tuer cet homme depuis si longtemps.

— Il n'est déjà pas facile en temps normal. Mais depuis qu'il te connaît, c'est pire. Rien ne l'atteint. Mes indics m'ont appris qu'il t'avait suivie comme un petit chien toute la semaine. Qu'il était resté dans le resto minable où tu travailles, à te regarder bosser.

Ses pieds viennent s'insérer dans mon champ de vision. Je me crispe dans l'attente d'un coup. Je ne peux m'empêcher de crier quand il agrippe mes cheveux. Qu'ont-ils tous à s'en prendre aux cheveux, putain ? Mon dos se tend, mes épaules partent en arrière et ma nuque se raidit afin de rester droite et de soulager la douleur.

— Je sais que je te connais. Tu vas me répondre, sans quoi tu connaîtras la vraie douleur.

– Non... je... je ne vois pas... je suis Evy, je bégaie, le timbre entrecoupé par les pleurs.

Il fixe son regard dans le mien, indifférent et stoïque, me dévoilant son horrible nature. Il s'en fout de terroriser et de torturer, tant qu'il obtient son dû, en véritable psychopathe.

– Tu me le diras, tu sais. Inutile de mentir ou d'essayer d'attirer ma pitié. Je n'en ai pas.

Ce n'est même plus de la peur, mais une terreur sans nom qui déferle en moi et empêche toute réflexion cohérente. Ce n'est pas le moment pourtant. Sa main accrochée dans ma chevelure est si serrée, qu'elle me donne l'impression de s'enfoncer dans mon crâne.

Je me débats de toutes mes forces. Des mains viennent en renfort et appuient sur mes épaules parderrière. Et là, ma hantise, revenant des profondeurs de mon pire cauchemar, refait surface. Il amène le cigare qu'il tient à la hauteur de mon visage. La lueur incandescente se rapproche de ma joue.

***

En voyant approcher cet ignoble rappel de mes souffrances passées, je panique totalement, secouant frénétiquement la tête pour éviter la brûlure et la douleur dont je me souviens si nettement. Un bras s'enroule autour de mon cou, empêchant toute retraite possible. Je le griffe du poignet jusqu'au coude et vois le sang perler sur le passage de mes ongles. Pour lui faire lâcher prise et récupérer un peu d'air. Et éclaircir mes idées.

Je ne supporterai plus cette douleur infernale. La chaleur augmente à devenir insupportable. Il ne me touche pas encore, mais il est si près que ma peau doit rougir. La peur me tord le ventre. Si je pouvais m'échapper de ma peau, je le ferais immédiatement. Je me sens mourir de l'intérieur, je ne tiendrai pas... pas la joue, pas le visage ! Non !

– Je... Pitié non... Je m'appelle Evy... Evy Langdon.

Je souffle cette fausse réponse dans un chuchotement emmêlé de sanglots pathétiques. Les paupières crispées pour ne pas être éblouie par l'extrémité brûlante. J'ai finalement réussi à sortir la version voulue. Ce nom de Langdon me permet de le tromper. De lui faire croire à mon innocence et lui donner une raison plausible de lui cacher ma soi-disant véritable identité.

– Langdon ?

Il relâche sa prise et se redresse, éloignant son cigare de moi.

– Langdon ? J'ai connu un Langdon... Tu es sa fille ?

– Oui, j'ai cru que... comme il avait eu des soucis avec vous... c'était mieux de ne pas donner mon vrai nom. Rien d'autre. Je vous le jure... juste pour être tranquille.

Je débite mon discours de façon hachée, récupérant de mes émotions, en pleurant et toussant. Ma gorge me fait un mal de chien. Je ne sais pas comment j'ai réussi à me souvenir du bon patronyme, vu l'état de terreur dans lequel je me trouve.

C'était dans le plan, mais le faire dans une situation de stress pareil est un miracle. Mon cerveau est en bouillie. Je me suis affolée et mon passé m'est revenu en pleine face.

— Oui. Là, je te crois. Tu vois, ce n'est pas si dur de dire la vérité, me fait-il, la satisfaction tout à fait reconnaissable dans le ton utilisé. Il prend une bouffée de son cigare et envoie la fumée dans ma direction, ce qui me fait tousser.

Un vrai pourri. La porte s'ouvre à la volée, claquant contre le mur. Five est de retour. Un peu tard pour moi. Je relève la tête et l'aperçois. Il ne s'est pas changé. Toujours torse nu, les abdominaux saillants et couverts de sueur, les mains bandées maculées de traces rouges, il a l'air fort, sûr de lui et en colère. Fâché contre qui ? Pour qui, pour quoi ? Moi ? Ce serait surprenant. Mais ma journée entière est une avalanche de découvertes et de révélations.

Son regard survole la pièce et me trouve au sol, du sang aux coins des lèvres, à chercher mon souffle. Je dois paraître pathétique. Il vient vers moi d'un pas rapide, me relève en douceur. Du bout des doigts, ce dur à cuire effleure ma joue et fronce les sourcils.

— Je vois que tu as encore fait de ton mieux pour paraître sympathique, ironise-t-il auprès de son père en continuant à me fixer, la voix glaciale.

– Je suis gentil avec ceux qui le méritent. Maintenant, Evy et moi, nous nous comprenons. C'est le principal.

– On s'en va, tu as eu ce que tu voulais. Mais je te préviens, ne la touche plus.

– Tu sais comment ça marche. Si tu tiens tellement à ta chérie, tu connais le tarif. Je me demande si elle en vaut le sacrifice, répond ce salopard en rigolant.

Que veut-il dire par là ? Que pour me protéger, il devra payer ? Comment ? Devra-t-il encore se soumettre à son psychopathe de père ? Et pourquoi le ferait-il ?

Five m'entraîne vers la sortie, me soutenant, un bras enroulé autour de ma taille. Je remarque la lenteur de sa démarche, pour montrer ou démontrer qu'il ne craint personne dans cette pièce. J'aimerais lui ressembler. Au lieu de cela, je dois me retenir de m'enfuir en courant. Enfin, en réalité pas vraiment, car mes jambes tremblantes ne me le permettraient pas.

CHAPITRE 10

EVY

Le retour se fait dans le brouillard. Je suis en état de choc, une fois de plus. Je tremble, pleure et sursaute au moindre mouvement de mon compagnon d'infortune.

Son soutien et son réconfort silencieux ne font qu'augmenter ma peine. Je suis à vif, souhaitant ne pas avoir besoin de lui et rester seule pour lécher mes plaies. Mais il insiste. Je plonge dans mes souvenirs pour mieux me rappeler pourquoi je refuse son soutien moral.

– *Tu t'appelles comment ?*
– *Annabelle. Et toi ?*
– *Noah.*
– *Pourquoi je suis ici ? Pourquoi...*
– *Chut, ne parle pas trop fort. Je n'ai pas le droit de descendre ici normalement. J'ai menti au garde. Si l'on nous surprend...*

Il frémit, il a l'air d'avoir peur. Pourtant il est grand, au moins quinze ou seize ans. Il vient juste d'entrer dans la cave où je me suis réveillée il y a... je ne sais pas vraiment combien de temps. J'ai soif, j'ai faim, j'ai froid. Et surtout j'ai peur. Un monsieur est venu tout à l'heure et il est terrifiant. Il n'a rien dit, il m'a juste regardée. Ses yeux m'ont terrorisée, ils avaient l'air cruel.

– Voilà à manger, j'ai entendu qu'ils ne t'avaient rien donné encore.

– Merci !

– Et à boire, et fais vite, je ne peux pas rester longtemps.

Le garçon, Noah, surveille par-dessus son épaule, il est inquiet et sur le qui-vive.

Je me jette sur le sandwich comme une lionne. Je l'observe en mâchant le plus rapidement possible. Mon estomac me fait mal. Ma gorge sèche refuse d'avaler. Je m'étrangle presque. Les larmes aux yeux, je tousse. Une main envahit mon champ de vision. Elle tend une bouteille en plastique remplie d'eau, le bouchon déjà retiré.

– Tiens, bois.

J'obéis et me sens tout de suite mieux. Une chaleur bienfaisante m'envahit et je lui souris.

– Merci.

– De rien, je ne comprends pas pourquoi ils t'ont mise ici.

– Tu es qui ? Ils m'ont enlevée et je... j'ai peur... S'ils me font du mal...

Ça y est, mes larmes recommencent à couler. La boule dans mon ventre grossit, je crois que je vais vomir. Je voudrais tellement voir mon papa. Cette cave est si noire, si froide.

Le lit bouge et je sens des bras qui m'entourent. Noah me fait un câlin pour me rassurer. Mais quand je le dévisage, je vois bien qu'il ne sait pas quoi me dire pour me calmer, pour me faire oublier mes craintes.

– *Je... Je vais essayer de t'aider, je ne sais pas encore comment, mais...*

– *Promis ?*

– *Oui, promis, croix de bois, croix de fer...*

Il sursaute en entendant un coup dans la porte, je cache mon visage encore quelques secondes contre son épaule, renifle comme un bébé. Et dire que je me croyais grande et forte, la semaine passée. Plus maintenant.

– *Je reviendrai, mais là, je dois y aller, me dit-il en me relâchant.*

Il récupère les restes d'emballage et me serre les doigts.

– *Tu reviens ? je supplie tout bas.*

– *Je vais essayer.*

Et il remonte vite à la porte, l'ouvre et parle tout bas avec le garde, je ne les comprends pas, ils sont trop loin. Il secoue la tête tristement. Le battant se referme sur lui et ses yeux couleur prairie. À ce moment-là, il semble si sérieux et bien plus âgé, que je sens au plus profond de moi qu'il ne pourra rien pour m'aider. Et lui aussi. Malgré tout, je mets tous mes espoirs dans sa promesse de revenir.

Je ne veux rien de lui. Plus rien, jamais. Sûrement pas ce qu'il me propose au moment où les souvenirs d'un temps révolu reviennent, me rappelant qu'il m'a déjà fait souffrir, de manière si brutale et sans pitié pour la petite fille que j'étais alors. Son visage se superpose dans mon esprit à celui inquiet, d'un jeune adolescent.

— Tu peux m'aider ?
— Non, je ne peux pas, me murmure sa voix.
— Pourquoi tu ne veux pas ? J'ai peur. Ils me font tellement mal.
— Je... je suis obligé de faire ce qu'il veut. Je n'aime pas ça, mais il le faut.
Il brise mes espoirs et il le sait. La nuit est tombée et avec elle, le silence dans la maison. Il est venu discrètement me parler au travers de la porte. Il chuchote pour me dire que je ne dois rien attendre de lui. J'entraperçois son ombre au sol, je suis si près de lui. Je pourrais m'échapper s'il ouvrait. On pourrait courir, se cacher... appeler à l'aide. J'entends sa respiration, le frottement de ses chaussures au sol, mais rien d'autre. Pas le bruit d'une clé, pas de tentative pour ouvrir la porte et me libérer.
— S'il te plaît, Noah... s'il te plaît.

Il ne se souvient pas de la fillette apeurée et meurtrie que j'étais. Emprisonnée dans cette cave.

Du haut de ses quinze ans, il me paraissait si fort, pouvant me sortir de cet enfer et m'aider à m'échapper.

— *Alors, préviens mon père. Il me libérera. Je ne peux plus… s'il te plaît.*
— *Dis-moi ton nom, mais je ne promets rien. Je ne sais pas si j'aurai l'occasion.*
— *Annabelle Rus…*

Mais Noah n'avait pas entendu, un bruit l'avait fait s'enfuir avant de connaître mon nom de famille. Me laissant seule dans l'obscurité, avec les monstres.

***

Une main frôle ma joue, me faisant sursauter. Me catapultant hors de mes souvenirs, rappels douloureux des fautes de Five. La moindre d'entre elles étant son abandon cette nuit-là.

Nous entrons chez lui, nous avons fait le trajet sans que j'y prête attention.

— Redis-moi pourquoi je vais chez toi au lieu de pouvoir me coucher dans mon lit ? je l'interroge en faisant quelques pas dans son salon.
— Tu ne dois pas rester seule. Tu as subi un choc en étant confrontée à Lyons et ta sécurité est compromise.

Il me sort ses raisons très sérieusement. Il croit vraiment que pour le réconfort, je vais me tourner vers lui. Bien sûr ! Quelle bonne blague ! Un ricanement intempestif me secoue. Toutes ces émotions doivent se libérer, tel un barrage qui se fêle sous la pression. Je craque. Je ne peux que me marrer de l'ironie de la situation. Un fou rire, à la limite de l'hystérie.

Five me regarde fixement. Il m'a dit dans la cage d'escalier qu'il voulait qu'on se couche le plus vite possible, la nuit étant bien avancée. Il est persuadé que je suis d'accord. Cette idée augmente mon hilarité.

Un verre d'alcool apparaît devant moi. Je le bois cul sec et m'étouffe avec. Une quinte de toux me prend et coupe net mes débordements. Une chaleur bienfaisante se répand cependant dans mes veines et me remet les idées en place.

— Ça va mieux ? me demande-t-il.

Il m'observe sérieusement, s'attendant à tout moment à me voir craquer à nouveau. Il doit également se poser mille et une questions sur mon passé et la raison de ma présence dans sa vie.

— Pour un premier rendez-vous, c'était assez agité, me dit-il, donc on va aller à la douche, se passer de la pommade puis se coucher.

La façon de parler de « pommade » en me déshabillant du regard me fait comprendre qu'il est en mode baise. Un trop-plein de testostérone post-combat, je suppose.

— Une douche *seule* me conviendrait mieux, je lui réponds en insistant sur ma solitude.

Puis j'enchaîne :

— Et si tu crois que je vais te passer de la pommade, tu peux te brosser, connard.

Je choisis une des deux portes qui se présentent à moi, l'ouvre et bingo, c'est la salle de bains.

— Je parlais de tes bleus, de tes blessures. Il faut soigner ça.

— Mais oui, je te crois. Écoute, je veux être seule, tranquille. Et ne pas avoir un lourd comme toi à gérer en plus. Pas maintenant. Il est quoi ? Plus de quatre heures ? Ce n'est plus l'heure de quoi que ce soit.

Je lui claque la porte au nez et tourne le verrou. Je ne veux pas entendre ses conneries de macho. Je suis à la limite de craquer, ça monte et ça va me tomber dessus très vite. Je préfère qu'il ne me voie pas. Si Five me laisse de l'espace cette nuit, je pourrai tenter de reconstruire mes barrières et refaçonner un visage serein.

Je retire l'uniforme du restaurant, enfin. Ces vêtements puent le cigare. Je sais que c'est psychologique et qu'après un lavage, il n'y paraîtra plus, mais j'aurai toujours l'odeur en tête. Je ne pourrai plus jamais le remettre. J'y penserai sans cesse.

Je fais couler l'eau. Le temps qu'elle chauffe, j'observe les dégâts de cette nuit dans le miroir. Ma joue droite a une marque rose. Ce n'est pas encore une brûlure, elle ressemble plus à un coup de soleil. Ma peau tire, sensible.

La joue opposée, elle, est plus marquée. Une trace nette de doigts sur la pommette. Je vais avoir un beau bleu dans quelques heures. Ma gorge n'est visiblement pas meurtrie. Pourtant, elle me fait un mal de chien comme si j'avais trop crié.

J'essaie de ne pas accorder trop d'importance à ces sévices. Je ne peux pas me permettre de trop y penser. Je le ferai quand tout sera terminé. Ce n'est que physique, des traces qui disparaîtront avec le temps. En revanche, ce face-à-face avec Lyons déstabilise toutes mes défenses, les fondations de mon nouveau moi, que j'avais mis en place et que je pensais solides, sont fragilisées.

L'eau est chaude à présent et la buée envahit tout, j'entre dans la douche pour me laver. Me laver de tout. De la crasse et de la fatigue de cette journée, de la douceur et la sensualité d'un être que je veux haïr, de la peur et la douleur délivrées par son père. Je me libère, je laisse ma douleur s'exprimer. Je frappe le mur pour oublier cette souffrance mentale et la remplacer par une plus concrète, mais une petite douleur dans la main ne m'aide pas à la surmonter. Et je laisse couler mes larmes.

Je dois tenir, nom de Dieu ! Pas maintenant. Pas là. Si je veux continuer, je dois rester ici, avec lui et faire ce pour quoi je sacrifie tout. Je dois manipuler Five, donc…

Oublie la vision de ce cigare brûlant. Oublie les horreurs du passé, oublie les peurs dans ce bureau.

Respire... Enferme ces pensées au plus profond de toi. Ne pense plus. Respire... Allez...

Je me répète ce mantra, en boucle, d'abord une main contre la paroi, puis en me lavant. Faire couler l'eau devient un remède, une technique de purification. Si je dois pleurer, si j'en ai besoin, c'est maintenant. Car après, je dois rester concentrée uniquement sur mon objectif. Ne libérer mes craintes et mes doutes qu'à l'abri de ses yeux verts bien trop observateurs.

Rester silencieuse sous le bruit des jets d'eau. Il ne doit pas me surprendre dans cet état. Il en profiterait pour pointer mes faiblesses et s'en servir contre moi. Et puis c'est quoi cette histoire de passer la pommade ! Quel con ! Il remontait juste dans mon estime et là, il me tend le bâton pour se faire battre. Si c'est une façade pour duper son monde en imitant le parfait connard, imbuvable et sexy, qui ne se préoccupe de personne à part de lui-même, c'est réussi. À trop copier, il en a peut-être oublié sa vraie personnalité, et à force de porter un masque, on finit par se renier. C'est une leçon que je ne dois pas négliger.

Il ne m'a pas rejoint sous la douche, en prétextant une excuse bidon. Non, je ne suis pas déçue. Je suis simplement surprise qu'il n'en ait pas profité. Puisqu'il a gagné ce stupide pari, je m'attendais à ce qu'il fasse une tentative. Foutu baiser qui m'a chamboulée, et a remis en question mes *a priori* sur le sexe.

Le pauvre verrou posé sur la porte ne fait pas le poids et je trouve suspect qu'il soit resté sage. Ce qui me fait hésiter à sortir de la pièce embuée. Il le faudra bien à un moment ou à un autre. Je n'ai qu'une serviette et mes vêtements de la journée. Hors de question de les remettre.

Je vais devoir lui emprunter des fringues et cela va entraîner une négociation. Allez, c'est parti, je me dis, en ouvrant franchement la pseudo-protection que m'offrait cette porte. Je me raidis en attendant le prochain mouvement dans cette partie engagée avec Five.

L'appartement est bien plus beau et plus luxueux que le mien. Tout l'opposé même. Grand, lumineux, une immense fenêtre donnant sur la rue et mon immeuble. Avec vue imprenable chez moi. Mais ça, c'était mon choix, il m'a fallu donner pas mal de fric pour être logée juste en face.

La seconde porte est ouverte et m'accueille d'un rayon de lumière, me montre le chemin à suivre. Très subtil, vraiment. Il ne pouvait pas m'attendre ailleurs que dans sa chambre, non ? Je fais une pause, me recentre, essaie de me calmer et de paraître sereine avant d'y entrer.

Five est installé sur son lit. Un bras replié sur son visage, une main sur le ventre. Allongé, les chevilles croisées, il est en bas de survêtement et torse nu. Une vraie pub ambulante. S'il essaie de me faire baver, c'est réussi. Mais plutôt me faire arracher une dent à vif que de lui faire le plaisir de le lui avouer.

En m'entendant approcher, il découvre ses yeux, paraissant plus calme, bien que fatigué et en pleine réflexion.

– Je peux avoir de quoi m'habiller ?
– Vas-y, fouille. Bien que je préfère juste ta serviette ou même rien. C'est dommage de cacher un corps pareil.

Et voilà, je n'ai pas dû patienter cinq secondes pour qu'il commence. Il me ferait presque sourire. Presque.

– Je suis peinée de te décevoir, si tu savais, je lui réponds.

Je cherche un t-shirt et un caleçon, tout en le surveillant du coin de l'œil. Ses mouvements m'indiquent qu'il se redresse à l'affût de mon choix.

Une drôle de sensation me traverse, mélange d'excitation et d'anxiété qui agacent mes nerfs, les rend sensibles et tendus. Comme si un essaim d'abeilles se nichait dans mon ventre. Personne avant lui n'a réussi à me faire cet effet. Il m'attire et me repousse. Je suis malgré tout décidée à nier ces émois et à tenter de le manipuler.

Et ça démarre maintenant.

Je prends le haut et tends les bras pour l'enfiler. Ma serviette se relâche et me tombe lentement sur les reins. Lui tournant le dos, je ne peux pas voir sa réaction, mais une inspiration plus forte se fait entendre.

Je le tiens.

Quelques sons me donnent des indices sur ses gestes. Froissements de draps, il se redresse, parquet qui craque, il pose les pieds à terre. Comme si de rien n'était, je passe la tête dans l'encolure en me tortillant. Je récupère in extremis le dernier rempart de ma pudeur avant qu'il ne quitte mes hanches, et tire sur le tissu pour qu'il recouvre mes fesses. Je laisse apparaître un peu de peau par-ci, par-là de façon innocente. Je me retourne, le voyant prêt à me rejoindre. Je le stoppe en lui jetant ma serviette à sa tête. Et je profite de sa cécité temporaire pour mettre le caleçon.

CHAPITRE 11

EVY

– Ça va ? Tu t'es bien rincé l'œil ? je lui fais avec une moue boudeuse.

– Pas assez à mon avis.

Il tapote le dessus du lit, pour m'inviter à ses côtés. Un tube de crème et des compresses sont posés près de lui.

– Allez, viens. Je ne te mangerai pas, enfin... pas tout de suite, ajoute-t-il en haussant un sourcil. Je veux vraiment te soigner. Et on va parler. C'est le moment idéal, non ? Raconte ce que Lyons t'a fait.

J'évalue la distance entre nous, je peux me permettre de le titiller. Son regard est bloqué sur mes jambes dénudées.

– Pourquoi cela t'intéresse ? Tu feras quoi ? Tu me protégeras de lui, si je suis gentille avec toi ?

J'espère ne pas aller trop vite, ce serait con qu'il devienne suspicieux. Je dois être plus subtile.

– Très, très gentille alors, répond-il.

Son sourire en coin provoque une embardée dans mon rythme cardiaque. Il extirpe du tube une portion de gel et la dépose sur son doigt.

– Approche et tends la joue.

Je m'exécute, m'agenouillant et collant ma hanche à sa jambe. Je me concentre sur ses gestes pour prévenir ses réactions. Il avance la main vers moi puis se reprend.

– Ce gel sert d'habitude pour mes articulations après un combat. Tu verras, il est très efficace.

Je sursaute, surprise par la différence de température entre ma peau et la pommade qu'il étale avec application. Lentement et délicatement. C'est troublant. J'ai du mal à rester concentrée.

– Brûlure ? dit-il en touchant la marque rose de ma joue.

– Ton père, je fais en insistant de façon sarcastique. Il voulait mon nom.

– Et…

– Et je lui ai donné, bien sûr. Enfin, il me l'a arraché de force.

Je l'entends presque grincer des dents. Il se retient de lâcher ce qu'il pense. Je dois le pousser encore un peu.

– C'est… c'était effrayant, je soupire en fermant les yeux.

Je grimace en libérant les sentiments nés dans ce bureau. Je me mordille la lèvre inférieure et reprends en hésitant. Je lui permets d'apercevoir mes peurs.

– Il... il m'a giflée. Son homme de main m'a bloquée, je... il m'a presque étranglée pour me maintenir. Je me suis débattue quand...

Je laisse en suspens ma phrase. J'attends qu'il proteste tout en refoulant mes vraies peurs. Elles veulent prendre le contrôle et un froid s'installe en moi. C'est difficile de parler de ces évènements sans être submergée.

– Quand quoi ? Il t'a fait quoi ? me questionne-t-il, mordant à l'hameçon.

Sa voix est presque un grognement. Il réagit plus que je ne le pensais.

– Je... Il... il voulait me brûler avec son cigare.

L'image me revient, je recule et entame le geste de recouvrir la marque de la main. Mes doigts rencontrent les siens et j'ouvre les yeux. Ma respiration affolée se bloque dans ma gorge, nos regards entrent en collision.

Il s'est redressé et me fixe avec intensité. Je me perds dans ses iris verts et mes intentions sont oubliées. Sa présence me happe. Je perçois des émotions inconnues jusqu'alors qui me chamboulent plus qu'elles ne le devraient et des sensations qui agitent mon cœur, comme la chaleur de sa peau au niveau de nos jambes qui se frôlent. Son souffle qui tombe sur moi, rapide et saccadé. Ses doigts qui retiennent les miens. Son regard me prend en otage, me refusant le droit de me noyer dans la tempête qui se déroule en moi.

Je devrais me détourner, me faire timide et hésitante. Je devrais ressentir comme à l'habitude, les prémisses de l'angoisse due à une présence masculine. Je devrais... Mais non, il y a ce courant entre nous, et seuls les souvenirs de sa bouche sur la mienne, ses mains sur ma peau envahissent mon esprit, refoulant dans le noir mes cauchemars.

Je défais mon regard du sien pour descendre malgré moi vers ses lèvres, si tentantes, si expertes. Je suis perdue, prise à mon propre piège.

Il brise le moment et me sauve in extremis en demandant :

— Il ne l'a pas fait ?

— Non, j'ai avoué avant.

Il semble soulagé. Il peut l'être, je m'en sors aujourd'hui mieux qu'il y a dix ans. J'ai oublié un court instant qu'il est responsable d'une partie des tourments que j'ai endurés. Je rejette en bloc le trouble provoqué par son charisme et l'attention qu'il me porte. Il sait ce que c'est de brûler quelqu'un. Son inquiétude pour moi est bien jolie, mais je ne pardonne pas. Pas de seconde chance. Il est toujours et doit rester dans ma ligne de mire.

Je cligne des yeux pour empêcher des larmes de rage et d'aversion de s'échapper. Je les ferme et il se met à soigner l'autre joue. Endroit sensible où se prépare le bleu du siècle.

– Ton vrai nom, dis-le moi. Tu sais bien que je finirai par le découvrir de toute manière, reprend-il en me voyant réfléchir à sa demande.

Oh, c'est certain. Il pensera connaître ma véritable identité. Je le duperai comme son père. Je peux laisser sortir cette émotion, lui montrer ma rancœur.

– Langdon. Evy Langdon, je lui avoue avec une expression exaspérée et je tombe les épaules pour donner corps à ma comédie.

C'est difficile, refouler des sentiments, en simuler d'autres et faire l'impasse sur les sensations nouvelles qui apparaissent en moi. Je sature. Rester là sans bouger en lui répondant me fait presque mal. Je retiens mon corps, l'empêche de trembler. Je ne pensais pas que ce serait aussi épuisant moralement de mener cette double vie, d'avoir plusieurs visages.

– Chut…, respire, Lyons est loin, il ne peut rien te faire pour l'instant.

Il se trompe sur la source de mon désarroi. Tant mieux. Je baisse la tête, prends une grande inspiration et lui débite d'une traite mon faux passé.

– Mon père, David Langdon, a eu de gros problèmes d'argent. Il le devait à Lyons. Quand on a tout perdu, on est parti de cette ville. Il a essayé de recommencer sa vie, retrouver un boulot stable, pour ma mère, pour moi. Ça n'a pas marché… Il s'est… suicidé.

Ma voix se brise sur ces derniers mots. La douleur ressurgit aussi vive qu'au premier jour. Je mélange la vérité de mon passé et la fiction de mon mensonge.

La perte de mon père est toujours déchirante. Je ne simule pas et ça s'entend dans mon timbre rauque de larmes retenues.

— Pourquoi revenir ? me demande-t-il en massant pour que le gel pénètre.

Ses gestes sont lents, répétitifs, envoûtants même. Il veut me calmer par ses caresses, me faire raconter mon histoire. Père et fils ont un but commun, la connaissance. Avec des méthodes diamétralement opposées. Et Five est très doué.

— Pourquoi ? je répète. Si je te le dis, qu'est-ce qui me garantit que tu ne me vendras pas à ton père ?

Il faut que je lui tende une occasion de me proposer quelque chose, un échange de procédés, une entraide…

— Allons, tu sais que je ne supporte pas Lyons et que tout ce qui peut lui nuire me convient. C'est la raison pour laquelle tu es entrée dans ma vie, non ?

Il est malin. Il devine que je suis là dans un but précis. Je pourrais encore faire l'innocente, mais je l'ai amené où je voulais. C'est maintenant que tout se joue. Ses caresses sont descendues vers ma gorge, le temps semble s'arrêter.

— Faisons un deal, tu m'avoues ce que tu lui veux et je t'aide à y arriver.

— Humm… et tu y gagnes quoi ?

— Le bonheur d'emmerder mon salopard de paternel sans qu'il puisse me le mettre sur le dos.

— Pour quelle raison ? Tu as peur ? Non, je reprends vite, tu n'es pas un dégonflé. Il te contrôle avec quelque chose ou quelqu'un. Je le sais, il me l'a dit quand tu es parti te battre.

Je lui mens un peu, mais il n'a aucune possibilité de l'apprendre. Son père s'est vanté de le tenir et de le pousser dans la direction voulue. Il ne m'a rien dit de plus, j'en ai déduit le reste.

— Pourquoi Lyons t'en aurait parlé ?

— Pour me convaincre de l'emprise qu'il a sur toi, se jeter des fleurs tant il est content de savoir te manipuler à son gré…

Je hausse les épaules, lui démontrant ainsi mon ignorance et mon indifférence aux raisons réelles de ce criminel.

— Ouais, me contrôler… il râle. Je ne le laisse pas faire si facilement. Il n'a pas toujours ce qu'il désire.

— Je n'en sais rien et tu peux être certain que ton « secret » sera bien gardé avec moi, je mime les guillemets avec deux doigts. Que veux-tu que j'en fasse ? Pas grand-chose.

Il se raidit et me semble sur le point de s'éloigner. Je pose une main sur sa cuisse. Il détourne la tête, le regard un instant perdu dans ses réflexions. Il pèse le pour et le contre. Va-t-il me fournir un indice, me laisser une chance ?

— Il y a une personne à qui je tiens. Lyons la séquestre et la retient en otage pour me faire obéir, m'explique-t-il. Je fais ses quatre volontés et il me jette des miettes d'informations. Jusqu'à ce que je sache où elle est, je dois lui donner ce qu'il veut, quand il veut.

– Qui est-ce ? Pour qui acceptes-tu cette vie ?

– On n'est pas assez proches pour que je te le dise.

Quel con, il entrouvre une porte, me laisse regarder puis me la claque au nez. Pourquoi en discuter alors ? Me jeter des miettes, comme il reproche à son père de le faire avec lui, ne fera que me rendre plus curieuse.

– Pour ça, on devrait… se faire du bien, il enchaîne.

– Quoi ? Non !

– Tu m'as promis une heure de ton temps, quelques baisers me donneront peut-être plus confiance en toi.

Son attitude change complètement. De pensif et attentif, il se change dans l'instant en prédateur et séducteur. Il me pousse et je m'effondre en arrière sur le matelas. Five se place au-dessus de moi, les bras tendus et le sourire carnivore. Et je suis devenue sa proie.

Il fait mine de se baisser vers moi, pliant juste les coudes. Démontrant ainsi sa forme physique. Ma main le stoppe en se posant sur son sternum. Je ne sais plus ce que je veux, perdue entre appréhension et désir. Mes doigts brûlent d'explorer ce territoire : ses pectoraux, ses muscles tendus si proches, sa peau chaude et lisse, marquée par les coups de son adversaire et ses tatouages. Five hausse un sourcil et pousse vers le bas, mes paumes glissent d'elles-mêmes. Il me faut l'arrêter. Je le griffe et enfonce mes ongles dans sa peau.

– Je ne t'offre que des baisers, pas plus. Et après on discutera.

Il fait une pause, souffle puis reprend le chemin de mon corps. Il est têtu. Me plongeant dans son regard, j'entrouvre la bouche pour chercher une once d'air. Je l'agrippe aux hanches, ses yeux verts me consument. Je ne peux pas l'embrasser, je ne veux pas. Mais son intention est évidente. Il désire recommencer où on l'a interrompu dans la cage d'escalier. Le souvenir de cet échange rallume en moi cette étincelle qu'il a fait naître sur mon palier.

– ... Si j'ai confiance en toi, souffle-t-il entre ses dents.

S'il existe la moindre chance de l'obliger à parler, de lui donner la volonté de m'aider, de me protéger, il faut me faire violence et lui donner accès à mon corps. J'ai envie, j'ai peur. Tout se bouscule dans mon cœur et mon esprit. Mon ventre se contracte, mes ongles le labourent à nouveau. Il se crispe à cette infime douleur infligée.

Je me servirai de lui, il me doit bien ça. Si je peux oublier, grâce aux talents de ses mains, de sa bouche, je ne dois pas avoir de scrupules. Je vais le faire, oui. Et si j'y trouve du plaisir, c'est un plus. La prise de mes mains se relâche, se faisant douce et elles remontent sur son dos en légères caresses. Je force mon corps à s'assouplir. Ma langue sort et taquine ma lèvre supérieure. Je soupire, il grogne, les yeux rivés sur ma bouche.

Five devine mon abandon, il vient au plus près, sans m'écraser. Son nez me frôle, ses lèvres me tourmentent. Il ne fait que se frotter à moi, sans m'embrasser. Il joue à me frustrer, cherche à tirer une réponse à ses provocations. Ou, comprenant mes réticences, il m'octroie quelques secondes pour me laisser aller. Ma chair tremble, se met au diapason du rythme de mon cœur. Il cause exprès un manque par ce toucher qui n'est qu'effleurements.

Il m'entoure de ses bras, me recouvre de son corps tel un plaid chaud et agréable. Il s'approche sans brusquerie, pour ne pas m'effrayer. Comme un lion en chasse d'une antilope. À l'affût de mes réactions, prêt à me rattraper dès l'entame d'une retraite. Il prévient toute fuite en me serrant de plus en plus.

– Tu vois, là, on est proches. On pourrait l'être encore plus.

CHAPITRE 12

EVY

– Non, je ne veux pas coucher avec toi...

Et je ne termine pas ma phrase, gardant pour moi ces derniers mots : *Pas maintenant, pas encore.*

– Allons, tu as perdu le pari, je souhaite qu'on se détende et après, on dormira. À notre arrivée, je t'ai dit qu'on allait se coucher, il y a une nuance. Je n'ai pas parlé de te sauter. Je veux te faire du bien et à moi aussi. Je ne vais pas t'obliger à écarter les cuisses. Non, je veux que tu en aies envie au point de m'implorer. Que tu sois chaude au point d'oublier où tu es et que tu ne désires qu'une chose, moi en toi. Que je te prenne, te remplisse et te ravage.

Quel crétin, celui-là ! Il peut encore attendre avant que je ne m'abaisse à le supplier de me faire l'amour. Il va juste regretter ses paroles. Je vais l'allumer jusqu'à ce que lui me supplie.

– Tu es un vrai con, tu sais ça ?

– Oui, mais un con qui va te faire jouir, tu vas crier, tu vas...

Je l'interromps en lui couvrant la bouche d'une main. Il incline la tête et sourit, amusé par mon trouble. Sa langue humide et coquine vient me chatouiller le creux de la paume. Un frisson remonte dans mon bras et traverse mon corps pour venir contracter le bas de mon ventre. Mes jambes se resserrent d'elles-mêmes sur cette sensation. Un feu s'y allume et se transforme en brasier sous son regard fixé sur mes lèvres. Mon cœur devient fébrile et essaie de s'échapper de ma poitrine.

– Tu as dit « s'embrasser » et tu en es déjà à prévoir de me faire..., j'hésite à prononcer le mot... avoir...

– Il y a si longtemps que tu n'as rien fait que tu n'oses même pas dire le mot « orgasme » ? se moque-t-il. Ou « jouir » ?

Il repose ses lèvres de lui-même sur ma paume restée suspendue dans les airs.

Juste le fait d'énoncer ces mots me met dans tous mes états, je bous malgré les réticences de mon cerveau. Que faire ? Je n'ai pas l'habitude de ces situations. Laisser ma main en place ou la remplacer par ma bouche ? Je ne sais pas, je doute et mes certitudes vacillent. Mes pensées s'envolent, s'écrasent et se brisent sur les murs de ma conscience. Je ne parviens pas à choisir. Il se presse, profitant de mes hésitations, ses hanches s'alignent avec mon bassin, écartant en douceur mes jambes pour s'y placer.

Une main se faufile sous mon t-shirt, sa paume calleuse râpe légèrement ma peau et cette cascade de sensations éloigne de moi le spectre de mes peurs. De l'extrémité de ses doigts, il contourne mon sein droit et remonte vers mon cœur, me taquinant l'épiderme. J'en ai la chair de poule et ma poitrine s'arrondit dans l'attente de ses caresses.

Un gonflement révélateur dénonce sa propre excitation et cette nouvelle dureté se loge contre ma féminité en émoi. Une morsure légère au milieu de ma paume me fait sursauter. Je libère ma main et Five fond sur ma bouche. Il m'embrasse sans retirer sa main. Bloquée entre nous, elle se crée un chemin et trouve la pointe raidie d'un de mes seins. Ce traître lui avoue tout l'intérêt que je lui voue. Il le tire, le caresse et le malmène. Il lui fait subir une douce torture.

Des gémissements incontrôlés s'échappent de ma gorge. Une chaleur monte et traverse le fin tissu que je porte. Il se presse, se frotte en des mouvements de va-et-vient qui imitent à la perfection ce qu'il voudrait me faire.

À cause, non, malgré la protection créée par les vêtements qui nous séparent, il m'offre plus de plaisir que je n'en ai jamais reçu. Il se pousse, glisse, je frémis. Il se recule, je le suis, en manque de sa présence. Je n'ai laissé personne me toucher de cette façon, ni d'aucune autre d'ailleurs, et même moi, je n'ai jamais réussi à me donner un semblant de jouissance. Il me fait découvrir une sensibilité que je ne me connaissais pas.

Nous sommes comme la marée, il est les vagues et je suis les rochers sur lesquels elles s'écrasent. Il en imite le rythme, de sa langue dans ma bouche. Il me fait tourner la tête. Je manque d'air. Je respire par lui, avec lui, à travers lui. Mon cœur s'emballe et s'envole. Pour une fois, j'oublie de penser. Une tension se crée en moi, je me fige quelques secondes puis laisse venir. Je me tortille pour comprendre, pour mieux savourer. Et la sensation augmente, atteignant le point de non-retour. Les mouvements de sa langue se font le miroir de ses hanches.

Cette vague qui me fait onduler en cadence avec Five monte, grimpe et me submerge. Je l'autorise à jouer avec mes lèvres. Je le laisse câliner, tourmenter ma poitrine, me chahuter le corps et l'âme en me donnant une ébauche du plaisir. Je retiens à peine un cri que je limite en doux gémissements. Je refuse que Five s'enorgueillisse de cette victoire sur mon corps. Je vibre de la tête aux pieds et abandonne la tête sur l'oreiller. Je ne jouirai pas, ce n'est pas possible. Trop de souvenirs, trop de traumatismes viennent interférer. Mais il est le seul à avoir réussi à aller aussi loin avant qu'ils ne reviennent tout gâcher. Five observe, scrute et interprète mes réactions physiques. Je refuse de m'abandonner, je hais ces sensations, pourtant je dois lui laisser croire qu'il est le vainqueur de cette joute. Qu'il a franchi mes barrières, brisé ma carapace. Je gémis et relâche les muscles crispés de mon corps, l'effort est douloureux. Il comprend à tort que je jouis.

Semblant perdre pied et ne plus pouvoir se maîtriser, il happe mes soupirs mensongers de plaisir en embrassant ma bouche durement. Mes ongles percent la peau de son dos, je le retiens, le repousse, le marque, comme il est en train de le faire avec moi. Je lui laisserai des traces physiques, maigre vengeance. Lui les a gravées dans mon être. Il grogne et se cabre. Il devient plus brusque dans ses gestes. Il force sur mon mont-de-Vénus, puis se fige en serrant mon sein à m'en faire un bleu. Cette douleur me tire des frissons supplémentaires et provoque le retour de ma peur. Ce ne sont plus des yeux verts qui me fixent, ce n'est plus son souffle rauque qui hérisse mes cheveux. Le frisson qui me parcourt n'est plus empreint de plaisir mais de terreur enfantine.

J'ouvre les yeux et l'observe dans sa jouissance. Il rejette la tête en arrière, se redresse sur ses bras, contractant ses abdominaux. Il retombe essoufflé et roule aussitôt sur le côté. Il me fixe, semblant déstabilisé.

– Quoi ? je chuchote, aussi ébranlée que lui, voire plus.

Jamais je n'aurais cru que je puisse receler et ressentir autant de plaisir avec, et grâce à un homme, même si je ne suis pas allée jusqu'à la délivrance. Avec lui, qui plus est. Cette pensée me ramène à la réalité. Comment ai-je pu l'autoriser à jouer avec mon corps.

– Rien, tu es douée. Tu ne veux pas baiser avec moi, mais tu as réussi à me faire jouir en cinq minutes chrono. Tu es vraiment surprenante.

Il se lève en secouant la tête, incrédule, et part vers la salle de bains, m'abandonnant sur ce lit aux draps froissés.

Eh oui mec, tu t'es laissé aller. Je t'ai amené à te soulager sans rien donner. Tu as joui comme un gamin dans ton pantalon. Sans rien faire de spécial.

Au demeurant je suis bien plus désarçonnée que lui. Je dois profiter de son absence pour me reprendre et oublier les sensations provoquées par cet homme sur mon corps et récupérer la main. Lui soutirer la promesse de son aide, sans pour autant lui faire confiance. Le passé doit me servir de leçon.

Je suis amère, je ne voulais pas lui céder. Du moins, pas aussi vite. Ces montagnes russes émotionnelles embrument mes pensées. La peur, les craintes, l'émergence du plaisir, le dégoût me chamboulent. Je refuse l'attrait, rejette les bienfaits. Je me sens chérie et protégée alors que je sais, je suis convaincue que c'est un leurre. Un moment dans ses bras ne me préservera pas de lui, ni de Lyons. Je ne dois pas baisser la garde pour ce qu'il vient de se passer, mais en tirer profit pour manipuler Five.

Il revient dans la pièce, une serviette sur les épaules, une autre nouée bas sur ses hanches.

Ses joues et ses cheveux sont humides. Il a dû se rafraîchir pour reprendre contenance. Il a une expression suffisante sur son visage. S'il savait que j'ai simulé, son ego se dégonflerait bien vite.

Que pourrais-je bien lui dire maintenant ? Il a eu ce qu'il voulait, ou presque. Il sait que j'ai eu du plaisir, je ne peux pas le nier. Mais lui aussi, il ne peut pas prétendre le contraire. Ce constat me donne le sourire et arrive à me détendre.

– Ne sois pas si content de toi, je pouvais faire ça toute seule, je lui balance.

Je ne vais pas lui avouer que je n'ai jamais su me faire du bien. Et qu'il est le seul à avoir eu assez de charisme pour me faire oublier pendant quelques instants qu'une présence masculine au-dessus de moi n'est pas forcément source de douleurs.

– Tu n'aurais pas autant apprécié.

Il vient s'installer près de moi, je recule et me glisse sous les draps. Je ne veux plus qu'il me touche. Pas maintenant, pas tout de suite. Mes nerfs sont encore à fleur de peau. Je me sens électrisée, nerveuse, trop proche de dire une connerie et de lui laisser un indice sur ma vraie nature, ma véritable identité.

– Humm, fait-il, le souffle chaud de sa respiration frôle mon épaule et la base de mon cou.

J'en frissonne. Je me referme, je le fuis. Mais il insiste en passant le biceps sous mon oreiller. Il se colle à mon dos, toute la longueur de son corps appuyée aux courbes du mien. Son bras libre vient s'enrouler autour de ma taille et sa paume se loge sous ma poitrine. Je me tends, je ne veux pas de sa tendresse, je ne veux pas d'intimité avec lui. Je n'aime pas être cernée comme ça.

Il émane de lui une chaleur qui pourrait être douce et réconfortante, mais je me refuse à trouver auprès de lui ce genre de sentiments. Je ne peux que subir sa présence près de moi, lui laisser croire ce qu'il veut. Et pendant ce temps, je pourrais manigancer, j'avancerais mes pions. Je me servirais de lui pendant que Five n'y verra qu'un plan cul.

— Faudra qu'on reparle de ce que tu veux et de mes propres projets, il murmure lentement, frottant sa mâchoire dans mes cheveux.

Il ressemble à un chat repu qui réclame des câlins, j'oblige mon cerveau à se souvenir qui il est, pour ne pas me liquéfier dans ses bras.

— J'ai besoin que Lyons paie, pour cela il me faut approcher Cobb. Je vais m'attaquer à son point faible.

— C'est-à-dire ?

— L'argent, si j'arrive à lui faire perdre une somme assez conséquente, je pourrais être soulagée. Je vois bien qu'à part le fric, il ne tient à rien d'autre.

— Oui, Lyons n'est pas très famille. En tant qu'héritier, je peux te le confirmer, me rétorque-t-il, ironique. Tu as bien cerné sa personnalité, il est avare... non, plutôt avide de pouvoir et de puissance. Pour être le maître de cette ville, il ne recule devant rien. Ni bassesse ni traîtrise ne lui font peur, et il torturera ou tuera quiconque se mettra en travers de son chemin. Veux-tu vraiment encourir tous ces risques pour te venger ? Car s'il apprend que c'est toi qui es à l'origine de son problème, tu le regretteras.

Il veut me protéger, m'éviter les conséquences de mes actes, mais il est trop tard. Je ne reculerai pas, j'ai attendu trop longtemps. Je suis comme morte, je ne vis plus.

Je hausse les épaules, le vide qui est en moi me glace un peu plus. Rien ne peut me rendre ce que j'ai perdu. Je n'ai plus de famille, une seule amie. Que me reste-t-il à perdre ? Ma santé ? Ma vie ? Je sais ce que c'est de souffrir. Je n'ai pas peur… Enfin, si peu. J'ai anticipé les conséquences et j'ai accepté le risque de ne pas réussir. L'unique objectif que je veux atteindre, c'est leur mort. Et j'y arriverai.

À force de penser, le silence est tombé entre nous. Il me caresse le bras du bout des doigts, effleurant mon poignet et remontant lentement vers le coude, le contournant délicatement. Il provoque par ses gestes tout en douceur des frissons qui me parcourent et viennent altérer mon calme. Pour échapper à cette montée sensuelle, je m'agite et le repousse. Je me retourne, je le vois à contre-jour, la lumière de la lampe de chevet créant un halo. Il ressemble à une statue grecque. Tout en muscle délié et finesse. Un lion en cage, au repos, mais prêt à attaquer dès qu'une proie se trouve à proximité.

— Je ferai ce que j'ai dit, je me plonge dans ses yeux verts pour marquer ma détermination. Ne t'inquiète pas pour moi, je ne prendrai aucun risque.

Il semble ne pas y croire. Il ouvre la bouche pour continuer, mais je le coupe.

— Je suis fatiguée, on verra plus tard. Demain.

Il grimace, mais fait ce que je demande et éteint la lumière en étirant son bras vers l'arrière. Ce geste le pousse à s'étendre et ses hanches se collent à mon bassin. Je bats en retraite, je ne veux plus sentir son désir pour moi, je ne veux plus que mon corps ait envie de ses caresses ni de son réconfort. Non, je ne souhaite qu'une chose, l'oubli dans le repos. Que le néant d'une nuit de sommeil apporte un semblant de calme et d'amnésie.

Je me niche dans les couvertures, trouve une position confortable et tente de faire abstraction de la présence bien trop masculine de Five. En forçant ma respiration à ralentir, je finirai bien par m'assoupir. Enfin, j'espère…

Il me faut du temps pour sombrer, je suis convaincue qu'il ne voudra pas que je rentre chez moi, il est têtu. Mais partager son lit et y dormir est plus difficile que je ne le croyais. Je n'ai pas l'habitude d'un corps à côté de moi et encore moins celui d'un homme qui a autant d'impact sur moi. Mon esprit sait qui il est, ce qu'il lui reproche depuis tant d'années. Malgré cela, je frissonne encore et j'ai chaud au moindre de ses mouvements. Je suis pathétique.

CHAPITRE 13

ANNABELLE

— Je ne peux pas faire ça.

— Tu obéiras. Tu veux savoir où elle est. Si tu ne suis pas mes ordres, tu n'auras rien.

— Mais, c'est une petite fille !

— Et alors ? Pour moi, ce n'est qu'une monnaie d'échange. Je serai en ligne avec son père dans cinq minutes et je veux qu'il la voie.

— Je ne le ferai pas ! Je ne peux pas !

Ces voix qui me parviennent, ce sont Noah et l'horrible Lyons. Il me fait tellement peur. Avec son regard froid et cruel. Je ne sais pas ce que Noah doit faire, mais j'ai peur. Ils parlent de moi. Et papa ? Je veux papa. Je veux rentrer à la maison.

Je m'agite sur le matelas, je ne peux pas aller loin, car une corde nouée à un des montants me retient attachée. Je suis dans cette pièce depuis longtemps, je ne sais plus combien de jours. Presque une semaine, je crois. Il n'y a rien sauf un lit, une table, un pot de chambre dans un coin et une ampoule éteinte qui pend au bout d'un fil électrique.

Un filet de lumière, provenant des interstices dans le bois de la porte, amène un minimum de clarté. Je vois des ombres bouger et tomber sur l'escalier. Ils sont sûrement dans la pièce au-dessus de moi. Je m'entoure les épaules de la simple couverture que j'ai. Elle coupe le froid humide qui me gèle. Je suis en robe de chambre et pieds nus depuis qu'ils sont venus me kidnapper à la maison. J'ai mal partout, j'ai peur. Je veux papa...

Un bruit de pas me fait reculer le plus loin possible dans le coin du mur. Je remonte les genoux en une vaine protection. S'il vous plaît... pas lui, pas lui...

Deux hommes entrent, suivis de Noah qui traîne les pieds, le visage sombre. L'un d'eux met en marche la lumière qui m'aveugle. Je me cache le visage derrière le rideau blond clair de mes cheveux. Je soupire. Il n'est pas revenu, il n'est pas là...

– Mais, merde, papa ! Qu'est-ce qui lui est arrivé ? Tu lui as fait quoi ?

Mon ami se rapproche et tend la main, mais je la fuis. Je ne veux pas qu'on me touche. J'ai trop peur. Je ne veux pas encore avoir mal. Comme un animal pris au piège, dans un coin, j'attends le prochain coup.

– Ah, ça ! fait Lyons en souriant. C'est Hoggan qui s'est amusé.

En entendant le nom de ce monstre, celui qui m'a fait mal, je laisse échapper un gémissement de terreur. Non, pitié ! Je ne veux pas qu'il revienne. Pas lui.

– Mais c'est horrible ! Comment tu peux laisser faire ça ? On ne frappe pas les enfants.

Noah s'agite, son père rit de sa remarque. Je ne savais pas que c'était son fils. Il ne le corrige pas, ne lui dit pas la vérité. Si seulement il n'avait fait que me donner des coups. J'ai mal partout dans le corps. J'ai des bleus, je saigne. Le monstre est parti en disant qu'il reviendrait. Si mon ami avait prévenu papa, mais non, il m'a laissée dans le noir... et je... j'ai...

Je ferme les yeux pour ne plus voir, ne plus penser à cet homme. À ces grosses mains qui m'ont frappée, bousculée puis coincée contre le matelas. Quand il m'a forcée à me coucher sur le ventre et que j'ai été à moitié étouffée dans la couverture par son poids. Je ne veux plus me souvenir comme j'ai eu mal. Déchirée. J'ai tiré sur mes liens, mais il était trop fort. J'ai crié après papa, après Noah. Je voulais fuir, mais je suis morte et il riait, riait. Ce son résonne encore à mes oreilles, me poursuit jusque dans mon sommeil.

***

Du bruit me fait revenir à l'instant présent. Le deuxième homme s'est installé à la table et sort un ordinateur portable ainsi qu'une caméra de sa sacoche. Il est en costume, on dirait un employé de bureau. Il pourrait être comme papa. Il a l'air d'avoir le même âge. Pourtant il s'en fout ! Totalement indifférent à mes larmes et mes malheurs. Il est là, tranquille, comme s'il était à son travail, et non dans une cave où je suis prisonnière. C'est horrible, pourquoi il ne me regarde pas, pourquoi il ne m'aide pas ? Je n'ai rien fait.

Noah se dispute toujours avec mon kidnappeur. Je ne comprends pas tout, juste qu'il est en colère et pas d'accord. Il fait de grands gestes, dit des gros mots. Il a l'air furieux. Il est blanc et tremble.

– Tu vas le faire, sinon, c'est « elle » qui paiera.

– Non, je ne peux pas faire de mal à Annabelle.

Lyons l'attrape par le cou, le plaque contre le mur, le frappe de son poing. Noah se débat, mais il est trop petit. Pas assez musclé. Pas assez imposant. Le chef de la mafia s'approche, se collant à son corps et le dominant. Il lui dit calmement, en le regardant droit dans les yeux :

– Si tu ne le fais pas, il lui arrivera la même chose, je la traiterai de la même façon, elle subira tout ce que tu n'auras pas accompli. Tout, tu m'entends.

– Mais…

– Je me fous d'Ambre, elle n'est rien pour moi, ce n'est pas ma fille.

Chaque mot est suivi d'un coup sur le corps crispé par la douleur du jeune homme. Ses épaules retombent. On dirait qu'il est triste.

Que doit faire Noah ? Je ne sais pas, mais sa façon de me regarder me fait très peur. C'est de moi qu'ils parlent.

– *Monsieur, le sénateur Russel en ligne dans trente secondes.*

– *Parfait Cobb, dit-il.*

Puis il ordonne à son fils :

– *Tu le fais, tu es mon fils. Sois digne de moi.*

On voit le dégoût dans les yeux de l'adolescent.

– *Je te hais.*

– *Tu m'as désobéi. Tu es venu lui parler. Tu crois que je l'ignorais ?*

Celui que je prenais pour mon ami est en colère. Il a peur. Je me fais aussi petite que je peux. Je voudrais être invisible. Je ne respire plus, fermant très fort les paupières et attends. Des larmes silencieuses coulent sur mes joues crasseuses. Des mains m'attrapent et je crie de surprise. C'est Lyons. Il me détache et me tire au milieu de la pièce, sous la lumière. Juste devant la caméra. Il se met derrière moi et me tient le bras droit tendu devant moi. La voix de papa résonne :

– *Oui, je suis là.*

– *Monsieur Russel. Je représente monsieur Lyons, il a choisi de vous donner une leçon. Comme vous n'avez pas obtempéré à ses demandes, il a décidé qu'une démonstration de ce qui arrive quand on le contrarie vous ferait réfléchir.*

Cobb tourne la caméra vers nous. Papa crie.

– *Non, Annabelle... Mon Dieu, que lui avez-vous fait ? Pitié, non, ne lui faites pas de mal. Je vous obéirai...*

Sa voix est forte, il est terrifié, il supplie. Je ne l'ai jamais entendu parler comme ça.

– *Papa, papa... Aide-moi.*

– *Je sais que vous signerez tout ce que je veux, sénateur. Mais vous n'allez pas éviter ce que je vous réserve. Ceci est de votre faute. Vous n'aviez qu'à accepter sur-le-champ. Vous m'avez fait attendre et je déteste ça. Je ne le tolère de personne.*

Il serre mon poignet si fort. Il va me le casser. Je ne sens plus mes doigts. Je crie, hurle et implore. Noah arrive vers moi, la tête basse.

– *Cinq, dit son père d'un ton sec.*

– *Non, c'est trop..., souffle-t-il, l'air désespéré en secouant la tête.*

– *Cinq, et tu comptes. Sinon, je lui ferai pire, à « elle ».*

Je ne comprends pas, à part que je vais sûrement encore souffrir. Lyons tend quelque chose à Noah, je ne vois pas bien. Papa hurle dans le micro. Noah hésite, avance la main, la retire, regarde son père au-dessus de moi. Il se décide à le prendre.

Je découvre enfin ce qu'il tient. Un bras s'enroule autour de ma taille. Je me cabre, rue, donne des coups de pied. Je tords le bras qu'il retient captif. Et je supplie en pleurant.

– Noah, non, pas ça... pas ça ! Non, ne me brûle pas. Non...

– Compte, ordonne le monstre qui me bloque.

Et je sens sur mon bras pour la première fois cette horrible douleur.

– ONE.

– Noaaaah...

CHAPITRE 14

EVY

Je me réveille en sursaut. Comme d'habitude, recouverte de sueur, au bord de l'asphyxie. Mon passé est revenu net et sans concessions. Mes souvenirs sont remontés à la surface, conséquence directe de ma confrontation avec Lyons. Je me débats dans les replis des draps emmêlés. Je dois sortir, il me faut de l'air, la panique m'a envahie. Je vais vomir.

– Chut… il ne te fera plus rien, je suis désolé, tu ne crains rien ici.

– Noah ?

– Oui, c'est moi, tu m'appelais dans ton cauchemar.

– Je… j'ai dit Noah ?

– Oui. Chut… Lyons est loin. Tu es à l'abri.

Sa voix calme est rauque et chaude dans l'obscurité de la chambre. Ses mains glissent dans mon dos, essayant de me réchauffer par des mouvements en rond. Nous ne sommes plus dans la cave, la réalité reprend ses droits. Je suis dans le lit que nous avons partagé cette nuit. Ses bras m'entourent et me réconfortent. Leur chaleur se veut apaisante.

Il croit que ce cauchemar est lié à ce qui s'est passé hier soir. Il pense que je l'appelle pour sa protection. Il me dégoûte. Je le hais. Il était peut-être jeune, victime lui aussi, mais je le déteste. Et je l'ai laissé me caresser, me donner du plaisir, se servir de mon corps. Mon estomac se tord et la bile me remonte dans la gorge.

Je me débats, le rouant de coups, le repoussant. Il tombe en bas du lit, emportant les couvertures.

– Hey ! Qu'est-ce que… ?

Je bondis, cours récupérer mes chaussures, sors de l'appartement et retourne chez moi. J'entends crier mon nom au loin. Prenant la fuite, je trouve refuge derrière ma porte, glisse à terre en tenant mon bras. Mes pleurs se confondent avec ma respiration hachée. Mon regard se porte sur ce membre qui me fait mal. D'une douleur fantôme, surgie du passé. Torturée pour l'exemple. Malmenée par le plaisir malsain d'un violeur d'enfants.

Pour cacher les cicatrices, j'ai choisi le tatouage. De grandes fleurs qui recouvrent toute la surface de mon avant-bras, du poignet au coude. Les cœurs des roses camouflent les marques indélébiles de ma souffrance. Plantes épineuses qui enfonceront leurs crocs dans mes anciens bourreaux. Cinq noms, cinq cicatrices, cinq fleurs.

Les lignes colorées dissimulent les blessures au regard du monde. Mais le toucher révèle ces petites boursouflures de chair, discrètes mais à jamais présentes. Noah était jeune, je m'en rends compte maintenant. Ce qu'il m'a avoué, il y a quelques heures, le prouve. Il a subi un chantage affectif. Son père l'a entraîné de force dans l'horreur et la torture pour le pervertir, le corrompre et lui faire suivre sa voie.

Et aujourd'hui, Lyons le tient toujours, comme son chien en laisse. Pour des bribes d'information, dans l'espoir vain de revoir cette personne disparue. En toute logique, j'aurais fait la même chose, je ne pense pas avoir plus de courage, je n'aurais pas su comment résister à ce monstre.

Mais la petite fille tout au fond de moi hurle sa peine et sa douleur. Elle ne comprendra jamais, ne pardonnera jamais. Elle avait mis toutes ses attentes en lui, toute sa confiance en un jeune homme qui lui apparaissait comme un sauveur. Devenu son bourreau.

Je frappe ma tête contre la porte, tentant de me calmer. Je dois me reprendre, ne pas craquer. L'apaisement vient progressivement jusqu'à ce qu'un coup sec sur le bois me fasse sursauter et pousser un faible cri. *BAAAM*. Mon cœur fait un bond.

– Evy !

C'est Noah, furieux ou inquiet d'avoir été planté sans explication. Peut-être les deux.

— Je sais que tu es là ! Ouvre.

Oui, bien sûr, tout de suite. Et un café aussi.

— Je veux savoir ce qui se passe.

Il continue à tambouriner. J'ancre les pieds au sol et appuie les épaules contre le bois. Comme si j'étais assez lourde et forte pour le retenir, s'il décidait de forcer le passage.

BAAAM !

— Je vais entrer, que tu le veuilles ou non, poursuit-il.

— Va-t'en ! Je ne veux plus te voir pour le moment, je crie à bout de nerfs.

BAAAM !

La porte vibre. Puis le silence, suspect et effrayant. Est-il parti ? Ou mijote-t-il quelque chose ? Cette attente me rend fébrile, à fleur de peau. Rien. Une minute passe, puis deux.

Je me relève, colle la joue contre la surface froide de l'entrée, fermant les yeux pour me concentrer. Aucun bruit ne me parvient. La main à plat, je me concentre sur le rythme de ma respiration. Il est parti, a fait demi-tour sans insister. J'en suis soulagée et déçue, ça devient lassant ces contradictions perpétuelles dans mes sentiments envers lui. Un soupir s'évade de ma poitrine, je me relâche.

Un mouvement furtif traverse le coin de mon champ de vision. Rapide, sans un bruit. Telle une ombre, un corps chaud se colle au mien. Me pousse contre la porte et m'y bloque. Des mains attrapent mes poignets. Je sursaute, effrayée, et crie comme une petite fille. Mais elles ne sont ni violentes ni annonciatrices de douleur. Son souffle torride dévale dans mon cou. Son torse nu contre mon dos me déstabilise.

Je secoue les bras pour me libérer et me retourne pour lui faire face. Five est entré dans mon appartement. Comment a-t-il fait ? Et aussi vite. Dans la pénombre de la pièce, je sens un courant d'air. Plus doué que certains voleurs, il s'est infiltré par une fenêtre.

– Je sais que cette journée a été horrible pour toi. Je comprends que tu ne sois pas heureuse de te réveiller auprès de moi, à cause de Lyons. Mais tu ne dois pas t'éloigner de moi comme ça.

– Pourquoi ?

– Lyons a compris que tu avais de l'intérêt pour moi, donc tu es une cible pour lui, comme pour ses ennemis.

– Pourquoi ? je répète, impossible de dire autre chose.

– Pour se servir de toi. Faire de toi la faille qui me fera tomber. Me mettre à genoux.

– Je ne suis pas assez importante à tes yeux.

– Ils utiliseront tous les moyens. Une femme qui me plaît en fait partie.

Il n'a pas contredit ma réflexion. Je ne l'obsède pas encore assez. Je ne dis plus rien, je ne veux pas lui dévoiler mes sentiments. Toute cette haine et cette rancœur qui bouffent ma vie finiront par se déverser sur eux tous. Il me caresse le visage et rencontre mes larmes.

– Tu pleures...

Il me soulève et me porte vers ma chambre. Je le laisse faire cette fois. On se retrouve dans un lit pour la deuxième fois en quelques heures. Il nous installe sous les draps. Le matelas étant beaucoup plus étroit que chez lui, il emboîte nos corps en cuillère, pour ne pas tomber. Il cale son menton sur ma tête et respire lentement.

– Il faut arrêter de se tourner autour, murmure-t-il. Nous avons un but commun. Tu vas me dire ce que tu désires faire en premier. Et moi, je vais t'épauler.

– Je souhaite rester seule pour le moment, nous discuterons demain.

– On est déjà demain.

– OK, je soupire. Lyons a tué mon père. Je veux le détruire.

– Tu as un plan.

Ce n'est pas une question, une affirmation plutôt.

– Oui, je vise Cobb et sa comptabilité. Comme je te l'ai déjà dit.

Je veux qu'il m'épaule, mais je ne lui dévoilerai pas mon projet. S'il pense que je ne suis intéressée que par l'argent de Lyons, il ne se méfiera pas de moi.

– Tu as besoin d'aide ?

– Je dois avoir accès à son ordinateur.

– Pas facile. Il ne le quitte jamais.

Après un temps de réflexion, il reprend.

— On va trouver un moyen. Et après ?
— Ça, tu verras en temps et en heure. Nous ne sommes pas assez proches pour que je te le dise.

Je lui balance sa réplique. Pourquoi lui faire confiance, si lui ne le fait pas en retour ? Bien qu'il ait raison de se méfier de moi. Mais ça, il n'a pas besoin de le savoir. Son rire se perd dans mes cheveux.

— Je l'ai mérité. Dors maintenant. Cette semaine va être épuisante.

***

Je rentre chez moi. Enfin, ce que je nomme ainsi pour le moment. Depuis mon enlèvement, je n'ai plus jamais eu d'endroit où je me sente en sécurité. Ma famille a éclaté et j'ai été envoyée vivre très loin. Je n'ai plus jamais ressenti d'attachement à un lieu en particulier, ce sont de simples logements. Rien d'autre. Ici ce n'est pas un foyer. Juste un coin où me réfugier et me reposer. Me cacher aussi. Pouvoir souffler et ôter le masque que je porte à longueur de journée. C'est lourd à supporter, use mes nerfs et me donne la migraine. Je jette mes clés sur la table d'entrée, retire mes chaussures. Je les laisse en plein milieu, je me fous du désordre. Il me faut du calme, de la tranquillité et surtout plus personne qui me surveille.

Car je suis certaine qu'il m'espionne. Il n'est pas discret, ne cherche pas à l'être, même. Five est partout, je le vois au boulot, de l'autre côté de la rue, derrière le volant de sa voiture. Et quand ce n'est pas lui, c'est son ombre, ce Shane. Son homme de main, de confiance et aussi son ami. Grand, fin et brun, il est plus nerveux et moins musclé que ma cible, mais il est malin. Son sourire omniprésent cache une intelligence que je soupçonne pointue et dangereuse. Je dois me méfier de ce qu'il pourrait trouver sur moi. Il pourrait déterrer mes secrets.

Cette semaine a été longue et difficile à gérer du point de vue mental. Le travail en lui-même ne me gêne pas, mais le fait de porter mon uniforme me rend malade. Je me suis débarrassé de celui que j'avais lors de ma rencontre funeste avec Lyons. Je l'ai regardé brûler, partir en cendres et disparaître à jamais, comme j'aimerais voir celui qui m'a terrorisée ce jour-là, source de toutes mes douleurs. Je pensais que grâce à ce geste destructeur, je pourrais passer par-dessus mes cauchemars et qu'endosser une nouvelle tenue de travail ne serait pas une épreuve pour mes nerfs. Malheureusement j'ai toujours cette odeur de cigare sur moi. C'est dans ma tête, je le sais, j'en suis consciente, mais je n'ai aucun moyen de l'effacer.

Je me change et me mets à l'aise. Un ensemble très léger. Un short en coton assez court et un débardeur près du corps. Il fait bon dans mon appartement, je n'ai pas froid et je peux me permettre de me promener en petite tenue. Surtout que je sais que mon voisin sera bientôt là, à me déshabiller du regard. Autant qu'il puisse se faire plaisir.

Depuis trois jours, nous avons rendez-vous devant ma fenêtre. Il me voit, me mate puis envoie un message plus ou moins tendancieux. Il me chauffe, tente ce qu'il peut pour me tirer des promesses, ne discute qu'avec des sous-entendus sexuels. Je le laisse faire et lui réponds sur le même ton. Si je peux lui retourner le cerveau juste avec des mots, je le ferai. Mon téléphone sonne, je vérifie le nom de mon correspondant avant de décrocher.

C'est Clara. Un sourire sincère étire spontanément mes lèvres. Dès que je peux lui parler, l'entendre ou la voir, je suis heureuse. Mon amie, la seule. Comme une sœur pour moi. Elle m'a suivie dans mon projet, voulant me protéger et m'aider. Elle loge dans cette ville, mais nous ne nous voyons pas, il nous faut rester discrètes et ne pas attirer l'attention sur notre amitié.

Nous nous sommes rencontrées en Suisse dans l'établissement privé où mon père m'avait envoyée pour me soigner. Essayer, du moins, de diminuer les séquelles de mon enlèvement et des troubles que j'ai développés à la suite de celui-ci. Elle, fille d'une star du cinéma et d'une arriviste siliconée, était un peu perdue à son arrivée là-bas. Moi j'étais seule, renfermée et surtout je ne désirais connaître personne. Je repoussais toutes les tentatives d'amitié des autres résidents, ne voulant plus faire confiance, plus jamais. Noah avait tellement déçu mes attentes et mes espoirs.

Mais à ma grande surprise, cette fille avec un problème d'alcool et un cœur écorché par l'indifférence de ses parents a réussi à passer mes murs de protection. Nous sommes devenues plus que des amies. Elle connaît toutes mes peurs, toutes mes rages. Elle venait dormir dans mon lit, les nuits où les souvenirs étaient trop durs à supporter. Ses bras ont été le seul réconfort que j'acceptais.

– Clara, je lui parle d'une voix douce. Comment tu vas ?

– Bien ma biche. J'ai des nouvelles. Et des bonnes.

– Qu'as-tu fait ?

Je grogne presque, mais elle insiste pour m'aider dans ma quête de vengeance et j'ai peur pour elle. Je ne veux pas qu'elle risque quoi que ce soit. Mon sort m'indiffère, mais Clara ne doit pas souffrir.

– Ne t'inquiète pas ! se moque-t-elle. Je n'ai rien fait de grave.

– Ouais, dis-moi, je verrai après.

– Et bien, je me suis renseignée sur Shane. Je l'ai suivi quand il est sorti de ton restau il y a dix jours et j'ai vu qu'il s'informait sur Cobb, comme nous.

– Et... ? j'insiste.

Je sens que je ne vais pas aimer la suite.

– Il est passé par un club assez connu dans la ville. Il semblerait que Cobb soit un habitué.

– C'est son bureau ou une sorte un quartier général ?

– Voilà, c'est ça. Et donc…

– Vas-y, balance, je soupire.

Je sais qu'elle va annoncer une connerie, et que je ne pourrai rien y faire. Elle est têtue, et comme elle a décidé de m'offrir toute l'aide qu'elle pouvait, rien ne pourra l'arrêter.

Un mouvement en face me déconcentre, Five est devant la fenêtre et observe. Mon cœur se met à battre la chamade et je perds le fil de ce que me déclare Clara.

– … Je suis donc engagée comme serveuse, stripteaseuse.

– Quoi ? Répète ça ?

– Je suis la nouvelle serveuse du Paroxysm. Je vais pouvoir surveiller ce connard de Cobb et te donner des infos de l'intérieur.

– Mais c'est dangereux ! Je ne veux pas…

– Arrête, me coupe-t-elle. Tu ne me feras pas changer d'avis. Tu ne peux pas réussir sans aide et sans pouvoir compter sur quelqu'un. Et je ne te parle pas de Five. S'il apprend tes véritables intentions, tu seras dans la merde.

– Oui, c'est vrai.

Je ne peux pas nier que pouvoir faire confiance me soulage beaucoup. Mon voisin me fixe et semble surpris. Je ne lui ai pas accordé autant d'attention qu'à l'habitude. Je lui fais un signe distrait de la main et un faible sourire. Je n'ai pas le temps de jouer à le séduire. Une chose à la fois. Ma meilleure amie s'est foutue dans une situation extrême pour moi et c'est le seul problème que je veux traiter maintenant.

– Tu fais chier, tu sais ça ? Et puis tu t'y connais suffisamment pour savoir te déshabiller en te tortillant ? Et te faire payer pour ça ? je tente l'humour, mais sans conviction.

– Je ne suis pas la fille de ma mère pour rien, c'est dans les gènes.

Elle rigole, mais je ne peux pas la suivre. Un nœud s'est formé dans ma gorge. J'ai un mauvais pressentiment. La peur que ça tourne mal est là, qui rode.

– Promets-moi de faire attention et de ne pas te mettre en danger.

Ça fait des mois qu'elle me harcèle pour m'aider dans mon entreprise de vengeance. Et là, elle a trouvé un créneau pour n'en faire qu'à sa tête. Elle soupire puis finalement souffle.

– OK, je promets.

J'espère juste que le fait qu'elle aille danser et espionner ne fera pas de ma meilleure amie un dommage collatéral. Je ne le supporterais pas s'il lui arrivait malheur. Malgré tout, je ne peux pas le lui interdire, elle est majeure et c'est une têtue de dimension olympique.

– Bon, je te laisse, j'ai quatre-vingts kilos de muscles qui attendent pour me faire leur show à la fenêtre.

– Ohhh, je suis jalouse, il est si sexy, ce mec.

– Peut-être, mais… ne voulant pas lui avouer qu'il m'attire, je rajoute en grommelant, ce qu'il peut être lourdaud.

Elle rit, me connaissant mieux que quiconque.

– C'est ça, je te crois ! Allez, va t'amuser un peu, je te rappelle dès que j'ai du nouveau.

CHAPITRE 15

FIVE

Je frappe le sac, les coups s'enchaînent. Gauche, droite, un direct, un uppercut... La vitesse de mes attaques augmente et j'atteins mon maximum. Mes muscles chauffent, mes épaules se détendent. J'assouplis mes articulations et mes pas deviennent plus légers. Sur la pointe des pieds, je fais de petits bonds et exécute des feintes tout en continuant à bombarder ma cible. Le sac de boxe est retenu par mon ami. Shane mâche un chewing-gum et encaisse sans broncher.

Cette séance me permet d'évacuer la pression et la frustration accumulées. Et d'éclaircir mes pensées. Plus les endorphines se déversent dans mes veines, plus je laisse les images de la semaine se dérouler. Mes coups sont réguliers, mon corps se met à travailler en automatique. Je me déconnecte de la réalité. Je me recentre sur mes idées vagabondes et les attrape à la volée. Je me coupe du monde extérieur. J'entends en sourdine les directives de Shane.

Elles passent en moi, je réagis mécaniquement. J'obéis et corrige mes fautes. Je n'y prête pas vraiment attention. C'est devenu instinctif et cela m'aide à réfléchir. Mes réflexes prennent le dessus, mes pensées se détachent. Ma respiration se fait plus ample. J'ai cette impression de m'envoler, de pouvoir continuer indéfiniment. Et la clarté se fait en moi.

Des images me parviennent. Désordonnées et entrecoupées, me permettant de faire des liens, des connexions entre les évènements. Cette technique me sert habituellement pour contrer les manigances de Lyons.

Je cogite davantage en boxant. Associant des gestes aux faits pour mieux les décortiquer et prendre des décisions.

– Coup droit.

Mais aujourd'hui, ce sont des projections d'elle qui passent en boucle devant mes yeux ouverts. Je suis aveugle à mon environnement. Sourd au bruit de la salle, comme à tout autre commentaire, exception faite des instructions de Shane.

– Attention, ta garde est trop basse.

Ce baiser chaud comme une forge en plein travail. Ses reculs et ses hésitations. Sa peau douce et son parfum envoûtant. L'obsession qui en découle me fait chier. Je n'ai pas besoin, ni l'envie, de m'enticher d'une femme en ce moment.

Evy à terre, aux pieds de Lyons, apeurée et tentant de résister. Lui, souriant, content de ses méfaits et de la terreur qu'il inspire. Le cigare entre ses doigts comme la signature de ses crimes. Un jour, il paiera pour ça.

– Reste souple. Concentre-toi un peu.

Evy qui me claque la porte au nez, de ma propre salle de bains qui plus est. J'aurais dû la rejoindre sous la douche. Mais les regrets ne servent à rien. À la prochaine occasion, il n'y aura aucune hésitation de ma part.

Elle, s'habillant de mon t-shirt, sa hanche découverte. Et plus tard dans mes bras, ses jambes qui me supplient de les écarter. En entourer mon bassin, et y nicher ma queue.

– Plus haut.

Ses seins qui sont doux et pleins dans ma main. Mon regret de ne pas les avoir léchés, sucés, vénérés. Ma surprise quand elle a réussi à me faire lâcher prise et jouir comme un puceau dans mon froc. Juste par ses gémissements et sa réaction en succombant à l'orgasme. Ses cris, ses pleurs, son appel dans la nuit de mon vrai prénom. Ses cauchemars qui l'ont poussée à me fuir.

– Appuie plus sur ton pied.

Et putain, mais pourquoi je sens qu'elle cache encore mille secrets derrière son regard couleur de brume. Elle est silencieuse, réservée. Je veux la connaître, cela devient une priorité. Plus elle recule et se refuse, plus mon esprit est obnubilé par ces pensées. Son corps me fait bander à tout moment de la journée. Dès le rappel infime d'un morceau de peau, de la texture de sa bouche, le goût de ses lèvres. Tout m'excite. Mais surtout je n'arrête pas de réfléchir à son passé et à ses non-dits.

Et donc, je continue à martyriser ce sac.

— Tu vas le bousiller, ce sac.

— Ferme-la, Shane.

Droite, droite, gauche, gauche, uppercut, coup direct. Encore un enchaînement.

— Allez, va courir un peu pour te calmer.

La sueur roule entre mes omoplates, le long de mon dos. Les muscles chauffés par l'exercice commencent à être douloureux. Le sang coule vite dans mes veines. Sa bouche, sa peau, ses pleurs, son regard droit qui me dit d'aller me faire foutre.

— Que vas-tu faire ?

— À ton avis. Je vais faire ce que j'ai promis, en restant sur mes gardes. Je n'ai pas totalement confiance.

Je stoppe et attrape la serviette tendue par mon ami. Je m'essuie et la suspends à mon cou. Je récupère une bouteille d'eau et la vide d'une traite en me dirigeant vers les tapis de course. Je commence par un rythme doux. Juste une marche rapide pour reprendre mon souffle.

— Depuis plus d'une semaine, elle me chauffe, répond à mes messages en mode sexto. Je n'arrive à rien sauf à être obsédé par elle.

— Il faut la faire parler, répond mon pote, et pendant ce temps, je vais continuer mes recherches.

Pour moi, il n'y a plus qu'une solution. Si on n'arrive à rien avec Lyons, il faut se diriger vers Cobb.

– Je ne vois rien d'autre à faire. Mais comment avoir des infos ?

– Il y a une petite nouvelle dans le staff du Paroxysm. Je vais la travailler au corps.

Il me fait un clin d'œil entendu.

– Et moi, j'y emmènerai Evy. Elle me devra des réponses si je la laisse poursuivre ses projets.

– Au pire, tu vas gagner du temps et faire diversion pendant que je cherche une piste avec la serveuse.

– C'est sûr que tous les regards seront tournés vers Evy et moi.

– Il faut avancer. On n'a plus beaucoup de temps avant qu'il n'arrive malheur à ta sœur. Mon intuition me dit que ton père va finir par se douter de quelque chose.

Il a raison, il faut être plus rapide. On fera le show et dans l'ombre, il trouvera un moyen d'entrer dans le système.

– On commence dans trois soirs, vendredi. Je vais emmener danser ma nouvelle chérie. Ta source sera là ?

– Oui, elle sert en salle, approuve-t-il pendant que j'augmente la cadence.

***

Shane a fait vite. La nuit même, il me confirmait avoir pris contact avec la petite stripteaseuse. Mon ami sait se sacrifier pour la cause. Il est déjà entré dans son lit et a réussi à ce que cette fille lui mange dans la main. Ses manœuvres de séduction ont fonctionné, cette Clara lui a promis de chercher une faille dans le système de sécurité de Cobb.

Il a appris que le bras droit de Lyons serait présent dans la boîte cette nuit et qu'il serait facile de l'atteindre. J'ai envie de m'amuser à ses dépens. Il me faut absolument avoir des réponses, des indices, n'importe quoi ! Je commence à désespérer de ne rien savoir. Je veux retrouver ma sœur. Il me faut des infos. Je ne tiens plus. Devoir me battre pour mon père, devoir accepter ses désirs et ses ordres n'est plus possible.

Chaque jour qui passe, il devient plus pressant et exigeant. Un jour, il me faudra consentir à dépasser les limites que je me suis imposées, et je ne le supporterai pas. Je me refuse à tuer, à torturer pour le plaisir de Lyons. Car c'est de ça qu'il s'agit. Il pourrait faire faire le sale boulot par un de ses hommes, mais ce qui le botte, c'est ma soumission. En ce moment l'intérêt que je porte à Evy lui facilite la tâche. J'ai vu ses sbires la suivre. Ils la surveillent et si je me braque, ils n'auront qu'à la kidnapper ou la blesser pour me punir et me forcer à obéir. J'en ai marre de cette situation.

Il est temps de me libérer de son emprise. Ma soirée avec Evy est une première étape.

***

> Five
>
> J'ai une possibilité d'approcher Cobb,
> si tu as un plan j'espère qu'il est au point.

Evy

Si je peux accéder à son ordinateur,
aucun problème.

Sa réponse est brève mais catégorique, j'aime les femmes qui savent ce qu'elles veulent.

> Five
>
> Je vérifie et te préviens,
> mais tiens-toi prête.

***

J'envoie un message à la dernière minute, pour l'avertir de notre sortie. Je n'ai pas eu l'occasion de lui parler, mais elle insiste pour avoir accès à l'ordinateur de Cobb donc je suppose qu'elle a un plan bien établi.

> Five
>
> Ce soir, on se bouge. Il te faut une tenue
> appropriée. Je t'envoie une robe.

Comme je n'aime pas écrire sur mon téléphone, je fais toujours dans le court, voire le minimalisme. Vu sa réponse, elle apprécie moyen.

Evy

À quelle heure et où ?

Five

23 heures au Paroxysm.
Je passe te chercher

Evy

OK

C'est tout ? Franchement cette meuf n'est pas une bavarde. Pas que je m'en plaigne, mais j'ai plutôt l'habitude du contraire.

Evy

Je viens de recevoir ce que tu appelles
une tenue appropriée. Tu sais où tu peux
te le mettre, ce bout de chiffon !!!

Bon là, j'ai une réponse plus développée. Je ris en lui renvoyant une petite vanne.

Five

Faut être sexy ce soir,
et je te vois très bien dans cette robe.

Evy

Ce n'est pas une robe,
un mouchoir géant plutôt !

Five

Tu la mets !

Evy

Non, je ne suis pas ta pute !
Je mettrai ce que je veux.

Five

Si ce n'est pas à mon goût,
je te la passerai moi-même

Evy

Sérieux ? J'ai peur, c'est fou !
Tu ne me forceras pas

Je me marre devant sa dernière réplique. Elle pense que je ne serais pas assez dingue pour la mettre à poil et l'obliger à passer cette foutue robe. Et merde ! Les images classées X me viennent à l'esprit. Je ne suis pas certain d'être à l'heure, si je joue à la poupée avec elle.

Je fantasme depuis trop longtemps pour résister. Si je dois la déshabiller, je ne saurai pas me retenir. Je lui sauterai dessus. Il me tarde d'être à ce soir.

CHAPITRE 16

FIVE

À mon message qui lui annonce ma prochaine arrivée, elle m'a répondu :

Evy

OK, je laisse la porte ouverte,
je ne suis pas encore prête. Entre

Elle souffle le chaud et le froid. Un jour, elle me fuit, un autre, elle m'invite chez elle comme si on se connaissait depuis des lustres. Elle me rend marteau.

Je pousse le battant entrebâillé et m'introduis silencieusement. J'aime surprendre et elle me donne l'avantage. J'inspecte vite fait son territoire, meublé de seconde main, mais trop clean, trop bien rangé. Ça sent la maniaque compulsive du nettoyage à deux kilomètres. Comme cette fille que j'ai fréquentée et qui faisait le ménage à toute heure du jour ou de la nuit dès la moindre contrariété. Je ne comprends pas ces femmes, moi. Si elles veulent se détendre ou évacuer leur frustration et leur trop-plein d'énergie, je peux les aider. Je connais des activités physiques bien plus intéressantes.

Sur le dossier du fauteuil, je trouve la robe que j'avais choisie, tel un étendard pour me déclarer la guerre. Je souris devant l'objet du litige. Impossible de m'en empêcher. L'anticipation me plaît. Qu'a-t-elle bien pu inventer pour me faire rager ?

– Evy ! je crie pour qu'elle bouge son cul. On n'a pas toute la nuit.

– J'arrive, j'arrive.

Sa voix me parvient dans mon dos, m'incitant à me retourner. La lumière de la pièce d'où elle sort crée un contre-jour. Je ne peux que deviner sa silhouette. Clignant des yeux, je la perds quelques secondes de vue, elle en profite pour avancer vers l'entrée. Je la vois de dos à présent en train d'enfiler ses chaussures à talons. Evy se penche, lève un pied tout en se retenant d'une main au mur pour maintenir son équilibre.

Mon regard a bloqué sur sa cheville, fine et délicate, entourée d'une chaîne d'argent. Son petit pied à présent chaussé, elle passe à l'autre. Ses mouvements gracieux attirent mon attention sur le jeu du tissu de sa jupe. Enfin ce qui s'apparente à une jupe. En similicuir rouge foncé, presque violet, le vêtement semble être un ensemble de lanières cousues entre elles et se détachant à mi-cuisses pour retomber librement sur ses genoux, mélangeant le style rétro du charleston et la modernité du cuir.

Chaque pas qu'elle fera montrera ou cachera une parcelle de peau. Mes yeux continuent leur remontée, irrémédiablement attirés vers le haut. Son dos est nu, masqué par quelques entrelacements. Ma respiration se coupe quand mon imagination m'offre une idée de la face nord. Bon Dieu, je suis au bord de l'AVC. Si je vois trop de chair lorsqu'elle se tournera, je lui ôte ce tissu et lui donne une fessée. Elle qui se plaignait de mon choix. Cette robe cramoisie est un appel au crime. Un instinct territorial venant du fond des âges remonte en moi et se renforce. Et je n'ai aperçu que le dos.

– … et tu pourras me le présenter.

Hein ? Quoi ? J'ai raté toute son explication, enfin j'ai des bribes qui me reviennent, mais pas tout. Elle se retourne, les sourcils froncés pour souligner son étonnement face à mon silence.

Je me prends une seconde claque. Le bustier est sobre, son décolleté donne juste envie de s'y plonger pour découvrir les trésors qu'il recèle. Les lanières se croisent et se décroisent. Entourant sa taille de guêpe, dévoilant son ventre plat et son nombril orné d'un piercing bijou qui brille de mille feux.

Le premier qui met ses mains sur elle, ou pire sa bouche, je lui éclate la gueule. Je veux l'exclusivité tant que je ne me serai pas lassé d'elle. Et comme je ne l'ai pas encore baisée, je suis à mille lieues de l'ennui. Ils devront attendre, les jolis cœurs, et loin, de préférence, s'ils tiennent à la vie.

– Five !

Merde, j'ai de nouveau décroché. Encore un peu et je bave. Un peu plus de tenue et de fierté, ça ne me ferait pas de mal.

– Et ma robe, où est-elle ? Tu ne l'as pas mise ?
– Tu le vois bien, me répond-elle, narquoise.

La main sur la hanche, elle me fait une révérence et tourne sur elle-même.

– C'est bien plus chic que ton chiffon.

J'avance en la fixant droit dans les yeux. Ils s'agrandissent quand elle comprend mon intention.

– Tu m'as désobéi délibérément. Je suis tenté de te dévêtir et de t'obliger à la mettre, comme je le voulais.

À chaque mot prononcé, je fais un pas vers Evy, qui se recule d'autant. On poursuit dans le salon pour finir par le coin cuisine. Elle se colle à la table attenante au plan de travail. Je la bloque de mes hanches et la surplombe de toute ma hauteur. Elle frissonne nerveusement. Ses joues ont rougi. Ses pupilles sont tellement dilatées que je ne vois plus la couleur de ses iris. Les lèvres entrouvertes et tremblantes, elle respire de façon hachée.

D'un doigt, je suis le bord de son décolleté et plonge entre ses seins. Sa respiration fébrile se coupe. Pour échapper à mon toucher, elle se cambre sur la surface lisse. À tel point qu'il lui faut se soutenir d'une main pour ne pas s'effondrer.

Sa tête se rejette en arrière pour maintenir le contact visuel.

— Je choisis ce que je porte. Cette robe convient. Tu veux me faire passer pour quoi ? Une pute ?

— Faudrait me persuader que tu es irrésistible là-dedans. Je n'en suis pas convaincu pour l'instant.

Je lui mens, je bande depuis que je suis dans cet appartement, mais je veux qu'elle m'embrasse de son plein gré. Un défi est ce qu'il y a de plus sûr pour l'y inciter. Je tire sur une des ficelles de son corsage pour appuyer ma phrase. Une ombre furtive passe sur son visage. Elle cache avec soin ses pensées, se referme aussi vite. Elle mordille sa lèvre charnue, me donnant une furieuse envie de la seconder dans cette tâche.

— Je suis capable de retourner la tête de n'importe quel mec.

— Si tu veux que ton plan fonctionne, tu as intérêt.

— Je ferai monter la température et tu devras trouver une excuse pour foutre une raclée à Cobb. Tu l'interceptes et le maintiens loin de moi quelques minutes.

— Pas de soucis, j'ai de l'imagination à revendre.

— Pendant ce temps, je ferai ce que j'ai à faire sur son ordinateur.

— OK, mais il faut qu'on ait l'air d'un couple et je veux une démonstration de tes talents. Maintenant.

— Tu n'as pas tort.

— C'est l'heure de la mise en pratique.

Je la dévore du regard, je me retiens de lui sauter dessus. Sa tenue, ses cheveux détachés, son parfum et l'éclat de ses yeux me rendent fiévreux.

Il faut que je la touche. J'en ai besoin. Ma queue aussi. Mes mains tremblent de l'effort fourni pour me contrôler. Je veux que ce soit elle qui fasse le premier pas ce soir.

On se regarde sans bouger, ma tension grimpe en flèche. Elle cille puis passe sa paume dans mon cou et se jette sur ma bouche. Sa langue dispose de mes lèvres et je gémis. J'enfonce une main dans ses boucles folles, l'autre accroche l'arrière de son genou. Ses cheveux sont doux et épais, mes doigts s'égarent parmi eux. Je me perds dans la chaleur de sa bouche, m'enroule autour de sa langue. Son goût explose en moi. Je deviens accro à cette nana. Elle suspend sa jambe à ma hanche.

Je frôle le velouté de sa cuisse. J'enfonce mes ongles coupés court dans le moelleux de sa chair, je malaxe et je remonte centimètre par centimètre. Un minuscule élastique stoppe ma course vers le paradis. Bordel ! Un string ! Je n'ai qu'à le repousser et l'entrée est à moi. Ma température interne vient d'atteindre des sommets. Je lâche ses lèvres et pars vers sa gorge.

Les réactions de son corps m'indiquent la voie à suivre. Elle ne peut me cacher ses frissons et son abandon. Le vide complet se fait dans mon esprit, mes pensées s'envolent. J'ai besoin de la prendre, de la pénétrer. Il le faut, sinon j'explose.

Je l'oblige à se coucher sur la table en tirant sur sa chevelure. Dès qu'elle se laisse aller, je la libère et de ma paume, je suis le tracé de ses courbes douces. De son cou à l'épaule puis vers le reste de son bras, je l'effleure à peine. Je peux apercevoir nettement mon trajet grâce à la naissance de la chair de poule que je provoque.

En même temps, j'atteins enfin le centre de toute mon attention. Mon objectif, ma résolution. Elle gémit et écarte inconsciemment les jambes en une invitation flagrante. La chaleur humide qui se dégage de son intimité est l'égal d'un petit volcan. Je taquine sa peau par touches infimes et légères, elle s'adoucit à l'approche du foyer brûlant de son plaisir. J'y suis. *Putain.* C'est bon, elle est si mouillée. Cette reddition qu'elle m'offre ! Je tourne et contourne. Je prends mon temps. Je veux savourer ce moment, la première fois où je m'introduirai en elle.

Je me jette à nouveau sur elle. Mes dents marquent sa clavicule. Je lui caresse le bras, et prends la direction de son poignet. Mes baisers suivent le même chemin. Evy a un sursaut quand je touche ses lèvres intimes et je détourne son attention en lui léchant le creux du coude. Elle incruste ses petites griffes dans mon torse. Les roses inscrites sur sa peau m'attirent, me fascinent. Je veux les redessiner de ma langue. Suivre ses lignes colorées et les vénérer. Le contraste entre la pâleur de sa carnation et les volutes imprimées est magnifique. Envoûtant.

Il me tarde d'enfin les explorer et les étudier de plus près, de les suivre de la langue et des doigts pour les adorer et leur rendre hommage. J'introduis mon index au moment où j'embrasse le cœur de la fleur centrale. Je grogne. Elle se crispe, se tend, se tord et me repousse. Violemment. Pour récupérer mon équilibre, je dois reculer d'un pas.

Evy court mettre la table entre nous pour stopper toute approche de ma part. Elle secoue la tête et semble au bord de la panique. Sa respiration est au même rythme que la mienne.

– Quoi ? Tu avais envie, ne le nie pas ! je lui jette, hargneux.

Bordel, mon désir d'elle est tel que je pourrais être violent. Elle n'arrête pas de me chauffer pour mieux me repousser.

– Je... Oui. Mais... on va être en retard.

C'est quoi cette excuse de merde ? Elle est chaude comme la braise et l'instant suivant, elle ne veut plus que je la touche pour une histoire de timing ?

– Ne me prends pas pour un con. Tu étais dedans, à fond avec moi. Ne viens pas me dire que tu as regardé l'heure. On ne me jette pas pour ça !

Elle fait la moue et son visage redevient un masque d'indifférence. Plus aucune émotion n'est visible. Son regard se voile.

– Tu voulais savoir si je pouvais t'exciter. Tu es parti au quart de tour. On pourra passer pour un couple. Tu as ta réponse.

Ses phrases sont courtes et sèches. Elle croise les bras dans un geste défensif et se frotte discrètement le poignet. Celui de ses tatouages. Ce geste m'interpelle. Ce n'est pas la première fois que je la vois faire ça. C'est machinal. Inconscient. Mon instinct me dit que je dois prendre en compte cet indice. Elle a eu un recul quand je l'ai embrassé. Elle ne veut pas que j'y touche. Pourquoi ?

C'est bizarre, cette réaction à la limite de l'affolement. Il faudra que j'y repense à tête reposée, sans être obsédé par sa chatte humide ou par le goût de ses lèvres. Il y a quelque chose de pas net dans son comportement. Une vibration dans la poche de mon jean annonce l'arrivée d'un message, coupant mes réflexions.

Shane

La voiture de Monsieur est avancée.
Dépêche !

C'est Shane qui s'impatiente en bas. Ce n'est que partie remise. Je saurai de quoi il retourne. Tôt ou tard.
– Allez, on y va.
Je lui tourne le dos et pars sans l'attendre. Je ne suis pas vraiment un gentleman, surtout frustré comme je le suis. La descente me donne la latitude dont j'ai besoin pour calmer l'excitation qui s'impose à moi dès que je la touche.

Shane est appuyé contre la voiture. Il servira de chauffeur ce soir. Une bonne raison pour nous accompagner sans soulever de questions. Il hausse un sourcil, jette un œil à sa montre. Geste moqueur, juste pour me narguer. *Connard*. Il ouvre la portière et prend le temps d'admirer les jambes d'Evy quand elle s'installe. Je lui frappe l'arrière de la tête du plat de la main.

– Regarde ailleurs, bordel ! Ou je te les fais bouffer moi, tes foutus yeux.

– Oulà, tu es bien tendu et pas que dans ton jean ! C'est qu'on devient jaloux, ma parole, se moque mon futur ex-ami.

– La ferme, Shane !

Je m'engouffre dans l'habitacle à la suite d'Evy et j'ai juste le temps de l'entendre ricaner avant qu'il ne referme. *Connard !*

***

Elle reste silencieuse, comme à son habitude. Elle triture son bras, attirant mes yeux sur ce mystère. Je ne vais pas pouvoir m'empêcher de chercher à le résoudre. Evy sursaute en se rendant compte de mon attention. Elle jette ses mains sur ses genoux dans une tentative maladroite de brouiller les pistes. Elle est nerveuse et j'aime ça. Je vais pouvoir en profiter.

D'un mouvement latéral, je me glisse et me colle à son flanc. Je passe un bras par-dessus le dossier et plonge mon regard dans son décolleté. Je remarque qu'elle cache un pendentif fantaisie dans l'obscurité créée par ses deux seins serrés l'un contre l'autre. J'irais bien faire du tourisme par là, mais je préfère la narguer. Elle gigote, troublée. Se plaquant presque contre la porte pour échapper à mon contact.

– On pourrait reprendre là où on s'est arrêtés, je lui lance.

– Tu es sérieux ? Pourquoi ?

Elle relève la tête et me regarde par-dessous ses cils, cette barrière soyeuse qui lui fait des yeux de biche.

– Tu n'es pas à l'aise avec moi. Si tu veux être crédible, tu ne dois pas sursauter dès que je te touche.

Je pose la main sur son genou pour l'exemple. Mon pouce se perd direct entre ses jambes, trop heureux de la sensation de douceur. Comme de fait, elle tressaille et tente de fuir. J'imprime mes doigts dans sa peau, lui faisant presque mal.

– Tu vois ? Pas assez naturelle.

– Je le serai suffisamment quand il le faudra.

– Humm.

Mon pouce essaie de retrouver le chemin sous sa jupe. Je reçois un coup sec sur mon poignet. Je suis de nouveau à l'étroit dans mon jean. Un état qui devient décidément automatique en sa présence.

– On arrive, dit Shane.

CHAPITRE 17

FIVE

Le Paroxysm se présente devant nous. Haut lieu de l'empire Lyons. Perché à flanc de colline, dominant la ville, il comprend quatre étages. C'est *the place to be,* où il faut être vu et reconnu.

Restaurant et bar au premier, boîte de nuit aux niveaux supérieurs, le quatrième et dernier étage est le saint Graal. Il faut être riche pour y accéder. Avoir beaucoup de fric, mais aussi d'influence. On y trouve des hommes politiques, d'affaires, des sportifs, des vedettes. Mais surtout des fils à papa, qui puent l'arrogance, nés avec une cuillère en argent dans la bouche et voulant toujours plus. Avides de frissons et d'interdits. Ils fréquentent le milieu, pensant que l'importance de leur famille compte et leur donnera des passe-droits pour tous leurs caprices.

Drogues, putes, strip-teases, paris, tout y passe. Ces richards viennent aussi pour m'apercevoir et tenter une approche après un de mes combats. Je me fais un plaisir de les envoyer chier, et de baiser leur femme. Ils apprécient moins, mais n'osent rien dire de peur de goûter à mes poings. C'est l'endroit de tous les vices, tous les péchés que cette ville recèle. Le miroir d'une société pourrie et la vitrine commerciale de mon géniteur.

Dès notre sortie de la voiture, j'enroule mon bras autour de la taille d'Evy. Nous entrons dans l'immeuble sans que je lui laisse le temps d'admirer la déco. Je la veux près de moi et accessible à mon bon vouloir. Si elle a faim, elle aura à manger en haut. Des hommes de main de mon père nous escortent vers les ascenseurs. Comme si je ne connaissais pas le chemin.

Nous nous engouffrons dans l'espace restreint qui nous mènera vers les sommets. Les deux hommes, entre gardes du corps et videurs, nous accompagnent. Aussi bien pour éviter les débordements de la part de fans, que pour empêcher que je ne mette une fois de plus le bordel dans l'établissement. Je me marre en repensant à ma dernière visite. Ils ont dû racheter du mobilier après la bagarre que j'ai déclenchée. Toujours un plaisir de foutre mon paternel en rogne. Ils sont optimistes ou naïfs, s'ils espèrent que deux hommes seront suffisants pour me retenir.

Je les sens se détendre au fur et à mesure que l'on monte. Cet ascenseur est lent, étudié pour attiser l'impatience des visiteurs. Ces gardes croient que je serai sage, car je suis en bonne compagnie. Ils seront d'autant plus surpris quand je passerai à l'action.

Ma compagne se colle subitement à moi. Une de ses mains vient se perdre dans une poche arrière de mon jean. Je suis déçu qu'elle n'ait pas eu l'audace d'aller directement dans mon froc. Ses yeux me capturent et s'agrandissent. Un sourcil se relève pour me faire passer un message.

– Oui, mon petit volcan ?

Elle tique sur le surnom que je lui ai choisi. Ma vengeance n'est, pour l'instant, pas bien méchante par rapport à ma frustration. Plus elle joue, plus je répliquerai.

– Fiiiiive, elle étire le mot en roucoulant littéralement.

Sa main libre vient se poser sur mon torse.

– Qu'y a-t-il ?

– Tu ne m'as pas dit où tu m'emmenais.

– C'est une surprise.

– Je n'aime pas les cachotteries. Dis-moi, allez !

Elle se met à jouer avec un bouton de ma chemise. Les deux malabars se tendent et la reluquent ouvertement. Sa bouche fait la moue, ses cils papillonnent. Je me raidis. Elle me fait le coup de la petite amie capricieuse. Et putain, qu'elle est douée. Si je ne la connaissais pas, elle et son caractère sérieux et renfermé, je la prendrais pour une gamine à qui on a toujours dit oui. Les gorilles semblent fascinés par sa robe à franges, moulante et sexy.

OK, première manche. On va voir si elle reste crédible dans ce huis clos. S'ils avalent notre comédie, je croirai en nos chances de réussite pour la suite.

— Tu me donnes quoi en échange ?
— Pour savoir ?… Un baiser ?

Charmeuse, elle se met sur la pointe des pieds et enroule ses bras fins autour de mon cou. Mes mains prennent possession de ses fesses moulées dans le cuir et je lui mordille la lèvre inférieure. Je capte son regard et j'y vois la résolution de bien faire être voilée par une émotion plus sensuelle.

— Allez, petit volcan, montre-moi comme tu es chaude.

Elle lève les yeux au ciel, profitant de tourner le dos à nos intrus voyeurs. Je l'embrasse tout en essayant de rester concentré sur mon environnement. Evy se laisse porter par notre baiser et gémit. Moi, je n'y arrive pas. Pas moyen avec ces deux-là qui nous matent sans vergogne. Ils m'emmerdent grave. Ils la dévorent du regard comme si elle était un morceau de viande et leur respiration augmente. Excités par le spectacle.

Je la tourne et la cache entre mon corps et la paroi. Mes doigts remontent sur sa taille et frôlent le bas de sa poitrine. Quand les portes coulissent enfin pour nous libérer, je me redresse et souris à une Evy hébétée par ses sensations. Elle en a oublié qu'elle jouait la comédie. Je foudroie les gars du regard.

Je la guide d'une main dans le creux de ses reins pour la faire sortir en premier. J'en profite pour grommeler entre mes dents un avertissement aux débiles de service :

— Vous pouvez reluquer, mais le premier qui la touche est mort, compris ?

Ils sursautent et détournent les yeux en bafouillant des excuses que je n'écoute pas.

— Oh…, fait ma belle en s'arrêtant net, subjuguée par la vue.

Il y a de quoi. Même moi, qui suis un habitué, j'ai toujours un choc en sortant de l'ascenseur. Cet étage est magnifique, le mieux décoré, le plus riche en dorures et en cuir. Le plus luxueux. Mais le plus impressionnant au Paroxysm reste la vue imprenable. Deux des façades ne sont faites que de verre. Elles se rejoignent en un angle aigu surplombant la ville. La cité sous nos pieds brille de mille feux et semble parader juste pour notre plaisir.

Pour les chanceux qui ont assez d'argent à dépenser pour avoir le précieux sésame, c'est l'entrée du paradis, celui de la débauche. Une piscine trône devant les vitres et permet aux participants de se délasser un verre à la main. Des jacuzzis, des salons privatifs très prisés sont disséminés dans les coins sombres. Des tables et des fauteuils sont placés aux endroits stratégiques pour pouvoir admirer les danseuses dans leur effeuillage. L'ambiance est lourde et sensuelle, les filles bougent avec des mouvements lents et gracieux, les serveuses offrent toutes les prestations possibles. Le champagne et l'alcool coulent à flots.

— Bienvenue au Paroxysm, Evy. Ici, tous tes fantasmes, désirs et… plaisirs seront exaucés, je lui chuchote à l'oreille en l'enlaçant.

Je sens ses frissons et je resserre ma prise.

— Mon souhait ?

Son regard fait le tour de l'immense salle. Elle est impressionnée et le laisse paraître. Pour la foule, pour notre public. Que ces gens pensent qu'elle n'est qu'une bimbo, une paire de seins sans cervelle qui me permet de la sauter pour être connue.

— Je veux Cobb, tu le sais. C'est ça que je souhaite.

J'enfonce les doigts dans la chair de sa taille et la presse contre moi. Quand elle a une idée, elle n'en démord pas.

— Ne t'inquiète pas, chérie. Il est là. Il est toujours là.

***

Je maintiens ma compagne contre mon flanc, la main sur sa hanche. Les deux abrutis se remettent de leurs émotions et font leur boulot. Ils fendent la foule et nous ouvrent un passage. Mon geste protecteur et possessif est remarqué. Je note des regards surpris et jaloux en provenance de certaines groupies. Ce n'est pas dans mes habitudes d'être aux petits soins avec celle que je baise. Non. La fille m'accompagne, me suit et la ferme. Point.

Du coup, le prestige d'Evy est renforcé. Tous les regards sont tournés vers elle, vers nous. Des commentaires se font entendre par-dessus la musique. Cette partie du plan fonctionne. Nous sommes au centre de l'attention générale. Du coin de l'œil, je vois Shane se diriger vers une zone privée, une fille pendue à son bras, la fameuse serveuse qui nous ouvrira peut-être de nouvelles perspectives. Il n'a pas perdu de temps. Tant mieux. Plus vite il aura les infos, plus vite il pourra surveiller mes arrières.

Je repère Cobb à sa table habituelle. Il est assis dans une alcôve, un coin privatisé à son seul usage. Les sièges sont pris par les hommes de mon père. Ils vont et viennent, allant chercher telle ou telle personne pour collecter les dettes. En argent ou en service. Parfois, on y voit certains venir y quémander un prêt.

Tout se passe au vu et au su de tous. Il se fiche de la police. Les flics de la ville sont pourris et le FBI – ou toute autre agence – seraient repérés bien avant d'arriver ici. On pourrait croire que ce serait plus facile, plus discret dans un bureau. Mais Cobb préfère le bruit et la masse pour brouiller toute tentative de mise sur écoute.

Son PC portable, qui ne le quitte jamais, est ouvert devant lui. En costume Armani, il ressemble plus à un trader qu'au bras droit du véritable maître de la ville. Je presse les doigts d'Evy et la tourne dans la bonne direction. Elle comprend, raidit les épaules et se prépare à rencontrer celui dont elle veut se servir pour sa vengeance.

Je ressens l'arrêt puis la reprise de sa respiration. Elle tente de rester calme.

– Ça va aller, je lui souffle à l'oreille.

– Il le faut.

Elle se secoue et recommence à marcher. Cobb nous remarque enfin. Il tourne légèrement la tête vers notre couple, pose ses coudes sur la table. Les mains jointes devant sa bouche, le regard neutre, il attend avec patience.

Depuis que je le connais, je ne lui ai jamais vu de vraies émotions. Une machine, ce mec. Froid, glacial. Ses traits sont anguleux, la mâchoire carrée, le nez busqué, les yeux sombres et les lèvres fines. La seule touche de couleur, si on peut dire, se trouve dans ses cheveux qui tirent depuis quelque temps vers le gris.

Evy jette un coup d'œil à l'ordinateur puis se dépêche à détourner le regard. Je décèle tout de suite son intérêt, mais je connais une partie de sa stratégie. Je sais où chercher les indices dans ses gestes et sur son visage.

– Cobb.

– Five.

Je le salue d'un mouvement de tête. Il a enfin compris que je ne voulais pas entendre mon prénom dans sa bouche.

– Et qui est cette jeune dame qui t'accompagne ?

– Evy... Evy Langdon.

— Tu as l'air d'avoir réussi l'exploit de retenir l'attention de notre champion.

— Tu ne la tutoies pas, je lui balance.

Non, je ne suis pas hargneux, mais je n'aime pas sa familiarité et encore moins qu'il se mêle de ce qu'il ne lui regarde pas.

Elle ne tend pas la main vers lui, mais trouve naturellement une place sur la banquette de cuir en demi-lune où il est assis. Elle glisse tout en légèreté vers lui et dépose ses doigts sur le tissu raffiné qui lui recouvre le bras.

— Enchantée, monsieur Cobb.

Les yeux doux et sensuels, un sourire tout sauf innocent sur les lèvres, elle l'appâte comme si je n'existais plus. Bien que je sache que c'est de la comédie, bien que je n'en ai rien à foutre de ce qu'elle pense de lui, de moi, de nous... mon ventre se tord, ma respiration s'alourdit et mon sang devient acide dans mes veines. Je fronce les sourcils et essaie en vain de réfléchir. Au lieu de voir rouge.

— Hey, mon petit volcan ! Tu m'abandonnes déjà pour un plus gros poisson.

Ma voix sonne rauque, ça me fait chier. On peut croire que je suis possessif, jaloux. Je le suis. Je le reconnais. Mais je ne veux pas le montrer.

Et puis merde. Je vais profiter de cette perte de contrôle pour laisser penser que je tiens à Evy. Elle, elle sait que mon intérêt n'est que physique et ça sert nos plans après tout.

— Five, je ne fais que dire bonjour.

— Reviens ici.

Je prends place sur le bord et je la tire presque sur mes genoux. Je l'installe au creux de mon bras, une main sur sa cuisse dénudée. Elle soupire suffisamment fort pour qu'on l'entende malgré la musique.

Cobb nous observe et je vois presque les rouages se mettre en branle dans sa petite tête de con. Il doit se dire que cette femme pourrait lui servir, m'obliger à me tenir à carreau. Je lui souris et continue ma caresse sur la peau de sa jambe. La sensation arrive à ancrer mon esprit et me calme. Un peu.

— Que me vaut ta visite ?
— Rien. Je sors mon petit volcan. Elle veut danser. Et comme je suis poli, je viens te saluer.

Il sait très bien que je n'en ai rien à foutre du savoir-vivre quand il s'agit d'eux.

— Tu as besoin d'argent.

Il ne pose pas une question mais suppose à tort que je viens quémander. Ce que je n'ai jamais fait. Son air supérieur m'énerve.

— Non, et s'il m'en fallait, je ne serais pas assez con pour en devoir à Lyons.
— C'est moi qui voulais vous parler, nous interrompt Evy, cassant notre échange glacial.
— Oh ?
— Oui, j'aimerais vérifier si mon nom figure sur l'une de vos listes.

Elle prend un air un peu ennuyé. On lui donnerait notre chemise si elle nous le demandait, avec son regard de petite fille en détresse. Une véritable arme fatale. Aucun mâle ne pourrait y résister.

– Votre nom ? Langdon ? Si c'était le cas, ma jolie, vous seriez la première au courant. Mais je vais vérifier.

Il tape sur son ordinateur, fait une recherche.

– Vous n'y êtes pas.

Il observe son écran, de là où je me trouve la liste qui défile semble sans fin. Il stoppe sur Langdon, mais c'est un prénom masculin qui ressort.

– Je suppose que c'est votre père qui a eu un compte chez nous ? reprend Cobb en se tournant vers Evy.

– Oui, je voulais vérifier que tout était en ordre.

– Oui, ma jolie. Pas de soucis avec nous.

– Me voilà rassurée.

Elle flirte avec lui comme jamais elle ne l'a fait avec moi. Regards langoureux, sourire mielleux. Je sens mes mâchoires se serrer.

– Vous savez, je suis tout à fait prêt à vous accorder une avance si un jour ou l'autre vous avez, disons, des ennuis financiers. Je peux vous rendre ce service.

Il sourirait presque. Elle le fascine visiblement.

– Tu proposes un prêt à ma meuf ! Tu insinues que je ne peux pas lui donner tout ce qu'elle veut ? je grogne.

– Elle, elle peut parler toute seule ! Elle, elle a un nom aussi. Et elle sait décider par elle-même.

Evy me remet à ma place en trois phrases avec un sourire sarcastique. C'est à se demander si elle joue la comédie pour Cobb ou si elle veut me faire passer un message ? Peut-être n'aime-t-elle pas la façon dont je la traite ?

— Je vais danser au lieu d'écouter de telles âneries. Mais je vous remercie de la proposition, monsieur Cobb.

Elle se lève, me regarde pour m'inciter à ne pas oublier notre deal. Elle se glisse entre mes jambes, se caresse contre mon corps pour passer et part. La température augmente d'un seul coup. Je ne peux que la suivre des yeux vers la piste de danse.

— Tu es dans la merde, Five. Elle te tient par les couilles, celle-là, raille Cobb.

Cet homme au cœur aussi glacial qu'un programme informatique scrute la silhouette d'Evy puis me jauge. Une ébauche de sourire naît sur son visage. Je ne me méfierai pas plus si j'avais un requin en face de moi. Il peut se marrer, il a raison. Je suis frustré. Tant que je ne l'aurai pas eu dans toutes les positions possibles et imaginables, je serai accro.

— Ouais. Alors, pas touche.

CHAPITRE 18

FIVE

La musique monte. Un vieux tube commence.

Elle fait son truc, allongé sur le sol
Elle me donne envie de la toucher. Elle me donne envie de la goûter
À quel point la désires-tu ? Deviens fou, fait face à ça

Je reconnais cet air, un morceau de 50 Cent et Timberlake. Le tempo lui donne cette touche de sensualité qui me rend fou.

Elle est toujours prête,
Quand t'en as envie, elle en a envie

Cette chanson parle de baise, comme je voudrais, comme je rêve de le faire avec elle. Elle monte sur la scène et vire la stripteaseuse, marque une pause puis se met à onduler. Evy tourne autour de la barre de pole dance. Elle l'effleure du bout des doigts, la caresse. Son corps se laisse aller à la sensualité des paroles.

Mettons-nous ensemble
C'est peut-être le début d'une nouvelle époque
Les fumées rendent le club brumeux
Les projecteurs ne te font pas justice, chérie
Aayooh

Les franges de sa jupe suivent le mouvement. Elle secoue ses hanches en cadence. Elle marque les coups de batterie en suivant le rythme de la tête et du bassin. Elle lève les bras et les tourne comme une ballerine.

Aayooh
J'en ai marre de la technologie
J'ai besoin de toi juste devant moi
Dans ses fantasmes, c'est très clair
Putain, j'adore comment, comment tu bouges
Miss, tu me fais penser
À toutes les choses que je veux encore te faire

Elle danse, elle envoûte. Ses yeux ne sont que sur moi, ils me brûlent littéralement. Je suis cloué au siège, trouvant à peine la force de respirer. J'entends Cobb vanter Evy, dire qu'elle est bonne, qu'elle bouge comme une professionnelle. Les nombreux strip-teases faits par des professionnelles, dont j'ai eu la chance d'être le destinataire, n'ont jamais réussi à me mettre dans cet état d'excitation.

Ma chérie, c'est une nouvelle ère
Aimes-tu ma nouvelle folie ?
Mettons-nous ensemble

Mais pour moi, elle est bien plus que « bonne ». Ses gestes sont sensuels, rien de vulgaire comparé aux paroles de cette chanson. Elle tourne, rejette ses cheveux derrière ses épaules, se cambre et se redresse.

Aayooh
J'en ai marre de la technologie

— Vraiment, des jambes pareilles valent de l'or. On a qu'une envie, c'est les avoir autour des hanches. Ou mieux, sur les épaules.

Quel connard celui-là. Si je n'étais pas si envoûté par le show d'Evy, il aurait déjà eu affaire à mes poings.

Aayooh
J'ai besoin de toi juste devant moi

Tous les mâles de la salle vendraient leur âme pour être cette barre. Elle semble faire l'amour sur cette estrade, un appel à la luxure sur talons. Cette chanson a été écrite pour elle, pour ce moment.

– Elle sait bouger, on ne peut pas lui enlever ça.

Cobb me gave avec ses réflexions, mais je ne réponds pas. Je suis bien trop accaparé par la vision torride sur cette scène.

Je me tends vers elle et pas que mon sexe. Non, tout mon être. Je voudrais la prendre, pouvoir l'éloigner de ces regards libidineux. Ils n'ont pas le droit de fantasmer sur elle. Ils n'ont que celui de me jalouser.

Aayooh
J'en ai marre de la technologie[1]

Quand la chanson se termine, Evy revient, essoufflée. Elle ne m'a pas un instant lâché du regard. Elle plonge en moi et me démasque. Je voudrais la lécher, la dévorer et faire en sorte qu'elle soit aussi déstabilisée que moi. Je vois son trouble, son émoi, mais elle se retient, refuse de se laisser aller. Encore et toujours.

– Mon petit volcan, tu es fabuleuse quand tu danses.

Je l'embrasse et coule mes mains sur son corps. Mon besoin d'elle est plus fort que celui d'un camé envers sa prochaine dose. Elle émet un rire de gorge, le rouge aux joues.

---

1. *Ayo Technology*, 50 Cent, Justin Timberlake et Timbaland, Curtis, Aftermath, 2007. Traduction www.lacoccinelle.net.

– Eh bien Evy, fait l'enflure à mes côtés, impressionné. Fais-moi signe, je t'engage pour la boîte quand tu veux. Tu feras fortune ici.

Voilà la remarque que j'attendais. Je vais pouvoir déclencher l'étape suivante. Je me retourne vers le bras droit de mon père. Le fixe, me lève et lui dit d'un ton calme :

– Tu ne viens pas de lui dire de se déshabiller pour gagner du fric ? N'est-ce pas ?

– Quoi ? Elle est excellente !

– Tu ne parles pas de ma meuf comme ça.

Je mets trop de colère, je le sais. Il faut qu'il croie que je suis maqué. Que je ne vois qu'Evy, mais je ne peux pas me cacher la vérité... Je ne joue pas. Je suis furax. Il touche un point sensible. Ma fureur n'est pas feinte.

Je me penche et l'attrape par sa cravate. Ses hommes se redressent. Je le bouscule et l'envoie vers le bar. La table valse, les verres tombent, et le PC avec. Ma petite allumeuse pousse un cri et glisse à terre. Il y a un mouvement de foule, des hurlements et les gardes du corps qui essaient de me clouer au sol. Mes poings cognent et la musique accompagne le tout. Je me laisse envahir par cette envie de broyer des os. J'arrive à choper Cobb. Une main sur le cou, je lui écrase la trachée. Dans tout ce bordel, j'aperçois Evy cachée à moitié derrière la table, occupée avec l'ordinateur.

La configuration est bonne, elle a l'air de se protéger de la bagarre grâce à la table. Encore un peu. Je dois lui donner un peu de temps. Plus je ferai le show, plus elle passera inaperçue pendant qu'elle entre dans le PC de Cobb. Tous les regards doivent être tournés vers moi.

– TU. NE. LA. REGARDE. PAS.

Chaque mot est suivi d'un coup. Le cinquième le met K.-O. Je me retourne et attends l'adversaire suivant. Un cercle s'est formé. Les chiens de garde ne sont pas très chauds pour venir m'affronter un à un.

– À qui le tour ?

Une main féminine me fait signe. Plus besoin de continuer. Je relâche les épaules, reprends une position moins agressive.

– OK les gars ? Le message est passé ?

Je jette un œil à Cobb et lui mets un dernier coup de pied dans l'estomac quand il fait mine de se redresser. Pour la route.

– Evy, je crie, ramène tes fesses, on se casse.

La sortie se fait très rapidement. Je ne cours pas, mais je ne traîne pas non plus. Je tiens Evy par la main, la tirant dans mon sillage comme une poupée sans volonté. Je me pose beaucoup de questions et je n'ai qu'une hâte, c'est d'être chez moi pour l'interroger. L'adrénaline dans mes veines me chauffe et me gave d'énergie, je suis excité et plein d'envies. J'ai de la chance de rentrer avec une bombe sexuelle. Je vais m'appliquer à partager son lit cette nuit. Enfin.

Shane nous retrouve à la voiture. Il a un air grave, ce qui n'est pas habituel chez lui, qui est tout le temps en train de plaisanter. Il nous ouvre la porte en surveillant nos arrières. Il y a toujours une possibilité que les hommes de Cobb se réveillent et essaient de nous stopper. Mais j'en doute.

— Alors ?

— Tout ce que savait ma petite serveuse, c'est que toute la vie de ta sœur est dans ce PC. J'en sais pas plus pour le moment.

CHAPITRE 19

EVY

Je m'écroule sur la banquette arrière. Je tiens la clé de mon succès dans la main. Je joue avec, cachée dans le pendentif en forme de chat que je porte au cou. Je suis encore sous le coup de l'émotion. Tout s'est passé très vite.

Five a tenu son rôle à la perfection. Il m'a pris sous son aile, a montré un intérêt plus que marqué pour moi et a trouvé le moyen de me présenter à ce salaud de Cobb. Bon, vu qu'il s'amuse à me chauffer, me toucher et m'embrasser à la moindre occasion, j'ai le corps en feu et les hormones en ébullition. Comment résister à cet homme ? Il arrive à me faire oublier mes appréhensions vis-à-vis du sexe. Et ses caresses sont toujours directes et sensuelles. Il ne prend pas de gants. Quand il veut, il obtient. Pourtant je ne me sens ni rabaissée ni harcelée. Il le fait toujours avec respect. Il ne montre pas de sentiments de supériorité lorsque je lui cède. Il pourrait fanfaronner, se moquer. Non, juste du désir et de l'envie. Et ça ne m'aide pas à garder la tête froide. C'est pour cette raison que je suis allée danser, pour lui rendre la monnaie de sa pièce. Le remettre à sa place. Le rendre accro et qu'il ne puisse plus penser à autre chose qu'à moi, sans trop réfléchir à mes intentions cachées. Je le mènerai par le bout du nez, il le faut. Sinon, il prendra l'avantage.

Mes plans avancent, je dispose mes pions doucement. Bientôt, je pourrai abattre encore une cible. Mais cette fois-ci, je veux le faire souffrir. Œil pour œil, comme dit l'adage. Cobb verra ce que ça fait d'être du côté des victimes.

Five s'engouffre dans l'habitacle à ma suite. Sa présence me prive d'air. Être simplement près de lui me procure des picotements sur toute la surface de ma peau. Sa présence me submerge. Je voudrais me frotter contre lui. C'est d'un pathétique. Mon cerveau prend conscience de ce qui se passe, mais mes hormones, dans un réflexe animal, me donnent de lui l'image de « l'homme fort », celui qui s'est battu et a gagné. Son aura déborde de testostérone, de virilité. Son combat contre Cobb et ses hommes lui a donné un coup de boost et l'a excité. En plus d'être très content de lui, je le sens apaisé. Il a gardé son territoire inviolé, personne ne s'est emparé de son butin. Cette possessivité qu'il acquiert à mon égard m'aide dans mes projets mais me fait peur aussi. Je trouve cette attitude sexy et attendrissante.

Mais je ne peux pas me permettre d'avoir des sentiments envers lui. Non, je veux et dois me venger. Lui faire payer, et non baver ou fantasmer sur lui.

– Tu as pu faire ce que tu désirais ?

Il me tire de mes pensées, souriant et sûr de son pouvoir de séduction.

– Oui, j'ai eu ce que je souhaitais.

Je suis soulagée. Il a été parfait. J'ai pu compter sur lui. Cette bagarre, l'efficacité avec laquelle il a séparé Cobb de son PC. La fluidité et la rapidité de ses réflexes. Je n'en suis pas certaine, mais je crois que j'ai perdu de précieuses secondes à l'admirer la bouche ouverte au lieu de hacker l'ordinateur. Qui par chance n'était pas bloqué par son mot de passe. Sûrement grâce à la recherche qu'il a faite sur moi. Le temps imparti pour qu'il se verrouille n'était pas encore écoulé. Les programmes étaient ouverts. Je n'ai eu qu'à insérer la clé USB dissimulée dans mon collier fantaisie pour faire une copie miroir de toutes les données et télécharger le virus.

Le temps m'a semblé si long, les pourcentages de la barre de chargement n'avançaient que par à-coups. La peur et l'angoisse me tenaillaient le ventre. Grâce à la table renversée, je pouvais heureusement rester cachée, comme si je m'abritais derrière elle. Malgré cela, la pensée d'être découverte ou que la rixe finisse trop tôt me serrait l'estomac. Mon corps soumis au stress m'envoyait des ondes douloureuses et provoquait des sueurs froides. Mes yeux faisaient des allers-retours entre Five et la jauge numérique qui progressait lentement.

Lui, sans peur, ne pensait qu'à frapper cet horrible personnage, sans se préoccuper de ses sbires, les renvoyant en arrière et les ignorant. Ses coups étaient nets et précis. Sans hésitation ni pitié. J'étais fascinée. Son attitude, sa fureur contre cet homme, pour moi. J'ai aimé. Cela m'a donné l'impression, même pour une courte durée, de compter pour quelqu'un. Surprenant et déconcertant comme sentiment. J'apprécie, même si je désire profondément lui faire du mal pour soulager mes anciennes douleurs. Je suis perdue dans toutes mes contradictions.

Le voir se battre pour moi, pour mon honneur, même si je sais que ce n'est qu'une mise en scène, m'a émoustillée. Un homme qui utilise sa force brute pour une femme, qu'il la considère ou non comme sienne, est le summum du sex-appeal. Je me pensais plus civilisée. Raté.

Quand l'implantation a été finalisée, j'ai effacé les traces de mon passage sur l'ordinateur, en évitant de trop réfléchir. Mon cœur battait des records de vitesse et ma féminité en émoi me rappelait déjà assez ma bêtise.

Pendant le flirt avec Cobb, je me suis sentie sale. Ce mec me déshabillait mentalement en comptant le fric potentiel qu'il pourrait se faire sur mon dos. Dégoûtant. Malgré cela, jouer la comédie avec lui ne m'a posé aucun problème car je ne me suis pas sentie engagée. Alors qu'avec Five, je n'arrive pas à me détacher émotionnellement. J'ai toujours un regret, un remords dans un coin de ma tête. Une pensée pour ce voyou. J'ai du mal à ne pas réfléchir aux conséquences de mes actes, aux retombées.

Peut-être parce qu'à l'époque il était jeune. Parce qu'il n'avait pas le choix. Il semble ne pas avoir si mal tourné avec les années. Car en regardant au-delà des apparences, ce n'est pas un mauvais gars. Il reste à flot dans un monde de brutes. Il n'est pas totalement clean, mais il a sa propre ligne de conduite et n'en dévie pas. Il résiste, contre son père, contre cette société. Et il porte un masque pour cacher ses émotions.

Toute à mes réflexions, j'écoute d'une oreille la discussion entre celui qui conduit et Five. Ils ont l'air d'être amis. Je l'ai déjà vu au restaurant, je dois me méfier de cet homme. Il est toujours présent, dans l'ombre. On ne sait jamais ce qu'il pourrait découvrir sur moi.

– Donc, voilà, tu sais tout. Cette fille, Clara, n'avait pas des masses d'infos. Elle avait juste besoin de thunes, termine le chauffeur.

– Tu es certain de sa fiabilité ? Qu'elle ne ment pas ?

– Non. On trouvera ce que l'on cherche depuis si longtemps dans le PC. C'est logique en fin de compte. Il gère toutes les affaires de Lyons.

– Enfin une piste !

Five retombe contre le dossier. Sa main se perd dans mes cheveux. Il regarde par la fenêtre, plongé dans ses pensées. Ses épaules relâchent la tension contenue, ses traits esquissent un sourire tel que je ne lui en avais encore jamais vu. Moins séducteur, plus vrai. Ces bribes de conversations viennent de m'offrir un avantage de plus. Un levier pour avoir cet homme sous ma coupe, en mon pouvoir.

Car Cobb n'a plus rien, son PC est mort. Et c'est moi seule qui possède les données que tout le monde va rechercher. Je ne sais toujours pas qui est la personne si chère au cœur de Five, mais si cette information fait partie de celles que j'ai recueillies, je le tiens dans le creux de ma main. Et j'ai donc le moyen de le faire souffrir.

***

Pour la suite, j'ai besoin de solitude. Demain, je devrais trouver une solution pour esquiver Five. Je doute de pouvoir réussir s'il reste près de moi, je ne veux pas qu'il sache. Il ne comprendrait pas et essaierait d'empêcher mes actions.

Le virus implanté ne se réveillera que dans vingt-quatre heures. Le temps pour moi de me préparer. Au matin, je serai fixée sur ma volonté de continuer. Soit je fais ce que j'ai prévu, avec toutes les conséquences que cela implique, soit je recule et renonce définitivement. Et ça, c'est pour moi impossible. Inimaginable. Avoir attendu dix ans et arrêter au dernier moment. JAMAIS !

Nous entrons dans mon appartement. Five me suit. J'ai dans l'idée qu'il ne serait pas contre finir la nuit avec moi. Il est encore persuadé que je vais céder et coucher avec lui. S'il savait que dormir avec lui, est déjà plus que je n'ai jamais fait avec un autre homme. Sans le savoir, il a réussi un exploit. Je ne suis pas prête à aller plus loin, abattre mes barrières et faire confiance.

Et puis, après ce que je vais faire dans quelques heures, je pense qu'il ne me regardera plus jamais de la même façon. Peut-être devrais-je profiter de ces derniers instants où il veut de moi. Un intermède doux, sensuel. Qui sait si un jour je pourrais éprouver autant d'envie pour un autre homme. Je vais dans le coin cuisine, ouvre le frigo et sors les deux seules bières qu'il contient.

– Tu as soif ?
– Oui, merci.

Il me prend une bouteille des mains, envahissant mon espace personnel par la même occasion. Me surplombant, il penche la tête de côté, un sourire canaille étire sa bouche. Il semble amusé par ses propres pensées. J'avale une gorgée à même le goulot. Je suis bien trop consciente de sa présence, près de moi.

Son pouce vient essuyer ma lèvre inférieure. Son regard vert est assombri par diverses émotions intenses. Son visage reflète sans fard son désir.

– J'ai envie de toi. Tu le sais.

Son désir brut, exprimé si clairement, me coupe le souffle.

— Oui.

— Mais… avant toute chose, je voudrais connaître tes intentions.

— Pourquoi ? Ce n'est pas le deal entre nous. Tu m'aides, je mets des bâtons dans les roues de Lyons. Tout le monde est heureux. Pourquoi changer les conditions ? Nous n'avons rien convenu, en aucun cas je dois t'expliquer mes actes.

Il fronce les sourcils.

— Qu'as-tu fait sur cet ordinateur ?

— Oh… je vois. Tu es curieux.

Je me détourne, mais il me stoppe en accrochant mon coude. Je me détache de lui, ses doigts étant bien trop proches de mes tatouages.

— Je te dirai tout, mais demain après-midi.

Je tente de gagner du temps, j'ai besoin de quelques heures seulement mais elles sont indispensables.

— Pourquoi attendre ?

— Parce que je suis fatiguée ? Que j'ai envie de me détendre ? Que je suis une femme et que j'ai envie de te contrarier ?

Je biaise, dans une tentative culottée de le dévier de son idée. Il se marre, passe ses mains sur son crâne et revient vers moi. Il a compris, et ne m'en veut pas.

— Tu veux te reposer.

Ce n'est pas une question, juste une affirmation. Sa voix a pris ce timbre bas et rauque que je commence à reconnaître. Il est souvent suivi d'une approche plus tactile de sa part.

– Oui, je te dirai ce que tu veux savoir, mais plus tard. En échange, il me faudrait le numéro personnel de Cobb, c'est une chose que je n'ai pas réussi à me procurer. Une dure journée s'annonce, il me faut du sommeil.

J'insiste sur le dernier mot, malgré le fait que je sache pertinemment qu'il va l'ignorer. Je mime un bâillement et cache ma bouche de la main.

– Alors, va te doucher. Tu dormiras mieux après.

Je lui souris et me dirige vers la salle de bains. J'arrive à la porte quand je le surprends à me suivre. Sans gêne.

– Que crois-tu faire là ?

– Je vais te frotter le dos et peut-être qu'un massage te tenterait ?

– Tu ne perds jamais une occasion, n'est-ce pas ?

Mon ton semble indifférent, factuel. Pourtant l'angoisse est là, elle revient. Une boule se forme dans mon ventre et remonte oppresser ma respiration. J'aimerais tellement pouvoir profiter un instant, me faire plaisir. Ressentir encore ces sensations que lui seul semble pouvoir me donner. Si je pouvais, ne serait-ce qu'une fois, libérer mon corps et mon esprit.

Me soigner, me délester de ces images, souvenirs fantômes qui resurgissent aux plus mauvais moments. Je ne dois pas rater cette chance. Connaissant mes plans à venir, je suis convaincue que Five ne voudra bientôt plus de moi. Je dois sauter le pas, le laisser me séduire. Faire le premier pas m'est difficile. Malgré tout, je vais le faire.

Je retire mes talons et remarque son regard. Une épaule contre le chambranle, il a les bras croisés sur ses muscles durs, comme pour se retenir de me toucher. Je me retourne et lui jette un œil par-dessus la mienne.

– Tu peux m'aider... à ouvrir ma robe ?

CHAPITRE 20

EVY

À cette excuse bidon, il grogne. Puis soudain, il est là, contre mon dos, son doigt parcourant ma colonne vertébrale de haut en bas, puis inversement. Il trouve l'attache, cachée dans un repli, pose son autre main sur ma nuque. Il attrape mes cheveux, les caresse, les rassemble, les soulève. Il glisse le nez le long de mon cou, respire mon parfum à même la peau.

– Humm... ton odeur. Si tu savais tout ce à quoi je fantasme.

Son souffle m'arrache un frisson. Je m'oblige à garder les yeux ouverts, de peur de revoir d'autres yeux, d'autres mains surgir de ma mémoire et se superposer à la réalité. Je croise son regard brûlant de désir dans le miroir. Il surveille mes réactions.

Il m'embrasse derrière l'oreille et me mordille le lobe tout en descendant la fermeture éclair. Le bruit est couvert par mon gémissement. Je vacille et je trouve une ancre en posant mes mains sur la vasque de l'évier. Le froid contraste avec ma peau brûlante.

Il se recule de quelques millimètres pour permettre à ses doigts de se glisser sous le tissu et le repousser. Une épaule puis l'autre se dénudent. Mon haut se défait et tombe sur mes hanches. Mes bras se retrouvent emprisonnés dans les manches. Il se fige un instant, le regard perdu dans mon décolleté dévoilé de façon impudique. Je sens une vague de chaleur recouvrir la surface de ma poitrine. Je rougis.

Toujours derrière moi, l'une de ses mains vient se loger à plat sur mon ventre, l'autre vient contourner mes côtes et prendre un de mes seins en coupe. Il force mes hanches à s'appuyer contre le meuble et son membre durci vient se coller dans le bas de mes reins.

Je ne peux pas lâcher des yeux la vision qui se déroule face à moi. Comme si je regardais deux étrangers dans le reflet du miroir. Elle, si pâle, se laissant doucement aller au plaisir. Lui, grand et viril, carré et un peu brut, sombre dans son désir non voilé.

Je ne me reconnais pas. Une tiédeur bienfaisante embrume mon esprit. J'ai enfin l'occasion de connaître ce que d'autres vivent chaque jour. Sa bouche mordille, lèche, pour apaiser ces infimes blessures puis sème quelques suçons. Sa main malaxe et taquine mon téton, qui pointe fièrement au sommet de mon sein. Le deuxième me tiraille, jaloux de l'attention portée à son jumeau.

Five se balance en douceur, mais avec fermeté contre mes fesses. La main sur mon ventre l'aide à me garder collée à lui, empêchant tout autre mouvement que ceux voulus par lui.

— Tu vas payer pour toutes les frustrations que j'ai subies.

— Humm.

— Tu n'imagines pas combien de fois je me suis branlé sous la douche en pensant à toi.

Ses paroles crues m'excitent encore plus. Me choquent et me fragilisent. Des images de lui me frappent de plein fouet. Lui, nu, mouillé, l'eau coulant sur son anatomie parfaite. Ses muscles durs, un bras pompant, son visage se crispant pendant l'acte.

Son corps, je me le rappelle. Je l'ai vu la nuit où j'ai tué Kenny. Encore humide, son sexe bandé. Sans aucune gêne à se montrer, à s'exhiber. J'ai pu le sentir, le toucher dans le lit pendant sa tentative de séduction. Toutes ces images de lui me clouent sur place. Savoir qu'il se donne du plaisir, en fantasmant sur moi, et qu'il me l'avoue, qu'il l'admette sans fard… Je voulais qu'il soit obsédé par moi, c'est chose faite. Mais je ne pensais pas que je serais si décontenancée, si excitée.

Il me retourne brusquement. Une main dans la nuque, l'autre retire, non plutôt, arrache ma robe. Ses doigts s'impriment dans ma peau. Sa bouche rencontre la mienne, la ravage. Me laisse sans souffle. Mes mains prennent vie et se lancent à l'assaut des boutons de sa chemise. Certains payent le prix de ma toute nouvelle impatience.

Dès l'ouverture, mes ongles le griffent, le marquent. Il émet des sons, entre jurons et grognements. Ses caresses couvrent mon corps. Je me perds au niveau de sa ceinture. Je la détache dans un bruit de claquement qui me fait sursauter. Je recule. Il frissonne et respire vite, tout comme moi. Son front vient se presser contre le mien. Il tente de maîtriser sa faim, de réfréner son désir.

J'ouvre son jean, mes doigts frôlent, contournent sa verge. Il se crispe, mais se contient. Il m'offre la possibilité de choisir. Continuer, et voir jusqu'où je suis prête à aller, ou reculer.

– Dernière chance, mon petit volcan, souffle-t-il.

J'hésite. Que faire ? Lui donner ce qu'il souhaite, ce que mon corps réclame à grands cris. Ou être encore et toujours arrêtée par mes peurs. De façon inconsciente, je ressers ma prise sous les vêtements. Five se cabre.

– Bon Dieu, Evy !

Sa peau est douce et tendue. Il est si dur et si fragile, tout en contraste. La palpitation au centre de ma paume accompagne l'allure folle de son cœur. Plus je caresse son sexe, plus il devient lourd et épais. Five cache son visage dans mon cou, le souffle irrégulier. Je n'avais jamais exploré le corps d'un homme. Et celui mis à ma disposition est une œuvre d'art.

– Five. Laisse-moi…

Ma voix haletante peine à trouver la force de lui demander ce qu'il me faut.

– Quoi, ma jolie ? Dis et tu auras.

– Je... je voudrais te toucher. Te caresser et te regarder...

Il est figé, ses mains raidies dans mon dos, ne respirant plus.

– M'observer faire quoi ? Dis-le, insiste-t-il.

– Te voir... jouir.

Je laisse finalement les mots franchir mes lèvres. La suite passe plus vite, le barrage de ma timidité réduit à néant.

– Je voudrais voir ton corps, tes expressions quand le plaisir vient. Ressentir tes frissons, entendre tes gémissements.

– Tu me tues, lâche-t-il. Je pourrais jouir juste en t'écoutant.

Après son aveu, il glisse ses mains en direction de mes fesses. Je l'arrête d'un regard que je désire franc et dominateur. Droit dans les yeux, le souffle en panique, je lui déclare tout le reste des clauses de ce nouveau contrat.

– À une condition. Tu ne me touches pas. Pas le droit de me prendre.

– Non, Evy. Tu ne peux pas me demander ça. Ce n'est pas tenable. À un moment, je vais craquer, je vais te...

Je le coupe en lui mordant la lèvre inférieure, et la tirant douloureusement.

— Tu ne me feras rien. Je te connais, tu ne prendras rien que je ne veuille t'offrir. Tu auras mal, tu seras au bord de l'explosion, mais tu ne me feras jamais de tort.

En l'annonçant, je crois à cette évidence. J'ai confiance en lui. Je le malmène depuis des jours. Sa frustration est à son comble et pourtant à aucun moment, il n'a eu de gestes équivoques, pas un seul. Même pas une remarque acide sur mon comportement de petite allumeuse.

— Laisse-moi te faire du bien. Je rêve de connaître tous ces muscles, tous ces tatouages. Je veux te mordre, t'embrasser et te cajoler.

Je plaide ma cause en mettant mes paroles en action, en plongeant à nouveau dans son jean entrouvert. Je le repousse et le fais descendre sur ses genoux. Je dessine les contours de son sexe à travers le tissu de son boxer.

— Dis-moi oui, Five.

J'augmente la pression, diminue la vitesse de mes frottements. Il râle, la tête en arrière. Comment pourrait-il résister à cette tentation ?

— Oui… oui.

J'ai renversé la situation et me sens enfin maîtresse de mes envies. Il balance ses chaussures, le pantalon suit de près. Je tire sur les pans de sa chemise ouverte et la lance au loin. Il devient presque inerte. Il me transperce de ses yeux débordants de vie. Ses poings se referment, ses pectoraux durcissent.

Il utilise son savoir-faire de combattant pour retenir sa fougue et la passion qui l'habite.

Et plus il réussit, plus je veux le voir réagir. Mon sang coule telle la lave du volcan auquel il me compare sans cesse. Mon besoin de le caresser atteint son paroxysme et engloutit ma volonté. Je me jette sur lui. Je le dévore comme j'en rêve depuis que je l'ai retrouvé. Il est addictif et mauvais pour moi, comme une sucrerie. Je le pousse, l'entraînant sous la douche. Un instant, la peur d'être enfermée dans un si petit espace me crispe. Mais je rejette avec force mes frayeurs, et me presse contre son torse.

L'eau tombe sur nous, coule sur nos corps qui se frôlent. Debout, les pieds écartés pour maintenir son équilibre, il se penche vers moi, les bras rejetés vers l'arrière pour rester sur sa promesse. Il ne me touche pas, les poings serrés à blanchir ses phalanges. À chaque baiser de ma part, chaque coup de langue, de dents sur ses muscles, il frissonne, se tend, inspire, grogne et râle. Ses mots se font injures et compliments. Je les entends par-dessus le bruit de l'eau. En désespoir de cause, il agrippe la barre de la douche et le haut de la vitre. Je colle mon buste au sien, frotte mes seins douloureux, passe les doigts sous l'élastique, retire avec une lenteur calculée son dernier rempart. Je me laisse tomber à genoux, la main sur les abdominaux, la joue sur sa cuisse.

Ma respiration haletante empêche mes pensées de se fixer, elles s'éparpillent et se fracassent sur le verre opaque de notre cocon brumeux et chaud. Il me faut le sentir, le goûter, le voir trembler. Et seulement alors, je pourrais me laisser aller. Je lui inflige de mes ongles des sillons rougeâtres et lui tire des frémissements. Je parviens à sa verge, rigide et si près de moi.

Son appétit pour moi la tend dans ma direction. Mes doigts s'enroulent, serrent et commencent un va-et-vient d'une lenteur que je souhaite exaspérante.

– Evy.

Sa voix se casse, il attrape mes cheveux. Je me redresse et le fixe puis me lèche les lèvres et attends qu'il relâche sa prise et récupère sa position initiale. Five lève les bras paresseusement en souriant. Les muscles bandés de ses biceps, l'eau ruisselant sur son crâne et roulant sur toute la surface de son corps, se perdant dans les creux et sillons de ses abdos, le rendent irrésistible.

Mon ventre en ébullition, des picotements dans le bout des doigts et les seins lourds, pleins d'une pesanteur sensuelle, m'attirent vers lui. Je respire par à-coups, mon esprit se vide et j'approche de son sexe. Je le dirige vers ma bouche, sors la langue et taquine son extrémité si lisse, d'une douceur surprenante, contrastant avec la vigueur qui le pousse vers moi.

Ses hanches entament un mouvement de balancier pour m'inciter à le prendre plus loin, plus profond.

Je le laisse me guider. Son goût salé me surprend. Je suis étonnée du plaisir que je prends. Il se retient, frémissant, gémissant, il veut me toucher. Il craque et me prend dans ses bras pour me relever.

– Je ne peux pas continuer, tu es…

Je me recule, me détourne. Il entoure mon buste et promène ses mains sur mes seins. Me mord à la jonction entre l'épaule et la gorge. Je sursaute. Sa présence dans mon dos provoque des prémisses de panique. Je dois me dégager avant que mon désir ne retombe totalement.

Je me retourne et lui fais face, plaquant mon dos contre la paroi embuée. Le froid me donne un peu de lucidité. Une main contre son cœur qui bat à toute allure, je le repousse. Attrapant ses poignets, je les hisse dans la position qu'il vient de quitter.

– Non, si tu recommences, j'arrête. Définitivement. Reste sans bouger. Et apprécie le moment.

J'ai réussi à endiguer les souvenirs. Soulagée, je laisse les sensations m'envahir à nouveau et autorise mes envies à s'exprimer. Je reprends doucement mes caresses langoureuses qui, j'espère, le feront devenir fou. Je veux le faire monter, atteindre les cimes du plaisir, le forcer à rester sur le haut de cette vague le plus longtemps possible. Et quand il sera malade de désir et de passion, je lui permettrai de jouir.

Mes gestes, nouvelles expériences tactiles, me donnent chaud, m'entraînent toujours plus loin. Les vibrations de mes gémissements autour de lui, mes doigts enfoncés dans sa jambe et dans sa fesse, m'ancrent dans la réalité. Je le lèche et le suce.

Il atteint le point de non-retour, se laisse aller au plaisir sans fard.

– Attends… Evy, attends !

Il se recule et attrape ma main. Il la place sur son sexe, maintient le contact et augmente de plus en plus la cadence. Ses iris se confondent avec le noir de la pupille. Un muscle tressaille sur sa joue gauche. La bouche ouverte, cherchant un souffle libérateur, il donne le rythme, pressant mes doigts sous les siens. Puis soudain, il cède. Il tremble, se tord et se contracte. Son grand corps penché sur moi, il déchaîne son plaisir sur ma poitrine et nos mains entrelacées. Il se laisse aller, ses genoux cèdent sous l'afflux de sensations et il m'entraîne dans sa chute au ralenti. Il s'agenouille et m'encercle de ses jambes.

Un son en continu résonne à mes oreilles, provenant de ma gorge. Je gémis, sans le vouloir. Je pourrais avoir un orgasme, rien qu'à le contempler dans son extase. Il se détend et m'enlace délicatement. Je ne fuis plus son contact. Ma peau vibre, en manque de caresses. Ses mains alanguies et lascives se baladent sans chercher à être explicitement sexuelles. Non, juste de la reconnaissance et de la douceur.

Mon cœur pulse. J'ai envie. Je dois me libérer, autoriser ce désir qui envahit mes veines, assouvir mes fantasmes. Le feu qui me brûle me fait mal, réduisant en cendres les restes de ma conscience. La main de Five se perd au sud, caresse un mollet, remonte jouer avec la peau sensible derrière le genou. La pulpe un peu rugueuse de ses doigts accroche et irrite. Pour chaque toucher, un nerf se réveille et envoie des signaux affolés vers mon cœur, mais aussi vers mon sexe. Il a retrouvé son air carnassier. La chasse est à nouveau ouverte.

Il appréhende chacune de mes réactions, chaque tressaillement pour adapter son geste. Il apprend les chemins de mon corps comme une carte pour parvenir au trésor. Quand il atteint la fournaise entre mes jambes, l'humidité qu'il y trouve n'est en rien due à l'eau qui nous recouvre toujours. Non, tout est de sa faute et il en est bien conscient. Son sourire de voyou le prouve. Il lui suffit d'effleurer, de suivre délicatement les pétales de mon sexe pour que je m'épanouisse comme une fleur au printemps. Cette fois pas d'hésitation, pas de suppliques, pas de promesses qui tiennent. Il ne me laissera pas me défiler.

– Evy, regarde-moi.

J'ouvre les yeux que j'ignorais avoir clos. La vision de son visage près du mien me coupe le souffle.

– Je ne ferai rien de plus, OK. Tu peux me faire confiance.

Avant que je puisse lui demander des précisions, avant de pouvoir formuler même une seule pensée cohérente, il me pénètre d'un doigt. Je me redresse et inhale fortement. Je l'agrippe, il glisse et ressort, revient et repart. Encore et encore. Ce que je croyais être l'apogée du plaisir n'est rien en comparaison de la sensation de ce qu'il me fait en ce moment. Un second s'ajoute. Je resserre les jambes, mais sa présence entre elles empêche tout rejet de ma part. Cette intrusion me surprend, je me sens envahie. Pas de douleur, pas de peur. Non, j'aime ce que je ressens. Grâce à lui, encore une fois, le passé s'éloigne.

Je divague, je crie et pleure. Il arrive à titiller mon clitoris en même temps. Les effets sont décuplés. Il me touche à des endroits qui n'ont connu personne, y compris moi-même. Je retrouve les sensations qu'il m'avait offertes sur son lit à la puissance dix. Je suis submergée par elles. L'attente du plaisir me tend, je le redoute et le réclame. Cette fois, je ne me retiens pas, je ne refuse pas.

– Fiiiive…

Je me tétanise, plus rien n'a d'importance sauf la boule de feu qui se répand, les vagues qui me malmènent et me rejettent sur cette plage de plaisir. Mes nerfs sont électrifiés, ma peau se tire, mon cœur bat à se briser. Il observe ma reddition. Son souffle tombant sur mon visage me donne envie. Envie de lui, de sa bouche et de tout ce qu'il peut encore m'offrir avant l'aube.

Car demain ce sera fini, il ne me regardera plus ainsi, comme si j'étais belle. Je l'embrasse et lui prends tout. Son oxygène, sa passion, le rêve que cela puisse durer l'éternité. Quand je reviens à la réalité, je suis sans force, vidée. Les bienfaits de ce plaisir tout nouveau et inconnu me laissent telle une poupée de chiffon. À genoux, dans le creux de son étreinte, le front contre le cœur de Five. Les bras lourds, une torpeur douce me prend et m'entoure.

Le parfum de mon savon parvient jusqu'à ma conscience. Un massage décontracte mon dos douloureux. Il me savonne et me bichonne. Un câlin post-orgasmique. Une première pour moi.

– Allez, au lit maintenant, me chuchote-t-il, tendre et détendu.

CHAPITRE 21

EVY

Ce matin, je suis partie avant son réveil, comme une voleuse.

Je ne voulais pas le regarder et lui mentir. Et le risque de renoncer était trop présent. Sa force de séduction est trop grande. Je l'ai regardé dormir un moment, couché à plat ventre, les bras sous l'oreiller. Les tatouages tribaux sur ses épaules ressortant contre le blanc de mes draps.

J'ai récupéré le collier que j'avais retiré en rentrant hier soir, et pris le numéro de téléphone de Cobb que Five m'a donné après la douche, quand nous nous sommes installés au lit. Dans la chaleur de ses bras, j'étais prête à croire que tout était irréel à l'exception de lui. Jusqu'à ce qu'il me demande si quelqu'un m'avait blessée dans le passé. Avec tous mes reculs et dérobades, il a bien sûr compris que j'avais un problème. Il n'est pas con, j'aurais dû me douter qu'il allait me questionner à un moment ou à un autre. Un froid glacial m'a recouverte. Comment lui dire ?

Oui, j'ai eu mal. Oui, un homme m'a violentée. Oui, j'ai été torturée.

Et pire que tout. Qu'il y avait participé, volontairement ou non. Que ce passé malsain me freinait, empoisonnait et empêchait ma vie d'être ce qu'elle aurait dû. J'ai éludé, comme d'habitude, fermant les yeux et feignant le sommeil. Il a continué longtemps à me caresser avant de lui-même s'endormir sur un soupir.

***

Il est neuf heures trente quand mon téléphone sonne. Cet appel, je l'attends avec une impatience fébrile. J'ai mis au point, depuis des semaines, une stratégie compliquée. Tiré des ficelles, employé des méthodes qui m'auraient fait honte, si je ne m'étais pas remémoré le but et surtout l'origine de mes actes.

Je décroche et prends une intonation loin de mes préoccupations. Joyeuse, amicale, pleine d'entrain.

– Hello Chloé !

– Evy ! Tu ne réponds pas, ça fait des heures que j'essaie de t'avoir.

La voix est juvénile, mais l'accent pompeux et snob qui l'accompagne lui donne un ton mondain.

– Ce n'est pas vrai, c'est la première fois que tu m'appelles. Tu as juste besoin d'apprendre la patience.

– La patience ! Mais pourquoi ? Ton salaire est une raison suffisante pour que tu me répondes dès que je t'appelle.

Elle me met les nerfs cette fille. Sa voix nasillarde fait saigner mes tympans. Elle ne se prend pas pour de la merde cette gamine. Si je m'écoutais, elle aurait déjà reçu une bonne fessée.

– Chloé, je râle les dents serrées, fais attention. Je peux toujours te laisser tomber.

– Tu n'as pas le droit ! Sinon tu le regretteras.

– Ah oui ! Et tu feras quoi ? Tu le diras à papa ?

J'appuie sur le dernier mot, sarcastique et débordante de dégoût. C'est plus fort que moi.

– Tu ne dis plus rien ? Je m'en doutais. Maintenant tu raccroches, je t'envoie l'adresse et on se retrouve dans une heure.

– Tu me le paieras, menace-t-elle.

Je rigole de son ton d'enfant gâté pourri.

– Non, c'est toi qui me paies. Et bien en plus.

Je coupe la conversation avant qu'elle ne recommence avec ses jérémiades habituelles. Cette gamine m'énerve, mais j'ai hâte de la voir, car cette pimbêche est celle qui fera plier Cobb. Et pour cela, je peux encore la supporter quelques instants.

***

Le manoir est inhabité depuis plus de trois ans, et il y a longtemps qu'il n'a plus été entretenu. D'un style anglais, fait de bois, un peu délabré, il donne une impression de solitude et de tristesse. Les meubles sont recouverts de draps ayant perdu leur blancheur avec le temps. Les vitres sont sales, des toiles d'araignées et de la poussière sont collées dessus. Quelques grains volent dans les pauvres rayons de soleil qui arrivent à traverser. Une couche se soulève et tourbillonne dans l'air à mon passage.

La propriété est en friche, les mauvaises herbes se mélangent aux arbustes non taillés qui retournent lentement à la vie sauvage. Ces quelques hectares de nature sont entourés d'un haut mur et d'une imposante grille. Seul le cadenas qui maintient le portail fermé est neuf. Je me suis servi de l'argent de mon père pour acheter le domaine. Je voulais cette demeure éloignée de tout, à flanc de colline, où on peut faire autant de bruit que l'on veut, sans que les voisins s'en inquiètent. Mes préparatifs sont bouclés depuis une bonne demi-heure. J'ai mis les détails en place vite et bien. Je tourne en rond depuis et ressasse le passé. Je n'ai besoin de rien sauf d'une personne, et elle arrivera bientôt. J'entends enfin un moteur puissant qui annonce son arrivée.

Une voiture approche et s'arrête devant l'entrée. Envoyant des graviers partout sous le freinage brusque de sa propriétaire. Je sors et admire la façon incongrue qu'elle a de se garer. Une roue sur la bordure en travers du chemin. N'importe quoi ! Une BMW i8, coupé sport noir et argent, qui vaut une fortune. C'est un crime de laisser cette mioche rouler avec ce bijou. En plus, c'est illégal.

– Tu conduis, Chloé ?

L'adolescente qui s'extrait du véhicule ignore complètement ma question. Elle est trop occupée à admirer les alentours. Habillée d'une tenue qui équivaut au salaire d'une simple serveuse telle que moi, elle tourne sur elle-même.

Cette fille est bien trop jeune, elle n'a pas encore quatorze ans. Elle finit son inspection et se dirige finalement vers moi. Son sac de marque au creux de son coude, ses chaussures à talons, ses fringues et son maquillage trop appuyé la font paraître plus âgée. On pourrait la prendre pour une poule de luxe à peine majeure. Son attitude hautaine m'avait tout de suite interpellée. Enfant privilégiée qui se croit tout permis.

– Evy ! Alors là ! Je dois dire que tu t'es surpassée. J'adore cet endroit.

– Tu n'as pas répondu à ma question. Comment ça se fait que tu conduises ?

J'ignore sa réflexion sur le domaine, je n'ai rien à faire de ce qu'elle pense.

– Oh, allez ! Ne fais pas ta relou. Qui viendrait me dire quelque chose ? Je sais conduire.

– Ça, ça reste à prouver.

– Et, papa m'a acheté la BM. Je ne vais pas la laisser rouiller dans le garage ? Ce serait du gâchis.

Elle rejette dans son dos sa chevelure blonde décolorée et brushée. Même sa coiffure pue le fric à deux kilomètres. Son attitude dédaigneuse me fait penser que j'aurais pu être comme elle. Dieu merci, c'est une chose que j'ai évitée.

– Ton père sait où tu es ?

– Bien sûr que non. Il croit que je suis au bahut.

Elle lève les yeux au ciel et hausse les épaules. Sa moue ironique m'apprend que ce n'est pas la première fois qu'elle cache quelque chose à son père.

– Mais tu avais mieux à faire, je lui réponds avec un sourire.

Il ne faudrait pas qu'elle se méfie de moi, je dois surveiller mes réactions. Mon aversion doit être contenue sinon elle va finir par se poser des questions. Je continue en la conduisant vers le perron.

– Alors, que dis-tu de cette maison ?

– Pour la fête d'Halloween que je veux, c'est génial. Tu as trouvé ce que je désirais. J'imagine bien l'ambiance la nuit. C'est glauque.

Elle sourit et soudain, elle paraît son âge. Une gosse de treize ans qui veut faire une fête sans le consentement de son père, et moi je profite de la situation.

Ça fait des mois que je la travaille. Elle a confiance et est plutôt facile à duper, tant elle est naïve et persuadée que l'argent de son père lui ouvrira toutes les portes.

– Allez, entre. Tu verras, la maison est top. Surtout la cave.

Elle passe d'une pièce à l'autre, s'extasiant sur les murs défraîchis et la décoration vintage.

– On pourrait y tourner des films d'horreur comme *Saw*.

Elle désigne l'endroit où elle veut le DJ, la piste de danse, la place du buffet et des boissons. Alcoolisées bien entendu. Les chambres doivent être nettoyées selon elle. Pour y remettre des lits.

– Tu ne veux pas savoir, me dit-elle quand je lui demande ce qu'elle compte y faire.

Non, c'est certain ! Je me rends compte que les adolescents sont plus ouverts d'esprit que moi. Ils couchent très jeunes et ne s'en cachent pas. Même si je n'avais pas été enlevée, je n'aurais jamais accepté de faire l'amour à cet âge. J'étais trop timide à l'époque, un peu coincée. Nous continuons la visite. Plus on approche du but, plus la nervosité me gagne.

– Viens, c'est par là. Je vais te montrer. Comme ambiance, là… tu auras peur.

J'ouvre la porte et la laisse passer devant. Elle descend l'escalier en bois. J'appuie sur l'interrupteur et la clarté se fait. Je referme derrière moi, à clé. Je la cache dans ma poche et la suis en bas.

L'ampoule qui pend est incandescente. Elle éblouit et noie dans sa lumière crue toutes les ombres. La pièce est presque nue. On y trouve une table avec du matériel informatique à la pointe, un lit simple en fer forgé et une couverture en laine qui agresse la peau, même de loin, tant elle a l'air rêche. Et une chaise en métal, imposante au milieu de la pièce. Les murs gris et sales, ainsi que les fenêtres obstruées par mes soins, donnent des frissons.

— Waouh ! Pour un film d'horreur, c'est ce qu'il faut !

— Il ne manque plus que Robert Englund.

— Qui ?

— Le premier *Freddy Krueger*.

Elle ne connaît pas, trop vieux pour elle, ce maître des cauchemars.

— Ah ? Le film qui va bientôt sortir au cinéma ?

Elle s'extasie. Moi, je reste figée sur la dernière marche. Les souvenirs se mélangent au présent. Cette pièce est à l'identique de celle où j'ai passé les pires jours de ma vie. Les images se superposent. J'entends à nouveau les cris, les gémissements et leurs voix. Ma respiration se fait courte, le froid m'envahit et la terreur me tord le ventre.

— Oh, et cette chaise ! Mieux qu'une électrique.

Sa voix me tire de mes cauchemars. La colère revient, monte, submerge tout mon être et fait fuir les dernières bribes de panique. Elle rit, elle ne pense pas qu'elle pourrait souffrir, elle se croit à l'abri. Mais ce sera bientôt son tour. Elle criera, pleurera et suppliera, elle aussi. Je me secoue et la rejoins.

— Et là, avec la webcam, on pourrait faire une mise en scène qui serait retransmise en haut. Un peu comme dans les vieux films, tu sais, les *Scream*.

Elle tourne, va vers le lit, s'assied et grimace, en touchant la couverture. Sa peau douce d'enfant élevée dans la soie et le velours n'y est pas accoutumée. L'argent de papa lui a permis de ne pas connaître les draps bon marché. J'endurcis mon cœur et laisse mes rancœurs diriger mes actes et bâillonner ma conscience. Me déplaçant vers la table, je cache de mon corps mes faits et gestes. Elle ne voit pas que je récupère la petite bouteille déposée à l'avance, pas plus que je l'ouvre et prends un mouchoir.

Chloé s'est installée sur le siège et parle d'un quelconque film. Je n'écoute pas, les battements de mon cœur frappent tellement fort à mes oreilles que j'en deviens sourde. Les mains tremblantes, je la contourne. Elle discute et rit, contente de sa vie mesquine et de ses idées. Plus pour longtemps. J'observe sa nuque et sa frêle silhouette. Elle ressemble à une petite poupée. Mon cœur flanche et je me dis que non, ce n'est pas moi, ça.

Non, je ne suis pas celle qui va s'en prendre à une enfant pour se venger. Non je ne peux pas !

– ... et là, papa me dit : « Si tu réussis, peut-être que tu auras ta fête », comme si ça allait m'arrêter.

Son père. Oui, l'homme qui est aux petits soins pour elle, qui lui offrirait tout et même plus. Celui qui a regardé sans sourciller une enfant hurler de douleur et de terreur. Tout en donnant les instructions de son patron au père de celle-ci, affolé et inquiet. Négociant une reddition totale d'un sénateur sur une loi antimafia. Sans une once d'émotion ni de compassion.

La rage revient, forte et puissante, noyant ma conscience, la rendant muette sous sa force. Avant que la nausée me submerge, je vide la moitié du liquide contenu dans le flacon sur le mouchoir. Retenant ma respiration de peur d'être étourdie moi aussi, j'entoure les épaules de Chloé, bloque son dos contre le dossier et lui recouvre le nez et la bouche du tissu. Surprise, elle se débat, secoue la tête, essaie de crier et de me griffer. J'accompagne ses mouvements et l'oblige ainsi à inhaler le chloroforme.

Je ressers ma prise et attends. Attends. Attends. Quand son corps se détend, j'hésite puis me recule. Les tremblements de mes mains se sont répandus dans tout mon être, devenu glacé. Elle dort ? Je me précipite pour chercher son pouls. Je palpe, je cherche. *Mon Dieu, où se trouve cette pulsation ? Là ! Oui. Voilà.* C'est minime, aussi léger qu'un murmure. Un peu trop de ce produit, une dose trop forte et je la tuais.

Je respire plus librement. Elle dort. Sa tête roule sur sa poitrine, les épaules glissent vers l'avant. Je stoppe sa chute vers l'avant d'une main. *Mon Dieu ! Je l'ai fait.* J'ai envie de vomir. Mon cerveau et mon cœur reprennent leur conflit. L'un hurle au crime, l'autre se réjouit de la mise en route du plan. Cobb va avoir ce qu'il mérite. Je récupère la jeune fille et l'installe sur la literie. Je la fouille, lui retire toutes ses effets personnels. Ses chaussures, sa ceinture, son sac, le plus petit objet qui pourraient lui fournir de l'aide pour s'évader ou lui procurer du réconfort ou la moindre lueur d'espoir. Moi, je n'avais rien. Elle, non plus, n'aura rien. Je la glisse sous les draps, attrape ses poignets et les attache avec une corde aux barreaux. Je suis fébrile. Je n'ose pas trop la regarder. Elle est immobile et pâle. Si calme d'un coup. Tout est silence, sauf dans mes pensées.

Je fuis la cave et mes remords. Je remonte vers la lumière. Arrivée dans la cuisine, j'ouvre le robinet d'eau froide et plonge les mains dessous. Le choc me donne le coup de fouet pour me reprendre. Je ne peux plus reculer, je l'ai fait, ça y est. Et c'est trop tard pour changer d'avis.

Trop tard.

CHAPITRE 22

EVY

J'ai mal. Je vais mourir. Mon bras me brûle. La douleur remonte et tord mon corps. C'est horrible. Pâle et tremblant, Noah continue sans me regarder. Il obéit à son père. Je le hais. De plus en plus. À chaque fois qu'il me touche avec ce cigare. Je hurle encore, mon père crie en écho, Lyons rit et Cobb poursuit son discours :
— Ceci est un avertissement. Vous avez refusé cinq fois les demandes de monsieur Lyons. Votre fille subira donc cinq brûlures.
— Salopard ! Non !
— Papaaaaa !
— Vous n'avez pas le droit, c'est une enfant !
Et Cobb reprend, stoïque :
— Maintenant vous obéissez ou la prochaine fois, ce sont ses doigts que vous recevrez par la poste.
— Connard, arrêtez. Je ferai ce que vous voulez.
— Papa ! Noah, non ! Pitié...

***

Je m'extirpe de mes souvenirs, me tenant le bras. Les images sont si vives en moi qu'une douleur fantôme me saisit. Je suis dans un des salons, sur le canapé dont j'ai retiré le drap de protection. Je tremble comme une camée en manque, j'ai du mal à ralentir le rythme de mon cœur. Il me faut un temps infini pour me calmer : je ne suis plus une enfant, je suis celle qui maîtrise la situation désormais. Je me ronge l'ongle du pouce jusqu'à la douleur.

L'attente est si longue que mes souvenirs me submergent régulièrement. Je dois être patiente, mais c'est difficile. La petite est endormie, j'ai injecté un virus dans l'ordinateur de son père. Le compte à rebours est enclenché. Ce soir à vingt-trois heures, il paralysera à tout jamais le PC que Cobb utilise. Grâce à l'espionnage de Clara, j'ai pu savoir comment Cobb travaille. Avec le détail qu'elle m'a fourni, je vais pouvoir le mettre à genoux.

Il pensait être à l'abri des attaques virales. Il croyait que sa tactique d'isolement fonctionnerait. En ne mettant jamais son ordinateur sur les réseaux et en utilisant celui-ci uniquement comme stockage de données, sans jamais permettre d'entrées autres que celles qu'il autorisait.

Quand le ransomware le bloquera et cryptera les programmes, il va paniquer et cherchera un moyen de s'en sortir. Il va croire que je veux de l'argent ou un service en échange d'une clé de décryptage.

Or il n'y en a pas. Tout sera perdu pour lui, pas moyen de restaurer quoi que ce soit. Ce sera déjà le début de ma vengeance. Lyons saura. D'une façon ou d'une autre, il est toujours au courant de tout. Et il lui fera payer cette perte énorme : tous les noms, toutes les listes de dettes, toutes les infos sur ceux qu'il contrôle.

Selon mon premier informateur, il n'y a pas de sauvegarde. Kenny a beaucoup parlé, il a suffi que je l'achète avec de la drogue. Grâce au travail de mon amie et à la masse d'infos fournie par ce rat, j'ai pu enfin trouver la faille. Cobb subira la colère de son patron. Et connaissant les méthodes de ce monstre, il finira les pieds dans le béton au fond du lac. Mais avant ça, il s'inquiétera de l'absence de sa fille. Son unique enfant. J'attends demain matin pour le contacter. À partir de là, il souffrira comme mon père. Il comprendra ce que ressent un homme impuissant devant la peur et la douleur de la chair de sa chair. Je ne serai satisfaite que lorsqu'il sera à genoux à supplier et en larmes.

Je redescends et regarde la petite Chloé toujours inconsciente. Je ne sais pas quand elle émergera. Elle a l'air moins blême. Mon cœur se serre. Comment faire autrement, elle est certes pourrie gâtée et imbue d'elle-même, mais si jeune et si fragile. Je…

Non, je ne dois pas avoir d'hésitation. Si je recule, je serai faible. J'ai déjà tué. Kenny était une sous-merde, et je suis capable de dépasser mes émotions. Je suis bien arrivée à vivre jusqu'ici avec ce qu'ils m'ont fait, ces épreuves difficiles que j'ai su surmonter. Pourquoi je ne parviendrais pas à faire la même chose avec ces actes sur ma conscience ? Je le ferai. Et je m'arrangerai avec ma conscience. Même si je dois l'étouffer. Je remonte, et verrouille la porte à clé, la condamnant temporairement.

***

Il faut continuer, ne pas rester sans bouger. Les affaires de Chloé sont sur la table. Je mets le tout dans un sac et prends les clés de la voiture. Il faut l'éloigner de la maison. Ce type de véhicule de luxe est doté d'une puce de géolocalisation. S'il la piste, il trouvera trop vite ma cachette. Même chose avec son téléphone.

Je vais tout abandonner dans les quartiers chauds de la ville. En moins de cinq minutes, ou ce sera volé ou Cobb sera mis au courant. Les deux solutions me vont. Je quitte le manoir et m'installe dans la BMW.

Le retour en ville se fait paisiblement, je n'aime pas rouler rapidement et me faire remarquer. Cette voiture est une bombe, je suis obligée de surveiller ma vitesse. Je la gare sur un parking de supermarché à moitié vide. Les quelques clients qui me croisent admirent plus la carrosserie que mon visage, ce qui me rassure un peu. Trop de visibilité ne m'aide pas.

Je commande un taxi et sors attendre sur le trottoir d'en face. Il lui faut quinze minutes pour arriver, je patiente donc assise à un arrêt de bus en cours de décomposition. Les sièges sont bancals, les parois cassées et recouvertes de graffitis, et une flaque suspecte dans un coin me soulève le cœur tant l'odeur est prenante au nez. Je rabats la capuche de mon sweat sur mon visage et me fais petite. Dans un quartier pareil, si tu évites le regard des gens, tu as moins de risques d'être abordée ou emmerdée.

Je suis mal à l'aise malgré tout. Une impression gênante me titille. Les cheveux sur ma nuque se hérissent, comme si on m'observait. Je scrute discrètement de tous côtés pour vérifier si je vois quelqu'un, mais non. Rien. Je deviens parano. Ça doit être la tension qui me monte au cerveau. J'ai fini de ronger l'ongle de mon pouce gauche et j'attaque celui du droit à présent. Ma nervosité est à son maximum. Dès l'arrêt du véhicule jaune et noir, je saute à l'intérieur et lui donne l'adresse. J'ai hâte de rentrer pour savoir si Chloé est réveillée.

La maison est calme, et le silence me vrille les nerfs. Tout mouvement de ma part entraîne un petit bruit, un frottement, un raclement, ce qui me fait sursauter pour rien. Mon estomac est noué, serré, et l'acide me remonte dans la gorge. Puis soudain :

– À l'aide ! Au secours !

La voix de Chloé porte loin, aiguë et puissante.

– S'il vous plaît ! Quelqu'un ? À l'aide !

Elle s'égosille tant et plus. Moi qui me plaignais du silence. Maintenant, je le regrette. C'est horrible, elle pleure, crie. Je ne tiendrai pas longtemps.

Je serre les bras autour de ma taille, je me rapproche de la porte.

– Pitié ! Au secours !

Je grince des dents. Je ne supporterai pas ses cris tout l'après-midi. Encore moins cette nuit. Elle secoue le lit, les barreaux et les pieds métalliques crissent, couinent. Les bruits sont insoutenables. J'avais fait comme elle à l'époque, et je n'avais reçu aucune réponse, à toujours attendre le moindre signe d'aide ou au moins une présence amicale.

Je tends une main plus que tremblante vers la poignée. J'hésite à aller la voir. Cela me fera-t-il du bien ou au contraire me donnera encore plus de remords ?

– Pitié !

– Tais-toi ! Silence ! je crie à travers le battant de bois.

– Evy ?

Elle arrête quelques secondes. Se demande-t-elle pourquoi j'ai fait ça ? Pour qui ? A-t-elle déjà peur au point de supplier ?

– Evy, libère-moi !

Elle exige. Elle n'a pas conscience de sa position. J'ouvre la porte et laisse la lumière de la pièce tomber dans l'escalier afin de lui permettre de me voir.

– Non ! Et tais-toi !

– Laisse-moi partir ! Pourquoi tu fais ça ?

Je la vois très bien. Elle est éblouie, les paupières plissées dans l'effort de mieux me distinguer.

— Tu n'as pas à exiger quoi que ce soit. Je décide.

Elle donne des coups de pied dans la literie. Elle a envoyé valser la couverture, qui gît dans un coin. Si elle pense que je vais venir la recouvrir et la border pour la nuit, elle se trompe lourdement. Elle aura froid avant de comprendre son erreur.

— Tu veux quoi ? Mon père te donnera tout ce que tu veux... de l'argent... une voiture...

Elle est fébrile, parle vite pour me soudoyer. Elle imagine que je la kidnappe pour une rançon. Je sens un rire, un poil hystérique, un poil sarcastique, monter de mes entrailles.

— Comme si je voulais l'argent pourri de ton père !

Laissant mon rire éclater, je dois paraître effrayante.

— Tu n'as pas idée de ce que je désire. Tu serais surprise.

— Mais tu veux quoi, alors ?

Elle pleure, mais essaie de négocier comme si elle était dans une de ses séries télé préférées. Elle ne se rend pas encore compte de sa situation. Elle imagine me connaître et croit toujours que je suis la gentille Evy. Ce n'est qu'une gosse !

Elle hurle, exaspérée.

— Déjà, ton silence. Le reste ne regarde que ton père et moi.

— Mais...

— Si tu continues à l'ouvrir, tu le regretteras. Tu crieras pour quelque chose.

Ses yeux se remplissent de larmes. L'incompréhension se lit sur son visage. Je suis sérieuse, je peux lui faire mal. Je claque la porte, tourne la clé dans la serrure. Le bruit métallique résonne de façon lugubre comme un avertissement.

Ma rage est revenue, plus forte que jamais. Avec son comportement insupportable de petite chérie à son papa, elle ose se croire aux commandes. Elle sera là, à la première place, quand je libérerai ma fureur retenue depuis dix ans. J'ai envie de casser quelque chose, envie de hurler, mais je dois attendre.

***

La porte d'entrée s'ouvre puis claque. Le bruit me faisant sursauter. Des pas rapides se font entendre et je reconnais la démarche. Mon amie est venue me rejoindre. Je suis tiraillée entre le soulagement d'avoir quelqu'un à qui parler et la frustration. Je sais ce qu'elle va penser. Elle sera totalement contre ce que je viens de faire. Si les rôles étaient inversés, je réagirais comme elle. Mais ça ne m'arrêtera pas.

– Hey ! Tu es où ?

– Par ici, derrière. Dans la cuisine, je lui réponds en élevant la voix.

Elle arrive et sa présence illumine la pièce. Tout dans son attitude attire l'attention. Elle est sublime et tellement radieuse. Son caractère flamboyant se retrouve dans ses gestes et son sourire.

– Comment vas-tu, ma biche ?

Elle me serre contre elle et son étreinte me rassure. Je me détends sans faire d'effort. Il en a toujours été ainsi depuis que je la connais. Elle m'a adoptée, et depuis lors je n'ai jamais plus ressenti de solitude. Sentiment qui me tenaillait, même entourée du peu de famille qu'il me restait.

– Stressée. Mais tu es là, ça va aller mieux maintenant.

C'est un souhait que j'espère voir s'accomplir. J'ai besoin d'elle ; sans son soutien, j'ai peur de craquer. Un faible gémissement passe à travers la porte de la cave. Mon amie se crispe, son sourire se fane et elle me jette un regard terrible. Mon cœur fait un bond et une boule se forme dans ma gorge. Une réaction négative de sa part était ce que je redoutais le plus. Dans ma vie, il n'y a plus que son opinion qui compte vraiment. Je n'ai plus de famille, pas d'autres amis qu'elle. Sans elle, je serais seule au monde.

– Ne me dis pas que c'est qui je pense, là ?

Elle grogne et pose une main dure sur mon épaule. Ses doigts s'enfoncent dans ma chair et je me recule. Je rejette dans un mouvement de déni mes cheveux en arrière. Elle me juge. Je ne le supporterai pas.

– Oui ! C'est Chloé, et alors ?

Je suis agressive. Je ne veux pas céder, j'ai déjà assez de remords et je ne dois plus hésiter. Sinon je renoncerai.

— Ne me parle pas sur ce ton ! Tu fais quoi, là ? Tu vas t'en prendre à une enfant ?

Le mépris dans ses yeux bleus me fait mal. C'est le reflet de ma conscience.

— Bien sûr que non. Je me sers d'elle, mais je n'ai pas prévu de...

Je mens, à elle et à moi. Me détournant, je fixe le jardin à travers la fenêtre.

— De quoi ? De la torturer, de lui faire peur ? De la kidnapper ?

— Oh, ça va ! Je ne ferai rien de plus. Elle n'aura pas de séquelles.

— Qu'est-ce que tu en sais ? Tu n'es pas elle. Chacun réagit différemment. Ce n'est pas parce que toi, tu...

— Je t'interdis, je la coupe en la foudroyant. Oui, je suis passée par là ! Et elle est dans de bien meilleures conditions que moi à l'époque. Bien mieux.

— Et alors ? Elle est tout de même effrayée, perdue. Et elle ne sait pas pourquoi tu t'en prends à elle, n'est-ce pas ?

— Je ne lui ai pas fait de mal, je m'énerve.

J'aimerais casser quelque chose, de préférence un objet qui se fracasserait en milliers de morceaux, à l'image de mon esprit en déroute.

— Je me répète peut-être, mais ce n'est pas la solution. Tu devrais trouver autre chose. Libère-la !

— C'est facile pour toi, tu n'es pas concernée.

Je ne veux pas qu'elle soit déçue par mon attitude, mais elle n'est pas passée par ce que j'ai vécu. Elle ne comprend pas ma douleur, même si elle m'a vue au plus bas.

– Quoi ? Je… ? Et suivre un homme dangereux, travailler pour une organisation mafieuse, me déshabiller devant des inconnus ? Coucher pour avoir des infos ?

Aïe, j'ai parlé trop vite, mais c'est de sa faute aussi.

– Je ne t'ai rien demandé. Plus même, je t'avais dit non. Je ne voulais pas que tu t'en mêles. Tu m'as aidée, oui, mais ce n'est pas ce que je voulais. C'est dangereux et tu es trop… tu te mets en avant. Tu devrais partir.

– Partir ? C'est mon choix, tu ne peux pas me virer de ta vie comme ça.

– Si ! Je prends des risques, pas toi. Tu n'as rien à voir avec cette histoire.

– Je te considère comme ma sœur, tu ne peux pas me rejeter maintenant.

Si je veux la mettre à l'abri, si je veux qu'elle ne subisse pas les conséquences de ma vengeance, je dois l'écarter dès à présent. Pour cela je dois la vexer ou lui donner un coup. Me servir de ce que je sais de son enfance pour qu'elle se mette en colère contre moi. Et qu'elle parte loin de moi et de cette ville.

– Ma sœur ? Mais je ne veux pas de toi dans ma famille ! Ma famille est déjà assez maudite. Tu ne ferais que la tirer encore plus vers le bas.

Je la blesse volontairement pour qu'elle me quitte. Sa fragilité remonte et ses yeux brillent de larmes. Clara a toujours voulu appartenir à plus. À un groupe, à une famille réelle. La sienne est brisée et froide. Son père ne la regardait pas, n'a eu de cesse de la rabaisser, et sa mère alcoolique ne s'occupait d'elle que devant les caméras. Pour l'image. Sans recevoir aucun amour, une enfant comme objet de décoration, voilà ce qu'elle était. Mon cœur se comprime dans ma poitrine. Même si c'est pour son bien, j'ai davantage de remords à viser ses points sensibles que d'avoir tué Kenny ou kidnappé la gamine.

– Evy ! Pourquoi tu dis ça ?

Elle recule comme si je l'avais frappée au visage. Je serre les poings pour empêcher le réflexe qui me vient de la prendre dans mes bras et de lui demander pardon.

– Oui, j'aurais dû le faire depuis longtemps. Je n'ai pas besoin de toi. Tu me freines, tu me gênes. Tu n'es qu'un poids lourd, un boulet.

L'acide de mon estomac remonte et me donne envie de vomir, mais je ne recule pas, je continue pour qu'elle parte. Elle finira par comprendre, mais j'aurai au moins gagné du temps. Elle ne sera pas dans les parages quand le danger sera réel.

– Tu es cruelle, sa voix tremblante a perdu tout son entrain habituel. Si c'est ce que tu penses de moi, tu seras heureuse, je me casse. Mais tu regretteras de ne pas m'avoir écoutée. Tu souffriras plus que Cobb.

– Va-t'en, je lui jette en hurlant presque.

Elle se détourne à temps pour ne pas voir une larme couler sur ma joue. Je me dépêche de l'effacer. Elle ne doit rien suspecter de ma tromperie. Si elle a un doute, elle continuera à se mettre en première ligne.

Je garde en moi mes excuses et le chagrin en entendant le claquement de la porte qui se referme sur notre amitié.

***

Les heures s'étirent, longues et monotones, jusqu'au soir. Chloé crie encore, mais je fais la sourde oreille. Il vaut mieux pour elle que je ne retourne pas la voir. Je serais capable d'un geste qu'on regretterait toutes les deux. Je mets mon iPod en route, les écouteurs bien enfoncés pour couper le bruit. Sa voix s'éraille avec les heures. Elle finit par se taire, perdant son souffle. Je laisse ses cris et ses peines, ses pleurs et ses supplications envahir le manoir. Augmentant le son quand ça devient insupportable. Mon cœur se meurt avec les minutes.

Le téléphone sonne quand le soleil se couche. C'est Five. Je lui avais promis de lui dire ce que j'ai manigancé avec l'ordinateur. Je devais lui redonner de l'espoir, celui de retrouver la personne qui est chère à son cœur, de se libérer de l'emprise de son père, de pouvoir rendre les coups. Quand il comprendra que j'ai effacé la mémoire complète du portable, il sera perdu. Il ne pourra que m'en vouloir.

Je ne lui avouerai pas que j'ai une copie, que le seul être au monde possédant les réponses aux secrets qu'il convoite, c'est moi. Ce sera ma vengeance. Somme toute, pire que de le tuer. Il devra vivre avec. Savoir qu'il a été à deux doigts de la vérité. et qu'il a aidé à l'exécution du plan pour effacer ce qu'il recherchait depuis tant d'années lui arrachera le cœur.

La sonnerie résonne dans les pièces presque vides. Encore et encore. Puis ce sont les messages qui arrivent.

Evy, où es-tu ?

Pourquoi tu ne réponds pas ?

Merde, tu fais chier là ! Réponds !

Pour chacun, je dois me retenir de décrocher ou de lui renvoyer un texto.

Je pourrais le rassurer en mentant, lui donnant une excuse bidon et temporiser. Mais son inquiétude me fait du bien. Il commence à douter de moi et de mes motivations.

Je l'imagine, furieux et tournant comme un lion en cage. Il doit fulminer, sentir les problèmes arriver. Mais il ne peut pas me retrouver : je suis venue en taxi, la maison est sous un faux nom. Rien ne peut le conduire à moi. Rien.

Je le contacterai plus tard, quand j'en aurai fini avec Cobb. Je ne peux pas le voir ni même lui parler maintenant. Sinon je n'y arriverai pas. Lui et ses valeurs me donneront des remords. Car il en a et il les applique. Il ne pourra pas concevoir mes raisons et voudra me faire changer d'avis ou me stopper. Le savoir mort d'inquiétude me réconforte. Mon besoin de faire du mal est nourri. Cela m'empêche de descendre et de franchir une frontière dans l'horreur.

Je ne sais pas comment je réagirai demain face à Cobb, mais une chose est certaine, c'est une gosse. Je ne peux pas dépasser certaines limites. Cette lutte intérieure me tiraille. Le bien ? Le mal ? Dans cette cave, je pourrais gagner un billet pour l'enfer. Je ne peux pas m'en prendre à une enfant, dans un élan de violence gratuite. Elle a peur, elle a faim et elle est perdue. Elle n'en mourra pas. À la rigueur, une bonne séance de psy lui sera salutaire. Rien de trop grave finalement. Clara a tort, je peux me servir d'elle sans trop la traumatiser. Du moins, physiquement. Pour ma future confrontation avec son père, en revanche, il en va autrement. Lui doit payer.

La nuit est tombée. Je rejoins ma prisonnière. Ses cheveux sont ébouriffés, le visage est bouffi et les yeux semblables à ceux d'un panda après toutes ces larmes versées. Son corps tressaute sous les hoquets engendrés par sa crise de pleurs. Elle ressemble à une poupée cassée, petite fille pathétique qui joue à se maquiller pour ressembler à sa maman. Je tire les couvertures sur ses jambes. C'est plus fort que moi, mes réflexes surmontent ma rancœur. Elle sursaute et me regarde méchamment. Je dépose un sandwich entouré d'une feuille de papier absorbant et une petite bouteille d'eau.

– Tu sais ce que tu peux en faire de ta bouffe, me crache-t-elle.

Elle gigote et fait tomber la nourriture en bas du lit. Je soupire, récupère le pain, le remets en place en la foudroyant du regard. Détachant ses poignets de la tête de lit et lui bricolant une allonge avec une corde, je lui permets de se redresser et d'avoir plus de mobilité.

– Tu peux continuer, tu peux lancer tout au loin. Mais je te préviens, je ne ramasse plus rien. Si tu veux crever de faim ou de soif, vas-y.

– Tu le regretteras. Mon père me libérera, te le fera payer. Tu verras, il…

– Mange ! Ton père ne me fait pas peur.

– Putain ! Salope !

– C'est ça, on lui dira.

Elle essaie de me donner des coups de pied et met de nouveau à mal ses draps. Tant pis pour elle.

– Bonne nuit, je lui susurre avec un doux sourire hypocrite.

– Je te hais. Va mourir, sale pétasse !

Je remonte en secouant la tête. Si c'est ça la jeunesse dorée de nos jours, je plains les futures générations. L'estomac noué, je ne peux rien avaler. Mon stress et ma colère omniprésents interdisent à mon corps et à mon esprit le moindre repos. Je passe d'une pièce à l'autre, tournant en rond, angoissée et inquiète. Demain est un autre jour, mais cette nuit ma conscience gâche les dernières heures de quasi-innocence.

Finalement, je me couche dans le grand canapé, enroule autour de moi le drap gris à l'odeur de poussière et de renfermé. Je ferme les yeux, obligeant mon cerveau à se mettre en stand-by. Je force ma respiration. Dans un exercice de relaxation, je chasse mes pensées néfastes en faisant le vide en moi.

Respire. Inspire. Respire.

Je ne peux pas dormir, la petite crie parfois. Je reste à compter les minutes et à regarder l'écran de mon téléphone s'illuminer régulièrement. Mes épaules finissent par se détendre et la fatigue induite par le stress et la colère me tombe dessus sans crier gare. La torpeur envahit mes cellules et mes muscles. Je me sens lourde et une migraine essaie de pointer son nez pour couronner le tout.

Une nuit blanche à ressasser mes cauchemars et à déplorer ce qui aurait pu exister entre Five et moi. Des regrets qui n'empêcheront pas mes actes, mais qui me tiendront éveillée cette nuit.

CHAPITRE 23

EVY

Ma messagerie est saturée. J'écoute les messages de Five. Il commence doucement, demande à quelle heure je reviens, et si je compte lui révéler ce que j'ai trafiqué avec le PC. Puis le ton devient plus dur, plus froid. Au final, il me dit qu'il me verra plus tard. J'entends de la colère dans sa voix. Et de la déception aussi.

Il est neuf heures. Pour moi, c'est le moment de faire enfin payer Cobb. J'entre dans la cave et referme une dernière fois à clé. Précaution sans doute inutile, mais je préfère.

Je descends les quelques marches doucement. Je prépare la webcam, l'ordinateur et vérifie si le siège est bien placé pour la suite. J'agis sous le regard apeuré de Chloé. Elle ne dit plus rien. Elle a compris que je suis indifférente à ses émois.

– Tu sais ce que ton papa chéri fait comme sale boulot ?

Elle ne dit mot, les yeux pleins de colère.

– Il est fortuné, il te paie ce que tu veux, tu vis dans une immense villa. Tu vas dans une école privée, tu es une petite fille riche et gâtée. Mais tu sais ce qu'il fait dans la vie ?

– Il s'occupe de l'argent de monsieur Lyons.

– Non ! Ce n'est pas qu'un vulgaire comptable. Tu veux savoir pourquoi tu es là ? Pourquoi j'en veux à ton père ?

Oui, elle est curieuse. Elle se redresse et hausse les épaules en feignant l'indifférence.

– M'en fous !

– Ton papa s'emploie à récupérer l'argent sale du pire mafieux qui existe. Et il l'aide aussi dans ses magouilles.

– Tu racontes n'importe quoi. Qu'est-ce que tu en sais, hein !?

– Ce que je sais sur ton père te ferait regretter tes films d'horreur préférés. J'ai été à ta place et mon père ne voulait pas obéir à Lyons.

– Non, tu mens !

Elle repousse mes affirmations en secouant la tête, le corps raidi par le déni.

– Je dis la vérité. J'ai été torturée devant mon père pour qu'il comprenne qu'on ne refuse rien à Lyons. Et ton papa était là, à regarder sans rien faire ! Sans m'aider. RIEN !

J'approche du lit et tends le bras, lui montrant les tatouages.

– Là, sous les dessins, j'ai des cicatrices qui le prouvent. Et maintenant, tu en es au même point que moi.

– Ce n'est pas vrai, papa ne ferait pas ça. Il est gentil...

– Oh, il l'est peut-être avec toi, mais sinon c'est une vraie pourriture. Et tu es sa fille.

Elle ne veut pas comprendre, ne veut pas croire, mais elle devra faire face à la réalité bientôt. Montrer mes blessures et lui dire ma vérité m'a énervée et en même temps libérée. Il faut qu'elle sache que son paternel n'est pas parfait.

– Il a regardé quand on m'a brûlée. Il a continué de parler sans pitié pour moi. Il a menacé qu'on me coupe les doigts un à un. Mon père, lui, n'aurait jamais fait ça. Jamais !

Je retourne vérifier une dernière fois le matériel, puis quand je suis contente de mes arrangements, je relâche la gamine, la prends par la peau du cou comme un chiot et la dirige durement vers le fauteuil.

– Tu obéis, sinon tu le regretteras.

J'attache ses bras et lui noue un foulard sur la bouche. Elle secoue la tête pour refuser, ses yeux affolés grands ouverts. Je serre le nœud fort pour la punir. Je m'en prends à elle plutôt qu'à son géniteur. Cette fille paie pour les fautes du passé. Je ne devrais pas, mais je ne peux plus faire machine arrière. Ma conscience doit rester muette pour quelque temps.

– Recommence et je te plante mon couteau dans la main, je la menace en lui dévoilant l'arme que j'ai amenée.

Elle se fige, respire rapidement par le nez, mais ne tente plus rien. La lame est assez impressionnante, quinze centimètres d'acier bien aiguisé. Je compose le numéro de téléphone et lance l'appel. Une sonnerie… deux sonneries. Il décroche assez vite.

– Oui ? Qui est-ce ?

Le ton est hargneux et contenu.

– C'est Evy.

– Evy ? Mais, comment avez-vous eu ce numéro ?

– C'est Five qui me l'a fourni.

Autant balancer, ce n'est pas très utile, mais ça pourrait le déstabiliser.

– Peu importe. Je n'ai pas le temps. J'ai d'autres choses à faire. Vous m'excuserez.

– Plus prioritaires que vos données ?

– …

Il reste estomaqué.

– Que votre PC bloqué ?

– C'est vous !

– Oui, bien entendu.

Je ne dis rien de plus. Laissant le silence s'installer, pour qu'il comprenne les conséquences.

– Comment avez-vous fait ?

– Est-ce la question la plus importante ?

– Que voulez-vous ?

– Voilà, ça, c'est mieux.

– De l'argent ? Combien ?

– Combien êtes-vous prêt à donner en échange ? Si Lyons apprend vos erreurs et la perte de tout ça, je ne donne pas cher de votre peau.

J'aime jouer avec lui. Je ne veux rien, mais le mettre à mal me fait plaisir. J'entends des bruits en arrière-plan. Il se passe nerveusement la main dans les cheveux, bouge et respire fort. La panique l'emporte, et la satisfaction me parcourt. Je ne me fais pas d'illusion, il est en train de gagner du temps pour repérer l'appel. Tout sera vain dans quelques minutes.

– Quelle est la valeur de votre vie ?
– Salope, dites-moi comment débloquer !
– Ah, bientôt. Vous le saurez quand je déciderai que vous avez suffisamment souffert.
– Sou... souffert ?
– Oui, vous devez payer !
– ... Quoi ? Vous faites ça pour... les dettes de votre père ?
– Ne parlez plus jamais de mon père, je vous l'interdis ! je crie, laissant ma rage s'exprimer.

Je ne supporte pas qu'il parle de lui, même s'il se trompe de personne. Je souffle pour me calmer et je reprends :

– Vous allez vous connecter à l'adresse que je vais vous transmettre par message et vous verrez ce que je vous veux. Vous comprendrez.

Raccrochant vite, je lui envoie le message, j'ai du mal à taper, tellement mes doigts tremblent. Les quelques minutes qu'il lui faut pour se connecter paraissent des heures. Pour patienter, je tourne autour de la gamine. Elle observe mes allées et venues, inquiète et muette. Ses joues rouges et marbrées de ses pleurs pourraient me faire hésiter, mais je me blinde.

Je me place devant la webcam, empêchant ce salopard d'apercevoir sa fille trop tôt. Il se connecte et j'accepte la visioconférence.

– Oui.

Il est sûr de lui. Enfin, il veut le paraître, mais une petite goutte de sueur coulant de sa tempe le trahit.

– Que feriez-vous pour sauver votre vie ?

– Quoi ? Je ne risque rien.

– Ah, non ? Et Lyons en dit quoi de votre mésaventure ? Humm ?

Il est décontenancé. Il essaie de me cacher son inquiétude. Il doit sentir qu'il n'a pas la main.

– Je ferai ce que vous voulez.

– Et pour votre fille, vous êtes prêt à aller jusqu'où ? À vous sacrifier ? À mourir pour elle ?

– De quoi tu parles, pétasse ! Ne mêle pas ma fille à nos affaires !

Il passe au tutoiement, de surprise et de peur. Il est blanc et en nage.

– Si !

Et je me décale en reculant. Il peut enfin voir le reste de la pièce derrière moi. Et son enfant, ligotée et bâillonnée, les yeux immenses, les narines palpitantes, essayant de respirer malgré l'entrave du tissu et la panique.

– Non ! Pourquoi ? Chloé !
– Pourquoi ? Pour mon plaisir et pour te voir supplier.

Je tire sur le bâillon, libérant Chloé, lui permettant de communiquer pour mieux affoler son père. Voilà qui me réjouit.

– Papa... Aide-moi !

***

Je la secoue, attrape ses cheveux, tire sa tête en arrière. Le mouvement dégage sa gorge. Elle crie de douleur, mais surtout de saisissement. Je me penche par-dessus son épaule et croise le regard horrifié de son père. Il commence à comprendre. La réalité se fracasse contre sa raison. Je monte doucement le couteau. Plus c'est lent, plus il a le temps d'intégrer ce que je fais et ce que je pourrais faire.

– Non !
– Papa...

Elle essaie de se dégager, mais se fige dès qu'elle sent contre sa peau le fil acéré de la lame.

– Arrête ! Dis-moi ce que tu veux.
– Ce que je souhaite, c'est que tu souffres.
– Quoi ?

L'incompréhension lui tord les traits.

– Que tu aies mal, que tu aies peur pour ton enfant, que tu découvres ce que ressent un père quand il est impuissant.

– Mais qui es-tu, bordel ?

Le masque de froideur, d'indifférence, qu'il porte en permanence se fissure et dévoile pour la première fois des sentiments. Ceux que je désire voir depuis si longtemps : la stupeur, la peur, l'effroi.

– Je suis la fille du sénateur Russel.
– Russel !

Une lueur apparaît. Il se souvient et se décompose. Il sait ce que j'ai subi. La terreur l'envahit et il colle presque son visage contre la webcam. Son regard se porte sur Chloé. Il se dit qu'il ne pourra pas la sauver, il ne pourra rien pour lui éviter le pire. À part assister aux souffrances et aux cris.

– Non... sa voix est faible, comme morte.
– Non quoi ?

Je jubile, cette sensation de pouvoir m'enivre et me fait tout oublier.

– Ne... Ne lui fais pas de mal, je t'en supplie !
– Pas de mal ?

Je me redresse et contourne le siège. J'observe ma victime. Oui, victime, car je suis devenue bourreau. Ma conscience revient, ayant étrangement la voix de Clara, étouffée par les cris d'Annabelle, mais toujours présente. *Tu ne peux pas, ce n'est pas toi. Reprends-toi, c'est une enfant, comme toi à l'époque. Tu sais ce qu'elle ressent. Arrête !*

La gorge de Chloé, marquée d'une longue estafilade, me saute aux yeux. J'étais proche de l'égorger sans le vouloir. C'est horrible ! Je dois me recentrer et ne pas montrer mon hésitation. Je ne voulais pas la blesser, mais en un sens ça me sert, il en sera d'autant plus angoissé.

– Papa… s'il te plaît.

– Pas de mal ? je répète d'une voix plus forte et furieuse, pour en contrôler les tremblements.

Je me tourne vers la caméra. Qu'il voit mon expression, ma résolution !

– Est-ce que tu as fait quoi que ce soit pour moi ce jour-là ?

– Laisse-la !

– J'ai crié, pleuré et supplié et TU. N'AS. RIEN. FAIT !

Je me décale d'un pas pour ne pas lui boucher la vue et qu'il puisse avouer à sa fille ses méfaits.

– Dis-lui ! Regarde-la et parle-lui de tes activités. Explique à ton enfant que tu kidnappes des gosses et que tu les laisses se faire torturer sans émotion. Que tu observes et tu n'interviens pas ! Que tu es un monstre !

J'agite les bras, je hausse le ton, je perds mon calme, je laisse la colère tout submerger. Je l'utilise comme la pointe d'un poignard, coupant et pointant les faiblesses et les pêchés de Cobb pour les dénuder. Et les exhiber au monde entier, en commençant par la personne qui compte le plus pour lui.

– Papa ? Ce n'est pas vrai, hein !

– Bordel, avoue ! Avoue ! Ose dire ce que tu es ! Ce que tu vaux ! Sinon je la découpe morceau par morceau.

Il hésite, ouvre la bouche, puis renonce.

– Allez ! Ou je le fais !

J'appuie mes propos en la menaçant d'un geste brusque de la main qui tient le couteau. La petite gémit et il se penche sur l'écran, effrayé.

– Attends... Oui, c'est la vérité.

Les épaules de Cobb s'affaissent, sous le poids, non pas de la culpabilité, mais de la résignation. Il obéit pour que je ne fasse rien à Chloé.

– Papaaaa ! Non tu... Tu ne peux pas être comme elle dit.

Chloé pleure toujours. Elle comprend enfin que sa vie n'est que mensonges.

– Ah ! Encore autre chose.

Je laisse un blanc, puis lui assène le coup fatal :

– Tu veux connaître le meilleur en plus ? Ton PC est foutu, il n'existe pas de clé de déchiffrage, il est mort, tout comme toi.

Chloé crie. Ses pleurs et ses gémissements se mêlent aux hurlements d'Annabelle dans mon esprit. Je ne sais plus où je suis, qui je suis. Ma vision se floute.

– Evy ! Bon Dieu, ouvre !

Une voix différente s'insère dans le chaos, mais je n'y prête pas attention. Cobb vocifère des insanités. Chloé appelle son géniteur à se casser les cordes vocales. La satisfaction tant attendue n'est plus. Je suis perdue.

Je dois... Je dois aller plus loin. Je reprends mon arme et fais un pas vers elle. Non, je ne peux pas. Si je commets ce geste, je serai pire qu'eux. Si, je peux le faire, je vais le faire.

– Evy !

Des coups contre le battant de la porte percent les bruits du capharnaüm ambiant. Elle se fend, puis éclate, s'ouvre violemment et est projetée contre la paroi. Pendant à moitié sur ses gonds, éventrée, elle ne cache plus l'intrus venu interrompre cette horreur.

– Evy.

Five est en haut des escaliers. Il cerne ce qu'il se passe d'un coup d'œil et se focalise sur ma main serrant la lame. Il va vouloir stopper ça. Je dois… Je commence un mouvement, mais il est plus rapide. Il saute d'un bond et atterrit, genoux fléchis en bas des marches.

Je sursaute, il en profite pour se glisser entre ma future victime et moi. Frappant du plat de la main mon poignet, il m'oblige à lâcher mon arme sous la surprise et la douleur.

– Bordel, c'est quoi ce bordel !

Il me fixe d'un air ahuri, il secoue la tête de droite à gauche.

– Mais regarde-la ! Comment as-tu pu faire ça ? À une enfant !

Le reste de ses invectives se perdent, ses paroles deviennent juste des mots en sourdine. Je n'entends plus que ma conscience qui vient de se libérer de ses chaînes. Je me retourne et l'observe vraiment. Je vois une fillette apeurée. Ses yeux sont le miroir de mon passé. Ils reflètent la douleur, la terreur, que j'ai connue, subie. Et c'est moi qui la lui ai infligée. Elle pleure et recule le plus possible, essayant en vain de s'échapper, s'éloigner de moi, car c'est moi, le persécuteur. Cette fois-ci, je suis du mauvais côté. Five a incliné l'écran du PC, mais la communication n'étant pas interrompue, même si Cobb ne voit plus rien, il entend encore. Il crie pour qu'on lui dise ce que j'ai fait, le pire étant de ne pas savoir.

Il ressent enfin ce que je souhaitais. Il panique comme mon père il y a dix ans. Ma vengeance est accomplie, mais à quel prix ? Cette gosse inoffensive est la vraie victime. Elle a subi ma violence. Comment ai-je pu ? Toute l'atrocité de la réalité me revient dans ses iris. Un coup de poignard dans le ventre serait moins douloureux. Mon Dieu ! Pourquoi, comment suis-je devenue ce que je hais le plus ? Je glisse à genoux, me laisse aller à terre, le front au sol, prise par des larmes incontrôlables. Ma meilleure amie avait raison. Et moi tellement tort !

Five me rejoint. Au-delà de mes sanglots, je l'entends appeler Shane :

– Occupe-toi de la petite.

– Non... non, je proteste.

Je me déteste, je ne me reconnais plus.

– Tu l'as eue, ta vengeance. Il est au bord du suicide. Et si, après tout, il ne met pas fin à ses jours, ce sera Lyons qui s'en chargera. Il a tout perdu, la compta, les listes, les dossiers... Lyons le tuera. Tu n'as pas besoin d'appuyer sur la gâchette cette fois, c'est comme si c'était déjà fait.

Sa voix est remplie d'incompréhension.

– Tu aurais pu te contenter de l'ordinateur, pourquoi enlever sa fille ?

CHAPITRE 24

FIVE

Je suis dans notre maison, en centre-ville. On ne peut pas vraiment lui donner le nom de foyer familial, car je n'ai jamais voulu y vivre. Les hommes qui m'y ont traîné sont un peu débraillés et l'un d'eux est l'heureux propriétaire d'un cocard à l'œil gauche. Ça m'a un peu détendu, mais je reste nerveux, les entrevues avec Lyons sont toujours stressantes.

Les lieux sont luxueux, la décoration chargée, et la pétasse qui partage la vie de Lyons, régnant en maîtresse de maison, rôde dans la pièce de devant. Elle est plus jeune que moi. Il les prend de plus en plus minces et juvéniles. Il n'est que dix heures du matin et on pourrait croire qu'elle va à un gala, habillée comme une poule de luxe.

Son regard me scanne, lubrique et lourd de sensualité. Elle appartient à l'homme le plus puissant de la région mais ose, sous son propre toit, penser à me baiser. Si je savais que ça pouvait faire quelque chose à mon père, je la sauterais. Mais il n'a pas de cœur. La seule chose que cela lui procurerait, c'est la honte d'être cocu. Que sa femme le trompe avec son propre fils ! De toute façon, maintenant, je n'ai plus qu'une seule femme en tête et ce n'est pas cette pute.

La porte de son bureau est ouverte, il m'attend. Soupirant, je la franchis d'un pas assuré, les mains dans les poches. Il ne faut jamais lui montrer d'hésitation ou de peur, car il les sent à des kilomètres. Il fume, encore. L'atmosphère est entièrement imprégnée de cette odeur de cigare prenante et irritante. Je déteste ça. S'il pouvait crever d'un cancer des poumons ou de la gorge, il serait puni par son plus grand péché.

– Noah !

– Pourquoi je suis là ? je lui jette sans répondre à son salut.

– Toujours le sourire, je vois. Tu te trouves où tu dois être. Parce que je l'ai décidé.

– Mouais, encore mégalo aujourd'hui.

Maître du monde, voilà son souhait. Si c'était possible, il le serait sans aucun remords.

– La ferme, Noah ! Tu es là parce que tu as encore merdé.

– Moi, je m'exclame en jouant l'innocent.

– Tu as de nouveau foutu le bordel dans l'un de mes établissements, le plus chic en plus.

– Tant qu'à faire, autant que ce soit dans un bel endroit.

Il frappe du poing sur le bureau, le verre d'alcool posé sur le bord vacille, mais ne tombe pas. Dommage. Il rougit et il s'étouffe sur les mots qu'il voudrait me jeter.

— Toi ! Si tu ne me rapportais pas autant d'argent, tu serais déjà un souvenir.

— Oh, les menaces arrivent plus vite que d'habitude.

— Ricane autant que tu veux, mais j'ai des atouts en main et je sais m'en servir.

Je serre les dents, il a raison. Foutu connard. Son sourire de requin ne vaut rien, il annonce des emmerdes.

— Bon maintenant, tu vas être un bon fils et me livrer une fille au bureau de l'Aréna.

— Tu t'es déjà lassé de ma nouvelle et très jeune belle-mère ?

— C'est pour l'interroger que je la veux, pas pour la baiser, stupide que tu es.

— Et tu n'as personne d'autre qui peut faire le job ?

— Je décide, tu dois prouver ta loyauté, il insiste sur le pronom comme un véritable despote et continue de plus belle. J'en ai marre de ton attitude. Tu dois te faire pardonner pour le Paroxysm.

Ce qu'il m'ordonne, c'est un kidnapping. Ça sent mauvais mais je dois rester, pour le moment, dans ses petits papiers. Il me faut gagner du temps, exécuter ses desiderata, mais sans empressement. Sinon, il saura qu'il y a anguille sous roche. Si je traîne les pieds et le fais mariner, il ne verra que ce que je voudrai bien lui montrer. J'ai besoin de connaître ce qu'Evy a foutu avec le PC et pour ça, je dois sortir vivant de cette maison.

L'Aréna est la salle de combats clandestins qui se trouve sous le bar Death & Company. Il faut reconnaître que mon père a un certain humour pour baptiser ces établissements. Si une fille doit se retrouver dans cet endroit, elle finira mal. Il y aura du sang et des cris. Je ne veux pas être responsable de ça.

– Que tu t'en sois pris aux meubles, c'est une habitude, mais à Cobb… c'est inacceptable.

– Il m'a fait chier.

– Rien à foutre de tes sentiments. Tu es instable. Se battre pour des fesses, même très belles, est stupide.

– Super sexy, je dirais. Evy est assez bandante, je lui confie avec un clin d'œil.

Il fait un geste de la main et cette fois le verre vole. Il se brise et l'alcool se répand sur le sol.

– Tu obéis ou c'est son cul justement qui prendra.

Je retiens un sursaut. Sa menace me met en rogne. Avoir le sort de ma sœur suspendu comme une épée de Damoclès au-dessus de ma tête est déjà lourd à porter. Pas besoin d'y ajouter Evy à cause de mes sarcasmes.

– Humm, je vois… Ce n'est pas qu'une autre bimbo que tu baises. Tu y tiens à ta petite serveuse.

L'expression calculatrice qui apparaît sur son visage ne présage rien de bon. Je suis dans la merde. Il est trop fort pour décrypter les gens. Putain, comme d'habitude, je l'ai nargué, et il a senti que j'étais moins malléable. Pour tâter le terrain, il a utilisé le prénom d'Evy et m'a raillé quand j'ai réagi. Je montre trop d'intérêt pour cette nana et il va chercher à en profiter. S'en servir comme d'un deuxième appui. Pour contrer tout désir de révolte de ma part.

– Tu sais ce qui l'attend si...

Il laisse un temps mort pour me permettre de faire jouer mon imagination. Ou mes souvenirs. Il est brutal et cruel.

– OK... C'est qui cette fille que je dois t'amener ? Et pourquoi ?

– Tu n'as pas besoin de savoir la raison. Cette petite pute fouine dans mes affaires, elle me le paiera. Elle s'appelle Clara.

Et merde ! Ce serait trop beau que ce soit une coïncidence, avec ma chance, cette fille est notre informatrice. Et si elle lui raconte ce qu'elle sait sur Shane et moi ?

***

Après cette charmante visite familiale, mon téléphone sonne et je réponds.

– J'ai des nouvelles inquiétantes, me dit direct mon ami, sans me saluer.

Car les merdes n'arrivent jamais seules… Quelle putain de journée !

– Je viens de croiser Evy dans une BMW qui ressemblait trait pour trait à celle des Cobb. Elle vient de la garer sur le parking, dans le quartier de Rosedale Park.

Que fait-elle avec ? Pourquoi l'abandonner sur un parking miteux ?

– Tu dois la suivre.

– Je suis en train. Elle a pris un taxi, je suis juste derrière.

– Tu le fais discrètement et tu te renseignes sur ses agissements.

– Ouais, je te sonne dès que j'ai plus d'infos, me confirme-t-il en raccrochant.

Le ton laconique de son appel ne me surprend pas. Quand il est concentré sur une cible, il est le mec le plus bourru que je connaisse. Je dois réfléchir à la suite. Comment approcher la fille, l'enlever, l'empêcher de parler ? J'aurais dû en parler avec Shane, mais il est occupé avec Evy. On verra ce soir quand il me recontactera. Il aura bien une idée pour soustraire cette fille de l'équation sans que Lyons n'apprenne jamais que je m'en suis servie pour fouiller dans les affaires de Cobb. Que c'est moi, au final le commanditaire de cette petite espionne du dimanche.

Saloperie de vie. Je ne pouvais pas moi, être un mec comme les autres ? Avant que je ne sombre dans la déprime, Shane appelle à nouveau.

– C'était rapide, je lui dis.
– Nan, je l'ai perdu.
– Quoi ? Mais... enfin qu'est-ce que t'as foutu, bordel ?
– J'ai perdu sa trace dans la circulation. Une petite vieille a grillé un feu rouge et m'est rentrée dedans. Une connerie d'accident. Le taxi m'a semé. Je vais faire une bonne action. Je vais faire demi-tour et chercher la voiture de Cobb. Je la ramènerai chez lui et poserai quelques questions. Je te fais un résumé de ce que j'apprendrai le plus vite possible.

Je vais attendre. Je ne vais pas – pas tout de suite en tout cas – obéir à Lyons. Je ne veux pas être responsable de la torture et de la mort d'une femme. Il peut patienter. Je suis devant la porte d'Evy, elle ne répond pas, donc je prends le passe que j'ai acheté au concierge et je rentre. Elle n'est pas là. L'appartement est vide, je fouille un peu. Il n'y a rien qui peut me donner un indice sur sa destination. Un bip me sort de mes pensées, c'est un mail de Shane. Il me raconte ce qu'il a découvert. Il passe du message au mail pour entrer dans les détails. S'il ne m'appelle pas, c'est qu'il ne peut pas parler en toute discrétion.

L'homme aux doigts de fée a encore frappé ! Quel plaisir de voler un bolide aussi luxueux, mais quelle honte de le rendre à un type pareil. J'ai fait du charme à la gouvernante et elle m'a raconté pas mal de choses.

Maman Cobb est morte depuis quelques années et papa Cobb travaille le soir. La gamine est souvent seule. C'est elle qui conduit la BMW. Et surprise ! Elle voit souvent Evy, et n'est pas encore revenue de son rendez-vous avec ta meuf. Donne-moi des instructions.
S.

Que peut bien manigancer ma belle ? Avec la fille de l'homme responsable des problèmes de son père ? Car Cobb est connu pour être le collecteur et le comptable de Lyons. Shane ayant des contacts auprès de geeks plutôt doués, je lui demande d'obtenir la localisation de son iPhone dès qu'elle s'en servira. Il n'y a plus qu'à attendre, encore.

La nuit est passée et toujours pas de nouvelle. Je suis resté dans son appart pour plus de sûreté. Je voulais être présent si elle revenait en catimini.
– Voilà, m'annonce Shane, elle a utilisé son téléphone ce matin. Il semblerait que même écouter sa messagerie permet aux programmes traceurs de retrouver un appel.
Sur le coup, je suis content d'avoir laissé autant de messages pathétiques sur son répondeur hier après-midi et dans la soirée. Mais je ne m'en vanterai pas auprès de mon pote, il serait capable de se foutre de ma gueule pendant des années.
– OK, alors, envoie l'adresse et on s'y rejoint. J'aurai peut-être besoin de toi.

***

Entendre ces cris, ces pleurs au travers de la porte, comprendre que c'est Chloé Cobb. Je ne peux rien faire d'autre que de défoncer cette porte. Je reste figé un instant. Suffisamment pour avoir un aperçu de ce qui se passe dans ce sous-sol. De ma hauteur, je surplombe tout. La scène est presque indescriptible, je suis sous le choc. Je n'ai jamais pu oublier ce que j'avais vécu, ce que j'avais été obligé de faire dans une autre cave, il y a plus de dix ans. Plus sordide que celle-ci, mais identique dans le but recherché. Ce parallèle entre les deux situations me bloque, je ne peux pas croire ce que j'ai sous les yeux !

– Bordel, c'est quoi ce bordel ?

Une enfant attachée à un siège dans une pièce humide et froide. Des cris et des pleurs. Mon Dieu ! Quelle horreur ! Et la voir, elle. Evy, un couteau à la main, qui avance pour accomplir le pire. C'est innommable, inqualifiable.

Je me reprends et saute du haut des marches. Je frappe son poignet pour la désarmer. Je serre les poings pour ne pas aller plus loin. Moi, qui suis certainement amoureux d'elle, je ne la reconnais plus.

– Putain, Evy ! Qu'est-ce que tu fous ? Tu es folle ? Tu vas faire quoi ? Tuer une enfant ? La découper en morceaux ?

Elle me regarde, puis dévie sur la gamine. J'aperçois une lueur de compréhension dans ses yeux. Elle émerge de son délire.

— Pourquoi ? Tu me dégoûtes, comment tu peux t'en prendre à une fillette ?

Je mets dans mon expression toute la déception que je ressens, et l'écœurement.

— Mais regarde-la ! Comment as-tu pu faire ça ? À une enfant !

Comment peut-elle vouloir du mal ainsi à une innocente ? Et bordel, pourquoi ? Écœuré, je ne peux pas imaginer ce qu'il se serait passé si on était arrivé quelques minutes plus tard. Jusqu'où aurait-elle poussé le crime ? Tout ça pour quoi ? Se venger de Cobb ?

Je ne reconnais plus la femme que j'ai rencontrée, qui a du caractère certes, mais qui est aussi douce et un peu réservée. Non, je ne vois qu'une furie. Elle pâlit et recule. La main devant elle dans un geste de dénégation. Elle regarde vers le PC où Cobb continue de vociférer. Elle semble se rendre compte de la portée de ses gestes. Elle murmure des mots sans suite, en se laissant glisser à genoux.

J'ai du mal à appréhender la situation. Cette femme n'est pas Evy, non. Je suis démuni face à elle. Que faire ? Rien pour le moment, et encore moins ici. Il faut s'occuper de Chloé. J'envoie donc Shane ramener la gosse et moi… Moi, je vais faire en sorte qu'elle me parle. Je veux savoir ce qu'elle cache derrière ses yeux gris. Il le faut, sinon je risque de devenir fou. Je la relève, elle se laisse faire comme un jouet cassé. En état de choc, tremblante et sans réaction.

La recouvrant de ma veste en cuir, je la dirige vers la sortie. Elle ne cille que légèrement quand on arrive dehors, aveuglée par la lumière du jour. J'installe cette coquille vide dans ma voiture. Elle reste amorphe sur le siège, même quand je me penche au-dessus d'elle pour boucler sa ceinture.

Ma colère s'apaise un peu durant le trajet. Concentré, je me force à réfléchir, il faut que je sois plus lucide. Depuis hier, à partir du moment où je me suis réveillé, j'ai bien compris qu'il avait un truc qui clochait. Evy était partie sans un mot, sans un message, me laissant seul dans son lit. Fuyant comme une voleuse. Pourtant, je m'étais réveillé détendu, heureux. Je l'avais cherchée d'une main à tâtons sous les draps, pour ne trouver que du vide et du froid à sa place.

Bien que déçu, je ne me suis pas inquiété tout de suite de son départ furtif. Je me suis dit qu'elle voulait éviter mes questions sur sa vie. Je n'aurais pas dû tenter d'en connaître plus sur ce qu'elle avait vécu. J'aurais dû être plus subtil. Je me doute que ce n'est pas joli, que son passé la hante. À chaque tentative d'approche, elle se referme comme une huître et esquive. Je me suis donc décidé à lui laisser du mou, à ne plus la poursuivre avec mes questions. Pendant un temps du moins.

Mais putain ! Arriver là et la trouver avec un couteau, la voir menacer une gamine. Je ne peux pas lui trouver d'excuse, de raison suffisante, ni de circonstance atténuante. Non, rien ne peut justifier ça. Une petite prise de conscience me traverse : j'ai moi aussi fait du mal à une enfant... et rien n'excuse mon geste, ni le sien. Je me suis construit sur cette faute. J'ai compris à l'époque que je ne pouvais pas tolérer ces actes, ni de ma part ni de celle d'un autre. Quelles que soient les circonstances, je ne cautionnerai jamais. Evy a certes un passé et des griefs, mais rien ne peut pardonner ce qu'elle voulait faire.

Son père avait des dettes, OK ! Il n'a peut-être pas su gérer les conséquences. Ils ont dû fuir la ville. Mais concevoir une vendetta pareille, c'est impensable, trop démesuré. De colère, je frappe du plat de la main le volant et le tableau de bord, la légère douleur ayant le pouvoir de me calmer. Malgré la violence de mes coups, elle ne bronche pas, ne tourne même pas la tête vers moi.

Nous arrivons à mon appartement. Je ne lui laisse pas le choix, c'est chez moi et nulle part ailleurs. Evy entre comme un fantôme, passe devant moi sans me voir, lâche les pans de la veste, qui tombe à terre. Elle glisse dans le canapé et se balance d'avant en arrière, se tenant le bras comme à chaque fois qu'elle est inquiète. Elle est dans son monde, perdue dans ses pensées, hors d'atteinte.

Je tourne en rond en attendant que Shane appelle. Je déteste attendre et depuis hier, je ne fais que ça. À part l'entrevue, des plus joyeuses, avec Lyons, je n'ai pu que rester là, à patienter, accroché à cette saleté de téléphone. À guetter les réponses qui ne sont pas venues.

Je me souviens et des impressions remontent à la surface. Il n'est jamais facile d'être convoqué par mon paternel. J'ai eu peur pour elle, et pendant ce temps, elle faisait quoi ? Elle n'est pas une victime, pas une demoiselle en détresse. Non, c'est certain ! Pas avec ce couteau en main. Heureusement, nous sommes arrivés à temps. Ces pensées me font revenir au présent.

– Tu m'expliques cette merde.

Pas de réponse. Elle reste dans son monde, juste une larme solitaire qui dévale sa joue, sans bruit. Je ne supporte pas de la regarder, je ne supporte pas son silence. Je vais devenir fou si je ne fais rien. Shane m'appelle enfin, je décroche, pressé d'avoir au moins une info à me mettre sous la dent.

– Ouais !

– C'est moi…

Le voilà qui radote. Sa voix est hésitante, ça promet des emmerdes.

– Je sais, ducon ! Raconte !

– J'ai deux trucs pour toi. Mais ce n'est pas beau. Tu vas péter un câble.

– Je me tiendrai.

– Non, Noah. C'est sérieux.

Le ton est calme, infiniment patient, il m'appelle par mon prénom, comme pour préparer le terrain.

– Dis-moi, je souffle en me crispant, me disposant à avoir mal.

— Bon… j'ai rendu Chloé à Cobb. Il était dans tous ses états. Il a deux grosses révélations sur Evy. Il m'a tout dit car il sait que de toute façon ce soir il est mort s'il ne s'est pas barré de la ville. Et encore, il pourrait bien être rattrapé avant…

— Putain Shane ! Balance ce que tu as à dire. Ne tourne pas autour du pot. J'en ai rien à foutre que Cobb crève ou non.

La patience n'a jamais été une de mes grandes qualités, et aujourd'hui, je sature.

— Alors…, voilà, dit-il en hésitant à nouveau. Selon lui, Evy aurait avoué avoir détruit tout sur son PC. Il n'y a plus rien. Tout est effacé.

— …

J'ai un blanc. Les mots me parviennent, mais je n'entends plus. Il n'y a plus qu'un bourdonnement dans mes oreilles. J'ai aidé Evy à avoir accès à son ordinateur. Putain ! Je lui ai permis de le pirater en toute sécurité, en toute impunité. Ma connerie m'explose à la figure. Je serre tellement fort le téléphone que le plastique craque, que mes phalanges blanchissent et me font mal. J'ai envie de le balancer à terre et de le détruire. Il faut toute ma volonté pour ne pas succomber à cette fureur.

Mais MERDE ! Comment j'ai pu être aussi con ? J'ai réfléchi avec ma queue. Elle m'a mené où elle le désirait, comme elle le voulait. Je me retourne et la vois, là, assise, chez moi ! La rage augmente. Je lâche le smartphone et envoie voler tout ce qui se trouve sur le plan de travail d'un geste. Le bruit est monstrueux. Les verres se brisent, les assiettes éclatent, une casserole résonne. Evy sursaute et émet un petit couinement. Elle se recule dans le canapé et observe de loin ma fureur dévastatrice.

Ce n'est pas assez, je dois frapper. Casser. Faire mal et libérer ma rage. Quand je pense qu'à cause de ma stupidité et ma gentillesse, je ne retrouverai peut-être jamais ma sœur. Seul Lyons sait quelque chose et il ne dira jamais rien. Sauf sous la contrainte. Et encore.

Je marche à grands pas vers le salon, je hurle un bon coup, frappe du pied dans la table basse. Elle est projetée contre le mur. Un tableau se fracasse à terre, des éclats de bois volent dans toutes les directions. J'attrape un siège, le soulève et l'envoie, lui aussi, contre le plâtre. La sale menteuse et manipulatrice pleure, la tête cachée dans le creux de ses bras qui entourent ses genoux repliés contre elle. Elle a peur, elle peut ! Attends que j'en aie fini avec elle. Je lui ai donné la possibilité de me priver de mon but.

J'ai encore envie de frapper, je me détourne avant de commettre un acte que je regretterais. Trouve une paroi intacte et la cogne jusqu'à ce que mes poings saignent. J'y laisse des sillons d'hémoglobine et des plaques blanches se décrochent. Quand la fureur reflue, quand ma respiration revient à un niveau plus ou moins vivable, j'arrive à percevoir des cris. Étouffés, mais distincts. Je souffle, joue des doigts pour les détendre et vérifier qu'aucun n'est cassé. Mon pote s'égosille au bout du fil. Il doit sûrement vouloir empêcher que je ne porte la main sur elle, cette salope de menteuse !

Je récupère le mobile et lui dis :

– Ça va, je suis calme maintenant.

– Hey mon frère ! Tu es OK ? Pas de connerie ?

Traduction, tu n'as rien fait de débile comme de refaire le portrait du joli minois ?

– Le mobilier a souffert. Seulement lui.

L'adrénaline court encore dans mes veines, une seule idée reste dans mes pensées.

– Dis-moi l'autre chose.

– C'est pas mieux… Promets-moi de rester calme.

Je souffle, passe une main dans mes cheveux, sur mon visage.

– Tu me connais, je ne lui ferai pas de mal. C'est une femme.

– Mouais. Enfin… Je sais pourquoi elle veut se venger.

– Pour son père, David Langdon.

– Son père oui, mais ce n'est pas David Langdon. Elle a encore menti.

– Quoi ?

Je la surplombe, debout devant elle, à la place vide de feu la table basse. Elle ne me regarde plus, restant là à trembler, pleurer et se triturer l'avant-bras du pouce.

– Ça va te faire un choc. Son vrai nom, c'est…

Il hésite encore, le suspense me vrille les nerfs et me fout davantage les boules.

– Shane, je siffle entre les dents, accouche, putain !

Et il souffle la réponse vite, comme pour asséner le mal en une fois, comme pour cautériser la plaie d'un seul coup.

– Annabelle Russel.

CHAPITRE 25

FIVE

Bordel ! Annabelle !

Mon souffle se coupe, mon cœur s'arrête puis reprend à toute allure. Un froid glacial me recouvre. La petite fille blonde de mes regrets, de mon déshonneur. Les pièces du puzzle se mettent en place. Elles s'imbriquent et fracassent ma vision des événements. Cette mise en scène dans la cave, les détails tellement similaires. Tout était là pour me donner des indices. Mais mon effarement et ma stupeur m'ont aveuglé.

Je comprends enfin. S'en prendre à Chloé, pour une histoire de fric, était disproportionné. C'était même cruel et Evy, selon moi, n'est pas une femme à aimer la violence. Non, elle la redoute, car elle l'a connue et subie. Comment ne l'ai-je pas reconnue plus tôt ? De ma mémoire surgit l'image d'une petite fille blond platine, fine et fragile. Apeurée et effrayée.

Elle est revenue pour tous nous faire payer. Kenny, l'homme des basses besognes qui l'a kidnappée chez elle. Cobb le comptable, qui a négocié avec son père. Lyons, celui pour qui tout a été orchestré. Et moi, Five. Je lui ai infligé de la douleur, je l'ai torturée. Ma plus grande erreur. Mes plus grands regrets, mes premiers remords. Les mots ne sont pas assez forts pour décrire mes sentiments envers elle. Depuis ce jour, je m'interdis de faire du mal à une femme ou à un enfant.

Quel choc ! Quelle ironie, la vie est une vraie pute parfois. Elle est devenue le bourreau que je refuse d'être.

– Je te rappelle.

Je parle comme un automate, le ton vide d'émotion, d'intonation, mais je m'en fous, je suis loin de tout. Je suis comme vidé, désemparé par cette révélation. Le néant. Mes genoux flanchent, je suis sans force, sans plus savoir quoi faire, comment réagir et que ressentir.

– Ev.

Ma gorge serrée ne permet qu'à un filet d'air de passer. J'écorche ce prénom que je croyais être le sien. Comme mon cœur. Comme ma raison. Elle ne réagit pas. Je lui effleure le poignet. Un sursaut, un coup d'œil furtif, mais toujours le déni, le rejet. Un refus de communiquer.

Comment a-t-elle pu m'embrasser, me laisser la caresser, lui faire l'amour, ou presque ? Comment a-t-elle pu supporter ma présence, mon toucher et me regarder droit dans les yeux ? Moi, son agresseur !

Je n'étais pas consentant, j'obéissais pour la première fois à mon père contre ma volonté. Je ne le voulais pas, mais il venait de me révéler l'existence de ma demi-sœur et ce qu'il lui réservait si je n'étais pas un fils modèle. Un fils qui le suivrait dans l'horreur.

Je l'ai donc brûlée, muselant ma conscience. Chaque marque sur sa peau délicate en a imprimé une identique dans mon âme. Ses cris m'ont poursuivi pendant des mois, occupant en permanence mon esprit. Je l'entendais hurler mon prénom, supplier, gémir et pour finir se taire. Mon propre prénom, Noah, est devenu pour moi une source de honte et de dégoût. Je ne supportais plus qu'il soit prononcé.

Mon regard se porte sur son bras. Il est proche de moi. Ses tatouages. Voilà le secret. Je les caresse du bout des doigts. Délicatement, comme si elle pouvait se briser à tout moment. J'enserre son poignet et tire vers moi. Le peu de résistance prouve qu'elle sait. Elle a compris que je veux les sentir, les toucher et les redécouvrir. Je dessine les volutes, les pétales des roses, les contourne. Je suis comme un aveugle qui lit pour la première fois un poème en braille. Le plus beau et le plus triste du monde, qui raconte toute la souffrance que l'innocence peut supporter.

J'arrive au cœur d'une des fleurs. Annabelle sursaute, tente un recul, un repli sur elle-même. Je la retiens et en relevant les yeux, je croise une immensité grise de peur et de chagrin.

– Chut… Calme-toi. Je te connais. Chut…
– Non…
– Tu es Annabelle, et là…, j'effleure la cicatrice avant d'ajouter, c'est ce que tu as voulu me cacher.
– Ne m'appelle pas comme ça ! Plus jamais !

La hargne qu'elle jette dans ces mots révèle le refus total de son identité. Et la haine de son prénom. Elle ne veut plus être cette enfant sans défense.

– OK, Evy.

J'essaie d'être doux, rassurant et utilise le murmure pour la calmer.

– Maintenant, laisse-moi te toucher… s'il te plaît.

Elle secoue la tête, tire encore pour récupérer son bras.

– Hey, regarde-moi.

Elle refuse toujours. J'appuie alors sur ses genoux, repliés contre elle, attrape ses chevilles et délicatement la force à descendre les jambes pour poser les pieds à terre. Je me redresse et me faufile entre, ajustant ainsi mon visage à hauteur du sien. Ma main vient de sa propre volonté se poser contre sa joue et mon pouce joue avec sa pommette. Ses pupilles sont exagérément agrandies, ses lèvres sont pâles et tremblantes, sa peau est mouillée et gonflée par les larmes. Elle me brise le cœur.

Je réalise pleinement son désarroi. Elle est venue chercher l'apaisement en mettant au point sa vengeance. Elle n'y a trouvé que des remords. Se voir comme bourreau, après des années dans la peau de la victime, est déstabilisant. Comment supporter ses actes, comment ne pas se détester ?

J'ai mal. Par sa faute, j'ai perdu aujourd'hui ma meilleure chance, peut-être la seule, de savoir où se trouve ma sœur et sous quel nom mon connard de père la cache. Je l'ai aidée, j'ai tout mis en œuvre pour qu'elle réussisse, et par là même je brise mon rêve. Je voudrais hurler, crier après elle. Mais Evy n'a fait que me rendre la monnaie de ma pièce. Elle a trouvé ce qui pouvait me faire souffrir le plus. Vivre en sachant que je suis le seul responsable de mon malheur. Et du sien.

– Hey, regarde-moi.

Je caresse son bras et sens nettement les boursouflures. Cinq au total. Elles ne sont pas visibles, pourtant ces marques seront toujours présentes. À jamais gravées sur elle, en elle. Et c'est mon œuvre. Je pose mon front contre le sien. Je souffle. Je tente de laisser ma rancœur, ma tristesse de côté. Elle le mérite bien, après tout. Mon père l'a fait kidnapper, il est responsable de sa torture, mais je suis celui qui a fini le travail. En plus de l'avoir blessée physiquement, je l'ai abandonnée à son sort. La jeune femme qui se tient devant moi me bouleverse tant elle est perdue. Il faut que je l'aide si je veux moi aussi avancer. Pour cela, il faut la faire parler.

– Tu avais tout prévu, hein ?

– Five… non pas tout ! me répond-elle brusquement. Les évènements se sont emballés. J'ai perdu la maîtrise de la situation.

Ça y est. Elle se décide à communiquer. Elle doit vouloir se justifier. Je saisis mieux maintenant ses hésitations, ses rejets. Moi qui pensais qu'un salaud lui avait fait du mal. Quelle claque ! C'était moi ce salaud ! Enfin, je n'étais pas seul, mais chaque fois qu'elle touche ses cicatrices, elle ressasse le passé. Et c'est mon visage et mon prénom qui lui reviennent.

Je suis arrivé, face à elle, fier et certain de mon pouvoir de séduction, convaincu de la mettre dans mon lit. Puis j'ai espéré plus, qu'elle devienne celle qui pourrait me connaître, découvrir ma vraie personnalité, qu'elle soit celle sur qui je pourrais compter. Je suis tellement déçu.

Ses larmes me fendent le cœur. Mais je devrais me blinder. Ma compassion devrait aller se faire foutre, elle m'a déjà trop coûté. Car Evy s'est bien foutue de moi. Et à part pour Chloé, je suis certain qu'elle ne regrette rien. La rancœur refait surface, ne se laissant pas brider par mes bonnes résolutions.

– Tu t'es bien amusée, hein ? Tu avais tout calculé ? D'abord Kenny, Cobb et maintenant moi ! Tu as bien mené ta barque.

Je serre son genou, elle gémit et le retire.

– Non ! Pas tout. Je n'ai pas joué la comédie tout le temps.

– Si, tu m'as mené par le bout de la bite !

Je me redresse et la domine, les poings fermés. Je suis de nouveau fou de rage.

– Tu as fait l'innocente. Avec tes yeux de biche et tes mines indécises.

– Mais...

– Et moi ! je la coupe. Moi, j'étais un beau con. « Oui Evy, je t'aiderai. Oui, je ne coucherai pas avec toi ! » Et pourquoi au final ? C'est ma sœur qui sera la vraie victime de tes conneries. Je ne la retrouverai jamais !

Mettre des mots sur cette perte me force à en reconnaître toute l'ampleur et augmente encore ma fureur ; je suis à deux doigts de l'étrangler.

– Arrête, Five !

Elle se lève aussi, pour ne plus être en position d'infériorité. Debout, elle est toujours plus petite que moi, mais elle relève le menton fièrement.

– Five, oui, je raille. Pour toi, je suis et je resterai Five. Tu ne me vois que comme celui qui t'a fait du mal. Jamais comme Noah.

– Noah est loin pour moi, répond-elle en évitant mon regard.

– Tu ne vois que tes cicatrices et mon surnom.

– Bien sûr. Je pense à ce que j'ai subi, c'est normal. Mais aussi à toi. Je... Je n'ai pas voulu jouer avec tes sentiments. Mais comment voulais-tu que je fasse ? J'avais besoin de toi.

Elle se détourne et je ne le supporte pas.

– Attends ! Si tu ne me vois que comme Five, comme un salaud, tu auras le salaud ! Je vais prendre ce que j'aurai dû avoir dès le début.

– Quoi ?

Elle est perdue, ne suit pas mes pensées. Je vais me faire un plaisir de lui expliquer. Le sourire apparaissant sur mes lèvres doit être flippant. Tant mieux, j'espère qu'elle a peur.

– Tu as joué. J'ai été gentil, plein de bons sentiments. Un vrai con, quoi ! « Evy est mal à l'aise, Evy ne veut pas. » Et moi ? J'ai eu quoi, en récompense ?

Je me rapproche et la plaque contre un mur.

– Et moi hein ! je répète en l'attrapant par le cou. Combien de nuits à penser à toi ? Combien de jours à courir après une meuf qui jouait les timides ? Tu as été jusqu'à me sucer, à me laisser jouir sur toi ! Mais pas en toi, ça non ! Une belle allumeuse, voilà ce que tu es !

Je resserre les doigts, elle suffoque et agrippe mon poignet avec ses petites mains.

– Quoi ! Tu vas me faire mal ? Encore ?

Je me colle à elle pour l'effrayer.

– C'est fini ! Je ne cours plus. Je prends.

Elle secoue son bras, se libère de ma poigne et se protège en croisant les bras devant son ventre. Le menton levé fièrement, Evy me toise, son regard est empli de haine, de dégoût et d'une froideur qui envahit tout son corps.

– C'est ça..., sa voix est rauque de sarcasme. Violente-moi, ne te gêne pas, après tout ce ne sera pas la première fois que toi ou d'autres hommes lèvent la main sur moi, ou même pire...

Elle stoppe sa phrase, un air choqué sur le visage. Elle cache sa bouche d'une main comme pour retenir des paroles qu'elle veut me taire. Ses secrets si bien gardés. Mais je veux les connaître, les extirper de son âme et les révéler au grand jour. Elle me compare à d'autres, pensant que je suis aussi bas que ceux qui se sont servis d'elle tout au long de sa vie.

– Qui t'a frappée ? Qui t'a fait du mal ?

Je ressens la rage échauffer mon sang. Qu'elle me croie capable du pire me rend malade. Je n'avais pas le choix il y a dix ans. Et maintenant, je profère des menaces que je ne mettrai pas en œuvre. Evy se détourne et tente de s'échapper vers la chambre. Seule pièce disponible, puisque je bloque le passage vers la porte d'entrée.

– Réponds, nom de Dieu ! Ne te cache pas. Dis-moi ! Comment peux-tu croire que je vais te faire souffrir ?

– Tu es un homme ! elle crie sa réponse, elle explose dans le silence de la pièce. Tu ne penses qu'au sexe, comme les autres !

– Merde ! Oui, et alors ? Mais même si je suis furax, même si tu me tues avec tes airs de poupée brisée, je ne te ferai rien. Tu me connais... J'ai trop de remords, trop de regrets pour t'obliger, te violenter.

Notre passé m'a marqué, m'a forgé. Aucune femme n'aura plus à me craindre. Son corps rigide, son regard vide... ce n'est pas seulement les poings des hommes qu'elle redoute. Ses rejets, ses sursauts, son manque de confiance et son refus de coucher avec moi : les pièces de puzzles s'emboîtent et la conclusion me tombe dessus comme une massue. J'ai été aveugle. Comme un con, j'ai nié les indices et refusé de comprendre.

– Evy ? je murmure d'un ton étouffé. Tu as été... violée ?

Difficile pour moi d'articuler cette question dont les conséquences vont encore une fois, je le sens, bouleverser ma vie.

– Je ne peux pas... ne veux pas en parler !

Elle court mettre le lit entre nous, mais je lui refuse cette échappatoire. Je bondis et l'enlace de mes bras. Je la serre fort et lui coupe toute solution de repli. Evy se débat et pour empêcher toute fuite, je dois l'écraser sans doute un peu. Elle panique. Elle hurle, crie, pleure. Ses mots sont sans suite. Ses souvenirs la submergent et lui font oublier qui la tient, qui est à ses côtés. Elle confond passé et présent. Sa peur devient panique.

– Non... Non... Pas ça !

– Evy, c'est moi, c'est Noah. Tu ne crains rien, tu es en sécurité.

Je la berce, tentant désespérément de la calmer.

Sa voix meurt, se fait murmure, tel un cri silencieux. Pour comprendre ce qu'elle dit, je me penche vers sa bouche. Sa respiration est erratique, elle est tendue à se briser, tétanisée. Ses yeux sont grands ouverts sur des pupilles énormes, déversant toute la terreur qu'elle ressent.

Merde ! Sa réaction est bien plus forte que je ne l'avais prévue.

– Non, pas encore... Pas encore...

Elle clôt les paupières et se fige. Elle tremble et hoquette, mais ne fait plus rien pour se sauver. Tel un lapin pris dans les phares d'une voiture, stoïque, en attente du choc. Je nous couche sur le lit. Elle est perdue dans l'immensité des draps et pâle à faire peur.

– Qui ? Qui t'a fait du mal ?

Je relâche ma prise et la retourne. Elle s'échappe et se réfugie dans le coin le plus éloigné de la chambre, se laissant tomber au sol, se mettant en boule et reculant le plus possible pour me fuir.

Je la suis, me positionne face à elle. Je la tire doucement vers moi, lui caressant le dos pour la calmer, pour l'apaiser. Son corps est pris de soubresauts, elle détourne la tête. Je la cale finalement, à force de patience et de tendresse, contre moi. Son poids plume ne gêne en rien mes manœuvres, je la ramène avec moi sur le matelas et la borde dans les couvertures. La chaleur des draps lui fera un rempart contre la réalité trop crue de ses souvenirs.

– Chut..., doucement, là... Je ne voulais que t'effrayer. Pas te forcer. Jamais !

– Je... j'ai paniqué. J'ai cru...

Sa voix rauque est un peu plus nette, son souffle qui s'échappe pour venir mourir sur ma poitrine, est moins rapide.

– Dis-moi, qui t'a…, j'hésite sur la formule.

– Violée ? C'est le mot, tu sais.

Elle détourne ses beaux yeux gris, une grimace traversant furtivement son visage.

– Oui, violée. Tu connais son nom ?

Je serre les dents, je veux savoir. Si j'ai la possibilité, je prendrai le temps de le faire souffrir. Longtemps.

Elle laisse passer quelques instants. Je ne la pousse pas, mais je finirai par savoir. Je la sens se refermer.

– Oui. Et toi aussi, tu le connais. Et tu n'étais pas loin quand ça s'est passé.

La rage dans sa voix démontre toute l'amertume et le ressentiment qui ont pris racine dans son âme depuis ces dix dernières années. Elle m'en veut et pas juste pour la torture. Je l'ai abandonnée à son sort.

– Comment ? Je n'en ai rien su. Sinon, je…

– Tu aurais fait quoi ? Tu m'aurais encore laissé tomber ?

Elle me questionne en secouant la tête. Plus de confiance en moi, juste de la désillusion. Je n'ai pas tenu ma promesse. Je devais l'aider, prévenir sa famille ou les flics. Mais, j'ai foiré. M'enfuyant pour ne pas être découvert, je l'ai laissée sans protection. Je n'aurais pas su faire grand-chose, je le comprends aujourd'hui. Malgré ça, elle a dû attendre mon retour, espérer, peut-être même prier. Et survivre dans cette cave.

– Dis-moi qui ? Qui a osé violer une enfant ?

Evy soupire et se tend. Les souvenirs la hantent. Et mon attaque sous le coup de la colère n'a rien arrangé.

– C'est un homme qui travaille pour ton père. C'est… Hoggan.

Bordel ! Hoggan, ce salopard. Ce fumier de pervers. J'ai toujours détesté ce mec. Ça ne fait que confirmer ce que je pensais de lui. Il est le pourvoyeur de chair fraîche pour les réseaux de prostitution de Lyons. Il possède des filles, qui sont en effet très jeunes autour de lui. Elles sont pour la plupart, maigres, apeurées et droguées. J'essaie de le côtoyer le moins possible. Ce mec suinte, transpire la dépravation et le vice à l'état pur. Lyons est très content de sa collaboration. Les filles sont tenues en laisse. Peu ou même aucune, soyons réalistes, n'échappent à ses griffes.

Et Evy a subi… ses attouchements, ses… Je ferme mon esprit, je bloque les images qui se forment. Je dois arrêter avant de péter un câble à nouveau. Je dois d'abord penser à elle, maintenant. Après, je pourrai agir. Je n'avais pas compris à l'époque. Je croyais qu'il l'avait frappée, mais je n'aurais jamais cru qu'il l'avait violée. Que c'était une ordure de pédophile !

Je crispe les poings, mes muscles sont tendus à force de me retenir de partir sur-le-champ à sa poursuite.

– Il... Je me souviens de son rire, de son poids sur mon dos... de ses mains. Il m'a fait... mal.

Ses paroles sont entrecoupées par les sanglots. Ses ongles s'enfoncent profondément dans ma peau. Si elle en a besoin pour s'ancrer dans la réalité, elle peut bien me lacérer tout le corps.

– Chut...

– Je... il m'appelait toujours « ma si belle Annabelle ». Je ne peux plus entendre mon nom. À chaque fois, sa voix me revient.

Saloperie de vie. On est si semblables.

– Je ne supporte pas qu'on me touche, que quelqu'un se trouve derrière moi. J'ai... j'ai essayé d'oublier... de continuer à vivre.

Elle cache son visage dans le creux de mon épaule, son petit corps blotti et secoué de spasmes.

– Sauf toi ! reprend-elle. Toi, je peux dormir avec toi. Je... tu es le premier. Jamais avant, je n'ai ressenti quoi que ce soit, ni laissé quiconque me caresser... Toi, juste... toi.

Fait chier ! Elle me lacère le cœur avec ses paroles. Juste moi. Pourquoi ? Quelle ironie ! Comment résister à son appel, à son désarroi ? Je referme plus fort les bras autour d'elle et l'embrasse sur le haut de son crâne.

– Nous étions destinés à nous rencontrer, à souffrir ensemble, à blesser l'autre. Je n'ai jamais pensé aux conséquences de ma fuite ce soir-là, j'étais un gamin effrayé et perdu. Ce que Hoggan a fait est horrible, impardonnable ! Ce salopard le regrettera.

— C'est mon but, le voir mourir comme Annabelle est morte dans cette cave.

— Je te promets de t'aider. Je déteste ce jeu auquel tu m'as soumis. Tu m'as manipulé, mais je comprends, je soupire et lui caresse les cheveux. Je ferai partie de ton plan à partir de maintenant. Mais pour ça, tu dois être honnête. Je te vengerai de mon plein gré, sans secret entre nous.

— Ne me promets plus rien. Je ne crois plus aux belles paroles.

— Laisse-moi me racheter auprès de l'enfant que tu étais, j'enchaîne, anxieux de prouver ma valeur.

— Elle est morte dans cette cave, c'est trop tard.

Une dernière larme coule le long de sa joue et me brise le cœur.

— J'ai besoin de t'aider, pour que tu me pardonnes. Si l'enfant que tu étais refuse, je m'engagerai auprès de la femme que tu es devenue et cette fois-ci peu importe ce que ça me coûtera, je tiendrai ma promesse.

Je change de sujet dans une tentative d'apaisement.

— Je pense à toi depuis des années. Tu es à l'origine de Five. Malgré toi, je sais. Je ne supportais plus mon prénom, comme toi. Chaque fois que quelqu'un le disait, je t'entendais en écho le hurler. Comment ne t'ai-je pas reconnue ?

– J'avais les cheveux blonds, très clairs, presque blancs. Ils ont foncé avec l'âge.

Sa voix est pâteuse, un peu assoupie. Mes doigts jouent avec sa chevelure. Je passe une mèche derrière son oreille, dessinant son contour au passage. Je sens un frisson qui la traverse. Oui, désormais, ils sont brun foncé, presque noir.

– Et puis les teintures, c'est efficace.

Même sur le point de s'endormir, elle arrive à m'arracher un sourire.

– Repose-toi. On reparlera de tout ça plus tard. Chut…

Je continue de la border, de la cajoler pour qu'elle plonge dans le sommeil. Ses joues sont marbrées et rougies par les larmes, ses cheveux lui collent dans le cou mais elle reste la plus belle femme que je connaisse. Elle me hante depuis dix ans. Et dès son retour dans ma vie, elle est devenue une obsession. Je suis attiré par elle, tout en la détestant. Elle a foutu toute mon existence en l'air. Mes rêves, mes espoirs sont anéantis. Que vais-je faire d'elle ?

Evy gémit dans son sommeil. Mon premier réflexe est de l'apaiser. Je comprends alors que rien n'a changé, je suis toujours fasciné par elle. Les cicatrices du passé ont créé un lien très fort entre nous, peut-être même indestructible.

CHAPITRE 26

FIVE

Je me défais de ses bras et remonte la couverture sur elle. Elle dort profondément. Sortant de la chambre sur la pointe des pieds, je ne peux qu'admirer le bordel que j'ai mis dans la pièce principale.

Rien à foutre. Comparé à ce qui se passe à l'intérieur de moi, ce n'est rien. Un tsunami a ravagé mes sentiments et tout ce que je prenais pour acquis. Les bases de ma vie ont été emportées, ses larmes ont annihilé ma volonté de lui faire mal en retour. Me venger de ses manœuvres n'est plus une option, ce serait un cycle sans fin. Heureusement, elle a brisé cet élan avec ses révélations. La vérité et les émotions qui en découlent me dévastent complètement. Un putain de chaos dans tout ce que je pensais savoir !

Je m'effondre contre la porte de la chambre. Mes forces quittent mon corps. Passant la main dans mes cheveux, je bloque mes genoux pour empêcher qu'ils flanchent. Je ne suis pas du genre à m'épancher. À pleurer sur l'épaule d'un autre. Quoi ? Je suis un mec, pas une mauviette ! Mais là, il y aurait de quoi se foutre une bonne biture et lâcher le morceau. Heureusement, j'ai autre chose en tête tout de suite.

Mon objectif numéro un est de m'occuper de cette saloperie de Hoggan. Je pourrai déverser toute ma rancœur et ma haine sur lui. Il aurait dû recevoir ce qu'il mérite depuis longtemps. Je retrouve mon téléphone et appelle à nouveau Shane. Vu sa rapidité pour décrocher, il est inquiet. De ma réaction envers Evy, de mes actes. Il a des raisons de l'être, mais au final, je me suis tenu. J'aurais pu faire pire et le regretter amèrement.

– Ouais !

– Trouve-moi Hoggan et mets-lui la main dessus. Faut que je lui cause sévère !

– Quoi ?

– Cet enfoiré de première…

Mon cœur rate un battement tandis que je bloque les images qui me viennent, je m'oblige à reprendre :

– Cette ordure est une saloperie de pédophile.

– Comment ça un pédophile ? s'exclame mon ami, choqué.

– Il a violé Evy à l'époque où elle a été kidnappée. Je te dirai tout quand on se verra. Là, j'ai trop les nerfs.

– Putain ! C'était une gamine à l'époque ! Qui aurait cru qu'elle aurait… qu'il s'en serait pris à elle ? Quel enfoiré de…

Il n'arrive pas à terminer ses phrases, ses pensées s'entrechoquant face à mes révélations.

— Il me le faut le plus vite possible, je le coupe avant qu'il ne puisse finir sa bordée d'injures.

— Je t'appelle quand je sais où il est. Tu veux être présent ?

— Oui, j'ai besoin de me dégourdir les poings.

— OK.

Il raccroche. Avec lui, pas de questions inutiles, pas de reproches. Juste son soutien inconditionnel. Toujours.

Hoggan tient toute la branche du commerce de la chair dans l'empire de Lyons. Cela va de la simple prostitution à la traite des Blanches où il vend les femmes comme esclaves sexuelles. Il y a quelques établissements en ville. Dans le plus luxueux, le Black Velvet, les filles sont des « hôtesses », des accompagnatrices mais en plus glamour. Elle doivent savoir faire la conversation et servir de maîtresse de maison dans les soirées huppées. Il y a aussi les bordels. Moins beaux, comme le Purple Touch par exemple, mais qui rapportent tout autant. Les femmes qui y travaillent n'ont aucune possibilité d'améliorer leur condition de vie ou de s'en sortir. Comme dit leur maquereau : « Pute un jour, pute toujours. » Quel connard !

Dans le sordide et glauque, les bars à putes ne sont pas mieux. Tout est dans le nom. Un boui-boui qui offre des consommations, en liquide ou en chair. Les filles ont l'obligation de se faire payer à boire avant d'être sautées. Bien que tout soit à un prix exorbitant, ça attire les ouvriers, les chauffeurs poids lourds de passage. Loin de chez eux, de la chaleur du foyer et du corps de leur épouse.

Dix minutes plus tard, je reçois en message le nom du Red Room. Hoggan étant ce qu'il est, je ne suis pas surpris de le retrouver dans les bas-fonds des quartiers chauds de la ville. Je réponds :

> Rendez-vous devant dans 15 min

Je me change vite fait et quitte l'appart. L'air frais me fait du bien, me calme un peu. Je reprends mes esprits et me mets en route.

***

Le Red Room est le bar à putes le moins bien tenu de tout le système. Il se trouve en bordure de ville. J'aurais dû me douter que cette raclure serait là, il aime se vautrer dans la fange. Comme le porc qu'il est. Je retrouve Shane. Il est devant l'établissement et attend mes directives. Je frappe son poing du mien.

– Voilà. On entre, on le chope, on l'embarque.
– Où ?
– La baraque d'Evy me semble la plus discrète.

Il hoche la tête en signe d'accord.

– Et après ?
– Après, il va regretter de fourrer sa queue où il ne devrait pas.

J'ai la haine. Je dois, surtout, éviter de le tuer trop vite.

Mon pote enfile un coup-de-poing américain sur ses doigts. Je vérifie la sécurité de mon flingue, le remets dans le creux de mes reins sous mon sweat. Nous nous tournons vers la façade un peu miteuse, les deux R des néons de l'enseigne clignotent, indiquant que le bar est ouvert. Nous franchissons la porte et entrons dans les pièces sombres. En marchant côte à côte, épaule contre épaule.

Je jette un œil aux alentours. L'endroit est calme. Quelques gars boivent un verre en observant les filles faire leur show à la barre devant eux. Les lumières tamisées maquillent les tares de ce décor bon marché. Elles dansent et s'effeuillent en gestes langoureux. Malgré leur jeune âge, leur regard est terne et sans vie, empreint d'une fatigue de l'âme déjà bien présente. Leur sourire de façade montre juste ce qu'il faut pour convaincre le futur client. Mais avec un peu d'observation, on peut y voir le désespoir et la fatalité cachés derrière.

Je lance un paquet de billets sur le comptoir devant le barman.

– Hoggan ?

Il pâlit, hésite nerveusement puis sa main fait vite disparaître le fric. Il ne répond pas, mais jette un coup d'œil en direction d'une porte, dans le fond de la pièce et se détourne. J'ai ce qu'il me faut.

– On y va, je dis à Shane, qui m'emboîte le pas.

J'entre sans annoncer ma venue et surprends une scène qui ne m'étonne pas. Cette salle, qui devrait servir pour des séances privées et payantes, est utilisée pour le plaisir de cette ordure.

Hoggan est assis sur un des fauteuils qui entourent une table basse. Les bras en arrière, étendus sur le dossier, une bière dans une main. La tête renversée, il est affalé, les jambes largement écartées pour permettre à la fille, agenouillée devant lui, de lui sucer la queue plus facilement. Devant eux sur la table, se trouvent des cadavres de bouteilles d'alcool, des verres vides et des traces de lignes de coke.

Hoggan est accompagné de trois malabars, hommes de main aussi gras et repoussants que lui. Pensant ne rien avoir à craindre de seulement deux mecs, ils ne stoppent pas leur activité, et se redressent à peine à notre entrée. Le nombre n'est pas suffisant pour nous arrêter, surtout ce soir où j'ai un trop-plein de rage et de haine à expulser. Des gamines, limites majeures, sont assises sur leurs genoux ou en train de danser.

– Fiiive ! fait ce salopard, ironique. Quelle surprise !

Le sourire mielleux qu'il affiche paraît faux, même à cette distance, à l'inverse de son regard froid et calculateur.

– Hoggan.

Je serre les dents ainsi que les poings.

– Que me vaut ta visite ? On ne te voit jamais dans les établissements de Lyons. Il te faut quelque chose ? Une fille ? J'en ai de toutes sortes.

– Je ne viens pas pour ça. Je ne viendrai jamais pour ça.

Ma voix doit avoir la chaleur de la banquise.

– Tu as tort, tu serais étonné de voir à quel point c'est bon. Jouissif même !

Il passe une main dans ses cheveux gras et filasses. Il grimace un sourire narquois.

– Pas besoin d'une ordure comme toi ! Plutôt crever que de te demander quoi que ce soit.

La fille occupée à lui faire une pipe se fige, sentant la tension s'installer. Elle se redresse, mais le bâtard lui empoigne violemment sa queue-de-cheval et la pousse vers sa queue.

– Je ne t'ai pas dit d'arrêter, salope !

La phrase claque, sèche et brutale. Mon dégoût augmente.

– Je suis ici pour une affaire perso. Alors tu viens, de ton propre gré ou de force.

– Et pourquoi je te suivrais ? Je suis bien ici.

Il tend le bras pour me montrer son « domaine » et boit une gorgée de son verre.

– C'est toi qui vois. Mais je suis furax et si tu m'obliges à t'emmener par la force, ce ne sera pas beau.

Shane se déplace discrètement, se mettant de côté. Les pieds écartés, il prend l'air de rien une position d'attaque.

— Je t'emmerde ducon ! me lâche cette raclure.

Soudain, il repousse la pauvre fille qui tombe en arrière en émettant un petit cri de surprise.

OK, si c'est comme ça... Pendant qu'il fourre son engin à moitié flasque dans son pantalon, je démarre les hostilités. D'un mouvement, j'envoie valser le tabouret qui traîne à côté de moi. Il part en direction d'un des sbires du connard. Gorille numéro un se le prend en pleine face. Les filles s'agitent comme des poules poursuivies par un renard. Elles crient et courent en tous sens, essayant d'éviter la zone de combat.

Shane s'occupe du gorille numéro deux. Il lui attrape le poignet, lui fait une clé de bras, l'obligeant à ployer vers l'avant. Il lui balance son poing amélioré et gainé de métal dans les côtes. Un craquement net suivi d'un hurlement nous indique qu'il lui en a cassé au moins une. Il l'achève d'un coup de boule bien placé. K.-O. direct. Un de moins.

Pendant ce temps, je frappe gorille numéro trois d'un uppercut, le forçant à reculer. Il s'emmêle les jambes dans les fauteuils, s'effondrant en emportant tout sur son passage. Les verres se brisent, la table se disloque, les bouteilles roulent. Le fracas est assourdissant, étouffant les jurons de ma victime. Numéro un revient à la charge et se prend mon pied dans l'estomac. Il se plie en deux, le souffle bloqué. J'envoie une volée de coups au malheureux homme de main. Il devrait mieux choisir pour qui il travaille.

– Pitié, c'est bon. Je... je me rends. Il ne me paie pas assez pour ça !

Il finit un genou à terre, une main en l'air pour demander grâce, l'autre se protégeant la nuque. Pathétique ! Je le mets K.-O. d'un uppercut. Le laisser conscient serait le meilleur moyen pour qu'il m'attaque dès que je ne le surveillerai plus. Pendant ces échanges, Hoggan fait mine de reculer vers la porte pour se carapater en douce. Ce con pense ou espère s'en tirer comme ça ! Mais il n'est pas assez discret.

– Hey ! Salopard ! Tu bouges pas !

J'attire son attention pour le couper dans son élan.

Shane s'occupe du dernier, qui, dépêtré des sièges, arrivait dans mon dos. Il a voulu profiter de ma distraction pour me tomber dessus. Mon pote le termine d'un direct à la tempe et le silence revient. À part les pleurs des filles qui se sont terrées dans un coin, tout redevient paisible. Le calme après la tempête.

Je me retourne et fixe Hoggan. Moins de deux minutes ont passé depuis notre entrée en scène. La bagarre fut courte, mais pas suffisamment intense pour faire retomber ma colère. Je ne suis pas libéré, la pression n'est pas redescendue et je reste frustré. Du coup, je reviens vers ma cible initiale.

Ce lâche aurait bien voulu être ailleurs. Sa peau de rougeaud est suintante de transpiration. Il est moite de frayeur. C'est facile de s'en prendre à plus faible que soi, comme ces filles, qui doivent se montrer soumises de peur de représailles. Dans ce milieu, les hommes comme lui aiment asseoir leur autorité par la brutalité. Elles ne peuvent qu'obéir sinon les conséquences et les punitions sont toujours rapides et marquantes. Au point d'en faire des exemples pour les suivantes. Pour que cela ne se reproduise pas.

La situation actuelle le fait paniquer. Il n'a plus d'appui, plus de gros bras derrière lesquels se cacher. J'approche de lui, volontaire et ferme, en écrasant les bris de verres et les restes de meubles. À chacun de mes pas je vois la peur gagner du terrain sur son visage. Il peut voir la détermination sur le mien.

– Toi ! Tu me suis sans faire d'histoire, sinon je te saigne comme le porc que tu es.

– Mais... quoi... Ton père...

Mauvaise pioche, parler de mon paternel ne l'aidera pas, au contraire. Je le coupe en serrant méchamment son épaule. Il grimace sous la douleur. Il gémit comme une mauviette.

– J'en ai rien à foutre de Lyons ! C'est entre toi et moi.

Je le pousse vers l'extérieur et lui colle le canon de mon flingue dans le bas du dos. Il sursaute et pâlit. Shane ouvre la porte et vérifie que la voie est libre. Nous sortons calmement, lui devant, Hoggan entre nous.

– Si tu tentes quoi que ce soit, je te plombe comme un pigeon à la foire.

Je l'entends respirer fort et vite, des auréoles de sueur apparaissent sous ses bras. Suintant, puant, son odeur est à son image, pourrie jusqu'à la racine. Il est vraiment mal. Sa peur me plaît, je sens la noirceur envahir mon âme, je l'accueille avec joie.

Tout ce que j'aimerais lui faire subir danse dans mon esprit, j'imagine son sang et ses cris, ses suppliques aussi. Mais pas ici, pas maintenant. Bientôt.

CHAPITRE 27

EVY

Toutes les émotions par lesquelles je suis passée ces derniers jours, dont la plus forte, la haine de l'autre, ont laissé place à la haine de soi. Je me suis vue aussi noire que mes tourmenteurs, j'ai ressenti la mort de mon âme, de mon moi intérieur, avant d'ouvrir les yeux et de me rendre compte que je m'apprêtais à devenir pire qu'eux. Ils n'ont pas de conscience, donc ils ne peuvent pas tomber plus bas. Moi, j'ai volontairement mis la mienne sous scellé. Je l'ai bâillonnée et j'ai dépassé toutes les limites que je m'étais fixées. Mon amie avait raison. Je suis effondrée après l'avoir repoussée si durement. Clara ne voudra peut-être plus entendre parler de moi. Je lui présenterai mes excuses quand toute cette histoire sera terminée. Le danger rôde pour le moment, plus elle sera loin de moi, plus elle sera en sécurité.

Et grâce à qui j'ai retrouvé mes esprits ? Qui m'a remis les pieds sur terre en m'engueulant, en me regardant comme s'il ne me reconnaissait plus ? Five...

Il a raison, je devrais essayer de penser à lui comme Noah. Ce serait un pas dans l'acceptation et le début du pardon. Il a lui-même pété un plomb. J'ai vraiment cru qu'il allait me forcer, me prendre contre ma volonté. J'ai fait le parallèle avec ce que j'avais vécu. J'ai paniqué, j'ai déconnecté de la réalité. J'ai même cru entendre le rire d'Hoggan ! C'était ses mains, son corps sur moi. J'étais à nouveau une petite fille. Rien que d'y repenser, je suis prise de frissons incontrôlables.

Quand je me suis réveillée, Noah était encore dans l'appartement. Je l'ai écouté se changer, sortir, restant là sans bouger, lourde et vide à la fois. Son absence a vite fait ressurgir de sombres souvenirs, remplaçant la chaleur née de la tendresse de Noah quand il m'a câlinée et bordée.

Lui donner le nom de mon agresseur et lui reprocher son abandon n'était pas un calcul de ma part. Mais en y réfléchissant, je me dis que ça peut jouer en ma faveur. Qu'il soit rongé par ses actes passés, qu'il s'imagine ma douleur et qu'il cogite sur ce qu'il aurait pu éviter s'il avait tenu ses promesses. Oui, finalement, ce n'est pas une erreur de lui avoir révélé ce qui m'est arrivé.

En revanche en parler, surtout à lui, a rouvert les plaies de mon âme. J'ai mal, et des pensées noires envahissent mon être dans le moindre de ses recoins. Mais toutes ces émotions, mes larmes et mes cris ayant épuisé mon corps et mon esprit, je me suis rendormie sans le vouloir. Je n'ai pas su résister et j'ai plongé dans un sommeil réparateur. Ce n'est que plusieurs heures plus tard que j'ai finalement émergé de cette torpeur. Il m'a fallu tout mon courage pour sortir du lit et de la chambre de celui que je voudrais haïr.

Pour m'empêcher de broyer du noir, je me lève, forçant mes muscles endoloris. Je retourne dans mon appartement, je me douche et me change, passant une tenue confortable. Mes vêtements de la veille étaient froissés, sentaient l'humidité et la poussière. Je ne supportais plus cette odeur, qui me renvoyait à ces moments dans la cave du manoir. Un peu plus présentable, je m'installe dans le fauteuil avec une tasse de thé brûlant pour tenter de me réchauffer. Je suis glacée bien qu'il fasse très beau dehors.

Je dois me rendre à l'évidence. Ma vengeance se retourne contre moi. Je ne supporte pas mes actes, j'ai des remords. Pas pour Kenny, jamais. Mais Chloé… elle est un dégât collatéral qui me hantera longtemps. Je ne suis pas certaine de pouvoir me pardonner ce que j'ai fait, et surtout ce que j'ai pensé faire. Et Noah…

Un soupir s'échappe du plus profond de mon être. Noah. Il était choqué et abasourdi par ce qu'il a découvert ce matin dans la cave. Et je suis celle qui aurait dû vouloir le détruire, ne serait-ce que moralement. Malgré tout j'ai été effarée quand il a dévoilé que la personne qu'il recherchait, pour qui il se vendait, n'était autre que sa sœur. Elle ne doit pas être de Lyons. Il est bien connu que Noah est son fils unique. Le faire souffrir en lui retirant tout espoir de retrouvailles avec sa demi-sœur est atroce. Je ne savais pas, je n'aurais jamais cru qu'il avait une autre famille que Lyons. La perdre avant de l'avoir récupérée, et par sa propre faute... je n'aurais pu espérer meilleure vengeance.

Et pourtant... quand je vois sa droiture, ses principes, quand je suis au centre de son attention, de sa tendresse, j'ai du mal à ne pas changer d'avis. Je pourrais lui avouer que j'ai une copie des données, je pourrais lui rendre sa sœur. Et éviter d'abandonner le reste de mon humanité. Je pourrais... *Mais le ferai-je ?*

Mon cœur balance. Noah m'attire, je ne peux le nier. Il a une grande gueule, des réactions parfois limites. Il veut se montrer fort, sans faille, en prenant des poses et des attitudes de macho, arrogant et sûr de lui. Mais je le connais maintenant. C'est une façade pour se protéger, de son père, de son entourage.

Si je le laisse entrer dans mon espace, me séduire et si je m'autorise à tomber amoureuse, je devrais renoncer à ma vengeance. Du moins, en partie. Je souffle sur mon thé, tout en réfléchissant. Pesant le pour et le contre. Je dois faire un choix, cette attirance, cette attraction que je ne réussis pas à ignorer, ou toute la rancœur et la violence que j'ai accumulées pendant toutes ces années. J'aurais pu oublier, si ma famille était restée soudée. Mais rien n'a plus été pareil.

Je repense à mon père, le sénateur Russel, qui se souvenait des cris de sa petite fille. Qui pleurait quand il m'a prise dans ses bras. J'étais détruite, blessée, brûlée. Son regard hanté, ses frissons contre mon corps maltraité. Il ne voulait plus me lâcher, même à l'hôpital.

C'est aussi pour lui que je suis ici. Après « la cave » – c'est ainsi que je nomme les journées et nuits que j'ai vécues dans cet endroit sinistre –, tout a été brisé, tout a changé. Pris de remords et de honte, mon père ne me parlait plus, ne me regardait plus. Il ressassait les évènements, convaincu que s'il avait été plus malléable, moins droit, moins intègre, je n'aurais pas été victime de ces êtres vils et monstrueux. Ne supportant plus cette ville ni le pays, il a tout quitté après m'avoir récupérée.

Nous nous sommes éloignés, exilés volontaires, pour échapper aux souvenirs. Ma mère a plongé à pieds joints dans l'alcool, niant les faits et vivant hors de notre réalité. Mon père a démissionné de son poste de sénateur. Il a obtenu une place d'ambassadeur en Europe. Partir le plus loin possible était devenu une obsession. Il ne pouvait pas me voir sans penser à ce qui était arrivé. Tenaillé par la honte et les souvenirs de mes hurlements, il a trouvé un institut très discret pour me soigner. Mes cicatrices n'étaient que la face visible de mes soucis. Je ne pouvais plus supporter de vivre. La seule lueur d'espoir fut ma rencontre avec Clara, internée pour cacher aux paparazzis sa dépendance à l'alcool et aux drogues. Enfant de star, elle n'avait pas vraiment reçu d'amour parental. Elle ne servait qu'à augmenter la popularité de l'un ou de l'autre, avant d'être l'enjeu du divorce le plus médiatique de la décennie. Ces faux-semblants, l'indifférence de ses parents et l'argent facile, l'ont poussée à se perdre dans les addictions. Quand nous nous sommes rencontrées, chacune a été le salut de l'autre. La seule lumière dans les ténèbres de nos vies.

Il a fallu beaucoup de discussions pour que je puisse reprendre un semblant de vie normale. Comme je pouvais donner le change et m'appuyer sur l'amitié naissante avec Clara, j'ai convaincu mon père de me faire sortir. Il a alors payé pour que j'intègre une école privée en Suisse. Son argent, patrimoine familial venant de quelques générations en arrière, a fondu au soleil. Il l'utilisait pour ma protection, bien que je ne sois plus la cible de qui que ce soit. Il m'étouffait de sécurité, de vérifications en tous genres. Toute personne m'approchant devait démontrer son honnêteté. Je ne pouvais pas faire un pas sans mon garde du corps.

Malgré des séances de psy, condition obligatoire pour quitter la clinique, je ne respirais plus, sombrant dans des abîmes d'angoisse. Les cauchemars ne me quittaient pas, les crises d'anxiété minaient ma santé. Je ne pouvais pas reprendre un semblant de vie normale. Même mon prénom était un problème. Je le haïssais, je ne supportais plus de l'entendre. Le psychologue a dû se rendre à l'évidence, c'était un facteur de stress qui engendrait des crises. Après réflexion, il m'a aidée à en choisir un nouveau. Un qui me donnait de l'espoir. Evy, dont la racine est Ève. Ève, le renouveau, mais pas l'innocence. Plus de pureté, jamais. Ce nom apporte le fruit du péché avec lui, dans toute sa signification biblique. J'y ai trouvé une résonance, une vibration qui me convient. Une identité.

Ce kidnapping a éclaté ma famille. Ma mère nous a finalement abandonnés, pour aller oublier ses malheurs sous le soleil de la Méditerranée. Quelques mois après son départ, j'ai reçu une lettre de papa qui me disait adieu. Il ne supportait plus de continuer, d'essayer en vain de faire semblant, de jouer la comédie du bonheur. Il voulait à tout prix conserver les apparences d'une famille unie et heureuse, vieux réflexe de son éducation conservatrice. Mais le poids sur ses épaules était trop lourd à porter. Je venais d'avoir dix-huit ans, je terminais le lycée et devais le rejoindre. J'ai laissé Clara, lui promettant de vite revenir.

Il s'est pendu, seul dans son bureau. Je n'ai pas pu le voir une dernière fois ni lui dire au revoir. J'ai été prévenue tardivement, j'ai dû attendre le lendemain pour prendre un avion à destination de Londres. Le temps d'arriver, le cercueil était fermé. Les employés des pompes funèbres ont refusé que je le voie, prétendant que ce serait trop traumatisant. Lyons doit payer. Pour ce que j'ai subi, mais aussi pour la mort de mon père. Pour qu'il repose en paix.

La tasse est froide, je n'ai finalement pas bu ce thé. Je suis toujours glacée. Je ne trouverai du réconfort nulle part et rien ne pourra me rendre ma famille. Ni la vie que j'aurais dû vivre. Les remords – ce que j'ai fait à Chloé dans cette cave, mes intentions face à Five – me rongent, mais n'empêcheront pas la mission que je me suis fixée. Et la seule qui puisse me comprendre est loin à présent, par ma faute. Mon cœur se serre et des larmes tentent encore de dépasser la frontière de mes paupières.

Des coups résonnent contre la cloison de la porte. Je sèche mes larmes et vide mon esprit de toutes ces pensées, toutes ces ombres du passé. Ma résolution doit être forte, solide. Sans faille.

– Evy !

Five est derrière, attendant une réaction de ma part.

– Ouvre ! Tu sais que je peux entrer quand je veux.

Il a raison, il l'a déjà fait. Je n'ai toujours pas compris comment d'ailleurs ! Je lève les yeux au ciel, même s'il ne me voit pas, me lève, entrouvre la porte et retourne m'asseoir. J'évite son regard, pour ne pas craquer, pour ne pas me jeter dans ses bras.

Je ressens sa présence près de moi. Sa main vient caresser ma joue puis repousser une mèche de cheveux derrière mon oreille.

– Il faudrait que tu me suives.
– Non, pas maintenant.

Ma réponse est nette et sans appel. Il me faut du calme et de la solitude pour réfléchir.

– J'ai… quelque chose pour toi. Un… cadeau.

Mes sourcils se lèvent. Pourquoi offrir un présent à la femme qui lui a tout pris ? Je devrais me méfier, mais son hésitation m'interpelle.

– Un cadeau ? C'est quoi ?

– Je ne peux pas te le montrer ici. Il faut se rendre dans ta maison.

J'ai un mouvement de recul, secouant la tête pour marquer mon refus. Je ne veux plus voir cette bâtisse. Plus jamais ! Hors de question que j'aille là-bas.

– Tu me fais confiance ?

Quelle question ! Oui… oui, je lui fais confiance. Dans tout ce qui s'est déroulé entre nous, tout ce qu'on a vécu, il n'y a qu'une constante, le fait que je croie en lui. La femme que je suis devenue en est sûre. Bien qu'il ait brisé mon cœur d'enfant, il a réussi à relever un défi que je pensais impossible : reconquérir mon cœur de femme.

Je ferme les yeux, inspire un bon coup et le laisse m'y conduire. Pourtant, je ne souhaite pas me retrouver dans cet endroit. Pourquoi là ? Que désire-t-il m'y montrer ? Ne pourrait-il pas le faire ailleurs ? Toutes mes questions restent sans réponse. Noah ne veut rien me dire. Mes réflexes de méfiance me murmurent que c'est peut-être une vengeance pour tout ce que je lui ai caché.

Lorsque nous arrivons finalement, une voiture est déjà garée devant le manoir. À peine entrée dans le hall, je stoppe. Je refuse d'aller plus loin. Noah me prend le poignet et me tire doucement vers l'une des pièces à l'arrière de la maison. Lorsque je comprends que notre destination n'est pas la cave, je respire plus librement. Nous croisons Shane, qui, nous entendant approcher, arrive de l'un des couloirs donnant sur le jardin. Il me salue de la tête.

– Tout est en ordre. Je reste devant au cas où tu aurais besoin de moi, dit-il à mon compagnon.

Puis il s'en va calmement, les mains dans les poches. Devant la double porte fermée d'un salon, Noah me retient. Il se met face à moi, entourant ma nuque de sa grande main. Son toucher est délicat, comme si j'étais une petite chose fragile qui risque de se briser en un million de morceaux. Cherchant ses mots, il pose son front sur le mien. Après un soupir, il se redresse et capture mon regard. Le sien est sérieux, intense.

– Evy, il faut que je te dise… il hésite, puis se lance. Tout ce que tu as subi. Je ne peux pas comprendre, ni ton désarroi ni ta tristesse. Mais je ne peux même pas imaginer ta douleur. Physique ou morale. Mais il y a une chose…

– Noah… je le coupe, je ne veux pas qu'il se mette à ma place.

– Chut, laisse-moi finir. Tu es venue pour te venger, ou rendre justice. Tu n'es plus seule, je suis là. Et je peux, je veux faire deux choses pour toi.

– Tu n'es pas obligé.

Il est en attente. Je ne peux pas lui permettre d'être plus tendre encore. Sinon comment mon cœur pourrait résister ?

– Si. Avant tout, j'ai besoin de te demander pardon.

Ma surprise est telle que j'ai un hoquet. Il continue en me serrant contre son torse.

– Je ne veux pas m'excuser, non. S'excuser, c'est se trouver des circonstances atténuantes. Tu comprends maintenant pourquoi j'ai obéi. À contrecœur, la mort dans l'âme car j'avais peur pour la sécurité de ma sœur. Mais ce n'était pas juste pour toi, tu as souffert. Et donc, je te demande pardon.

– Tu...

Il caresse ma joue et je me rends compte que je pleure. Que dire ? C'est la première personne à me demander pardon. Je pourrais lui dire que j'ai tourné la page, mais je ne peux pas lui mentir. Pas encore. Même si je comprends son explication, je n'arriverai peut-être jamais à le regarder en face et lui avouer que je n'ai plus de rancune envers lui.

– Et j'ai quelque chose pour toi. Pour que tu puisses mesurer la sincérité de mes paroles.

Il fait un pas en arrière. Une main sur la poignée, il ouvre le battant et me tire à sa suite. Je ne vois pas ce qui se cache devant lui, mais la tension dans sa posture me fait hésiter. La lumière qui traverse les fenêtres m'éblouit quelques secondes. Je cligne des yeux pour adapter ma vision puis je parcours du regard la pièce presque vide pour trouver la raison de notre présence ici. Mon cœur manque un battement. Ma respiration se fige, mon esprit rejette tout en bloc. Je suis paralysée de terreur. NON ! Dans ma tête, la voix d'Annabelle résonne en boucle.

Un homme est assis sur une chaise, les poignets liés aux accoudoirs. Il a vieilli, mais je ne vois que son regard, son sourire pervers. Ses yeux n'ont pas changé. Ils reflètent toujours ses pensées. Fenêtres ouvertes sur des plaisirs malsains et contre-nature. Il ne vit que pour lui, pour ses débauches.

Je ne peux pas. Je n'ai pas la force de rester dans la même pièce que lui. Partager le même air, respirer l'oxygène vicié par cette saleté de violeur. Je recule précipitamment, ne contrôlant plus le mouvement de mes jambes. Je me serais enfuie si Noah ne m'avait pas retenue. Il met ses mains en coupe autour de mon visage, déviant mon regard de ce rappel vivant de mon calvaire.

– Hey ! Evy ! Calme-toi.
– Que… que…

Je ne peux pas parler ni penser correctement. La panique me transperce de part en part. Mon corps est pris de frissons, je me sens tomber. Je suis au bord de l'asphyxie. Un voile noir passe devant mes yeux. Si ça continue, je vais tourner de l'œil.

– Chut… pardon ! J'aurais dû te prévenir.
– Mais… Il… C'est…

CHAPITRE 28

EVY

– Oui, c'est Hoggan. Tu ne risques rien. C'est toi, maintenant, qui maîtrises la situation. Je te l'ai amené pour que tu puisses te venger, mais j'aurais dû te préparer.

Je m'accroche à son sweat, le nez enfoui dans son cou. Je m'imbibe de sa présence, essayant de faire reculer ma frayeur. Oui, il est prisonnier. Oui, il ne peut plus rien me faire. Je suis adulte et il est attaché.

– Je… j'ai été surprise. Je ne pensais pas le voir, je murmure contre le tissu.

– Je suis désolé. Je ne savais pas comment te le dire. T'offrir sur un plateau l'ordure qui t'a violée pour le torturer, ou le buter, n'est pas un sujet facile à aborder.

Il grimace et hausse les épaules. Un peu gêné de son… offrande ?

– Ça va. Ça va aller…

Je n'étais pas prête, je ne le suis toujours pas. Mais je dois profiter de cette occasion. Je me redresse et reviens doucement dans la pièce. Il n'a pas entendu nos paroles, il attend en faisant semblant d'être à l'aise. Il sourit, montrant ses dents dont l'une est en or. Il est prétentieux et n'a pas de crainte pour l'instant. Comme les autres, il ne m'a pas reconnue.

– Salut, ma belle !

Il me scrute de la tête aux pieds, me déshabillant en pensées. Je lui retourne le geste, non dans un but sexuel mais pour chasser ma peur. Le passé est puissant, je dois le repousser en me concentrant sur les détails de la réalité. Ainsi, je me convaincrai qu'il ne peut plus rien et que son souvenir n'aura plus jamais la possibilité de me faire pleurer. À présent je comprends que je n'étais en rien responsable. J'étais une petite fille innocente, une victime qui n'a rien à se reprocher. Je me suis battue le plus possible à l'époque, mais j'étais attachée et tellement plus faible que ce malade.

Il a vieilli, grossi aussi. Sa peau est luisante, ses joues retombent, flasques. Ses lèvres sont fines et sèches, un peu fendues et craquelées. Il a un double menton qui déborde sur son cou. Il porte une chaîne en or entre les pans ouverts de sa chemise. Il a toujours sa chevalière à son petit doigt de la main droite. Je me souviens d'elle. Elle m'avait laissé des traces pendant longtemps, il m'avait frappé du revers de la main qui marquait ma pommette de bleus plus douloureux à chaque coup. Son attitude et sa façon de s'habiller ont tout du cliché et démontrent bien son penchant pour les perversions en tous genres.

Mon ressenti est différent aujourd'hui. Je suis libre, plus âgée, plus forte. Et grâce à Noah, en position dominante. Ainsi, il ne me semble plus si effrayant. Il est antipathique, dégoûtant, mais il n'a plus aucun pouvoir sur moi. Il ne peut ni me faire trembler, ni me faire éprouver de la douleur.

En revanche je peux, moi, lui faire mal. Le mettre à genoux et l'obliger à supplier pour sa survie, qu'il regrette ses coups, ses rires… Je ne suis plus Annabelle. Elle est morte par sa faute. Je suis Evy et je suis forte. Cet homme a hanté mes nuits, a gâché ma vie, il a détruit ce qui devait être beau. Ce que j'aurais aimé pouvoir offrir à mon premier amour. Et donc, il doit payer.

Il est aussi laid de l'extérieur que de l'intérieur. Ses traits physiques sont le miroir de son âme pourrie, comme si tout le mal qui le ronge ressort pour marquer chacune de ses expressions. Son regard sournois et ses manières démontrent une certaine avidité, une cupidité insatiable.

– Five, quelle jolie surprise, tu m'offres une fille ?

Il est imbu de lui-même, croyant que je ne suis là que pour le sexe. Son arrogance est sans limites.

– Jamais ! je ne peux m'empêcher de lui jeter.

S'il me touche, ne serait-ce qu'une fois, je lui vomis dessus. Son regard lubrique est suffisant pour me rendre malade.

– De toute façon, tu es trop âgée pour moi. J'ai une préférence pour les jeunes filles en fleur, il répond en souriant.
– Connard !
Noah le contourne et le frappe dans la nuque. Il est très nerveux. Il retient d'autres coups, serrant les poings et crispant les épaules, et ses yeux ont foncé. Son regard est dur et je suis heureuse de ne pas être la cible de ses pensées noires.
– Tu es là pour payer ! Pour expier tes fautes et ton comportement ignoble, fait-il.
– Moi ? Mais je suis la bonté même !
Il joue, il rit. Il s'estime intouchable, malgré sa mauvaise posture.
– Tu es seul, tu n'as personne et il n'y a aucun témoin ici. Ne crois pas une seconde que tu vas t'en sortir.
Pendant que Five continue à tourner autour du prisonnier, je serre les bras autour de moi. Je ne suis pas prête à faire quoi que ce soit. Mais être présente maintenant pourrait être salutaire pour moi.
– Five !
Je ne l'appellerai pas Noah en présence de cette crapule. Il se dirige directement vers moi, se penche pour écouter mon murmure, afin qu'Hoggan ne puisse nous entendre.
– Je ne pourrai rien lui faire, je lui avoue.
Je glisse les doigts dans les passants de son jean. J'ai besoin de m'accrocher à quelque chose de concret. Il est tellement solide et droit, il est

mon ancre dans la tempête qui s'abat sur mon esprit.

– Je... je n'y arriverai pas. C'est plus fort que moi. Je ne vais pas pouvoir m'approcher de lui. De cette... ordure.

La panique ressurgit, ma respiration s'emballe. Rien que l'idée d'être à proximité de mon violeur, même dans le but de lui faire du mal, me bouleverse. J'en pleurerais bien si ma fierté ne me hurlait pas dessus. Je ne dois absolument rien montrer, ni ma peur ni mes sentiments envers Noah, à ce salaud. Non, il s'en repaîtrait, et les utiliserait contre moi.

– C'est normal, rien ne t'y oblige. Si ce n'est pas possible, ne t'inquiète pas. Je suis là, moi.

Surprise, je relève la tête vers lui et vois dans ses yeux ce que signifient vraiment ces quelques mots. Serait-ce envisageable qu'il puisse aller jusque-là ? Pour que je lui pardonne ? Me veut-il à ce point ?

– Je ne peux pas te demander ça, je lui souffle, sonnée par ce qu'il me propose, et tout ce qui en découlerait.

– Je ferai tout ce qu'il faut. Pour toi ! Je serai ce que tu veux ! Une épaule pour te consoler, un mur pour te soutenir, une arme pour te défendre ou te rendre justice.

– Oh, Noah.

Il me serre, me fixe. Il semble convaincu par ce qu'il dit. Cette déclaration me frappe, me secoue. Mon cœur se fend. Les sentiments que j'éprouve pour lui, mais que je retiens depuis que je l'ai retrouvé, débordent et franchissent le barrage qui les contient. Oh mon Dieu, cet homme est incroyable. Tendre quand il le faut, fort au bon moment. Il pourrait être amer, me tourner le dos. Mais non, il m'offre encore, ici et maintenant, la preuve de son attachement et de sa probité.

C'est un homme droit, sur qui je peux compter. Il est beau, sexy, mais bon aussi. Et moi, je suis tellement sombre à l'intérieur. J'apporte les ténèbres, je finirai par salir son âme. Je suis toxique, j'empoisonne tout ce que je touche. Mais je ne peux pas m'éloigner, partir et le laisser. Il me donne tout, je prendrai tout. Me servir de lui décuple ma culpabilité et noircit encore plus ma conscience.

— Tu... Tu ferais ça pour moi ? Tu le frapperais ? Tu le blesserais ?

— Tout ce que tu veux, tout ce dont tu as besoin !

Il me caresse le visage, enlace ma taille, embrasse mes lèvres.

— Même le tuer ? j'insiste, pour être sûre d'avoir compris la portée de sa proposition.

— Il ne mérite pas de vivre. Il y a longtemps qu'il aurait dû crever.

S'il fait cela pour moi, c'est que je suis importante à ses yeux. Qu'il tient à moi, plus qu'à n'importe qui ! Je peux compter sur lui, être certaine qu'il sera toujours près de moi, présent dans les pires moments. Pour m'épauler, me seconder ou juste... m'aimer ! Il n'est plus ce jeune homme qui n'a pas su me porter secours, qui m'a abandonnée sans imaginer qu'il me laissait entre les mains d'un violeur d'enfants. À l'époque, il a failli, mais aujourd'hui, il est à mes côtés. Il m'a demandé pardon avec des mots, mais maintenant encore mieux, il le fait avec des actes.

Five acquiesce à ma demande sans une hésitation. Il se tourne vers Hoggan. Celui-ci nous écoute, il essaye d'entendre nos paroles. Il transpire tant il est anxieux, assimilant que sa situation est mauvaise et qu'il risque gros. Noah le rejoint, le regarde de haut. Je reste sur le seuil, ne pouvant pas entrer. J'en suis incapable.

– Tu n'es qu'une merde. Tu vas enfin avoir ce que tu mérites.

– Quoi ?

– Tu n'es qu'une saloperie de pédophile ! crie Noah.

– Ah !

Ses épaules se relâchent, un sourire ironique apparaît sur ses lèvres desséchées. Il étire la bouche en une grimace satisfaite, laissant entrevoir sa dent en or.

– Oui, et alors ? J'assume, chacun ses plaisirs.

– Tu me dégoûtes, répond Five en serrant les poings.

– J'y peux quoi, moi, si j'aime les corps jeunes. Leur peau douce, leurs os si fragiles, leur goût si particulier, leur parfum addictif… Humm… et leur petit cul si étroit…

Il provoque mon protecteur, il le fait exprès, pour le choquer encore plus. Ses yeux brillent de concupiscence. Il en baverait presque. Il me dégoûte.

– Tu n'es qu'une raclure ! je crie.

Il se tourne vers moi, se demandant finalement qui je suis.

– Qu'est-ce que tu veux, toi ? J'ai baisé ta gosse… ? Non… ? À moins que… À voir ta tronche, c'est toi que j'ai défoncée peut-être ?

Je rejette la tête en arrière comme si je recevais un coup réel, la respiration courte, le cœur prêt à exploser.

– Dans le mille… Pourtant je ne me rappelle pas de toi et de ton petit cul. Tu ne devais pas être si bonne.

Je craque, je cours vers lui sans réfléchir. J'évite Noah, passant très vite à côté de lui. Je le frappe au visage. La douleur dans ma main me confirme que j'y ai été fort. Je voudrais le tuer. Mon esprit est rempli des cris d'Annabelle, je hurle sans savoir ce que je dis. Je n'entends rien, je ne vois rien, sauf ses yeux qui me transpercent et me narguent. Alors je continue pour l'anéantir et qu'il ferme ses paupières à tout jamais.

Des bras forts et solides m'encerclent, me tirent en arrière. La fureur s'estompe et je constate les dégâts. Il saigne du nez, il est décoiffé et débraillé. Je l'ai griffé aux joues, ratant de peu ses globes oculaires.

– Arrête, Evy, calme-toi.

L'envie de le tuer est toujours aussi présente. Elle me dévore, me ronge les entrailles. Il faut qu'il crève !

– Tue-le, je chuchote. Tue-le, ma voix prend du volume, elle monte crescendo. Tue-le, tue-le, TUE-LE ! je crie, hystérique.

Ses bras se resserrent, son menton est sur mon épaule. Il m'entoure, enveloppe mon corps, retient mes frissons et me berce pour me calmer.

– Oui ! Oui, je vais le faire. Chut...

Il me lâche et je tombe à genoux, mes poings se referment sur la toile de mon jean. La sensation du tissu solide et doux sous mes doigts me ramène un peu à la réalité, m'ancre dans le moment présent et expulse les réminiscences du passé. Il avance vers mon cauchemar et sort une arme de sous son sweat. Hypnotisée par la scène qui se déroule devant moi, j'attends la suite.

– Five, non ! S'il te plaît ! Non !
– Elle veut que tu paies.
– Non, ne me tue pas. Je regrette !
– Tu mens, mais tu vas bientôt être plus sincère.

Muette, je me balance d'avant en arrière sans vraiment en avoir conscience. *Tue-le, tue-le...* Dans ma tête, résonnent les cris que je retiens de toutes mes forces.

Five met en joue le prisonnier. Celui-ci tire sur ses cordes, tente de se dégager. Il gémit, pathétique. Five pointe lentement le canon de son arme, le dirige vers la tête, puis le cœur. Descendant de plus en plus, il vise le ventre, puis le bas-ventre de cette brute. Ce connard, paniqué, referme les jambes, croyant que ça protégera sa queue. Mais mon vengeur veut qu'il supplie, qu'il pleure même.

Subitement, il vise le genou et tire. Le bruit est fort, me faisant sursauter. Je me bouche les oreilles avec un temps de retard. Le sang gicle, Hoggan hurle comme une fillette et est pris de tremblements.

– Ah ! Putain ! Salaud… Ça fait mal !
– C'est le but ! Tu comprends maintenant ? Tu ressens ce qu'un enfant qui ne peut pas se défendre endure sous tes coups et tes attouchements. Non ? Attends !

Il redresse son bras armé, le canon intimidant, reprenant ses menaces. Plus il souffre, mieux je respire. La satisfaction m'envahit bien que je ne tienne pas l'arme et que je ne tire pas. Je suis la commanditaire, la source de sa douleur.

– Non ! Pitié !

Il pleure. J'ai pleuré.
Il supplie. J'ai supplié.
Il n'a pas arrêté. Je ne stopperai pas Five.

Un sourire apparaît progressivement sur mes lèvres. C'est horrible et en même temps jouissif.

– Vas-y ! Tire encore ! j'ordonne, ne pouvant plus attendre.

Il obéit instantanément et lui explose l'épaule. Encore du sang. Encore des hurlements. Je me relève et fais un pas vers lui. Il me fixe en pleurnichant. Je m'imagine lui agrippant l'épaule, enfonçant un pouce dans le trou pour augmenter la douleur à un niveau insoutenable. Mais je ne peux pas, je n'y arrive pas. Ce qu'il ressent est déjà suffisant, sa douleur apaise à peine la mienne.

– Ahhh ! Non ! Je t'en supplie, tu ne peux pas... Non !

– Si ! Et je le fais. Tu n'as pas écouté quand j'ai imploré il y a dix ans. Tu riais. Et bien je vais savourer cette douleur, cette fin pour toi !

– Pitié ! Je ne recommencerai plus, il gémit comme un enfant.

– Je ne te crois pas, tu es un pervers. Tu te remettras à violer des fillettes dès qu'on te relâchera. Et jamais, tu entends, JAMAIS, je ne pourrais le supporter.

– Oui !

Son visage change et tout le mal qui le remplit est visible. Il laisse voir ses vraies intentions, comprenant que supplier ne lui apportera rien.

– Oui, je recommencerai. Et je suis heureux de le faire. Ces gamines ne veulent que ça. Ta pute, là !

Il se tourne vers Five en parlant de moi.

– Je l'ai eue avant tout le monde ! Avant toi ! T'en penses quoi qu'on ait baisé la même chatte ? Hein ?

Hoggan a capté qu'il ne s'en sortira pas. Il se lâche et déblatère des horreurs.

– Et ta petite sœur chérie ! Celle que tu cherches désespérément...

Noah se crispe. Il a marqué un point, enfoncé une lame dans le cœur de mon homme.

— Elle aussi, je lui ai défoncé le cul, elle criait après toi. C'était à pleurer de rire. J'ai pensé à toi pendant tout le temps que je la tringlais…

Ces mots ne sont que des conneries, c'est évident, pour blesser Noah une dernière fois. Mais il garde son calme, il a compris son jeu. Son visage reste de marbre, il ne lui donne pas la satisfaction de le voir trembler de peur pour sa sœur. Non, il ne lui fera pas l'honneur de l'achever rapidement. Il doit souffrir.

Five pose sa main sur mon épaule, me tend le pistolet. Je le saisis. Il est plus lourd que le mien. Mon bras plie sous son poids. Mais je ne reculerai pas. Il n'est pas possible de laisser vivre une saleté comme lui. Ma vision est floue et clignant des paupières, je me rends compte que je pleure. Du dos de ma main libre, j'essuie cette preuve de fragilité. Je renifle sans distinction. Il tente de fuir, tirant de plus belle sur les cordes. Et même si le sang pourrait aider à faire glisser un poignet plus facilement vers la liberté, il affaiblit considérablement ma future victime.

— Five ! Ne la laisse pas faire ça ! Ton père te le fera payer.

Dernier essai pour avoir la vie sauve.

— Rien à carrer de mon géniteur !

Il vient derrière moi, colle son torse contre mon dos. Sa main descend de mon épaule en une douce caresse. Ses doigts entourent mon poignet et lui offrent la force de redresser le flingue dans la bonne direction. Il me soutient dans tous les sens du terme. Physiquement aussi bien que moralement, me donnant son accord non verbal pour terminer le travail. Son souffle frôle mon oreille, déposant un baiser délicat sur mon lobe.

– Je suis là, tu peux le faire.
– Oui, Five.

Je relève les yeux et tourne un peu la tête pour croiser son magnifique regard vert.

– Je te pardonne Noah, je chuchote.

Je le sens vibrer contre ma colonne vertébrale, de soulagement ou de surprise, je ne sais pas. Je reviens à Hoggan.

– C'est fini, tu ne nuiras plus jamais. Les vermines de ta sorte n'ont qu'un destin, les ordures.

Et j'appuie sur la gâchette. Le recul tord mon articulation, mais Noah me retient. La balle part dans un BANG assourdissant, se logeant entre ses deux yeux. Elle projette violemment sa tête en arrière et la chaise se renverse. J'ai le temps de voir le sang et des fragments de son crâne être expulsés et éclabousser le mur avant que tout s'arrête. Les pieds en l'air, le dossier contre le sol, une flaque d'hémoglobine se répand. Ce rouge me fait reculer. L'odeur spécifique, un peu métallique du fluide vital, me prend à la gorge et me donne la nausée.

Je ne peux plus tenir l'arme et mes doigts se desserrent, engourdis de s'être trop crispés. Mon complice la récupère avant sa chute et entoure ma taille de son autre bras. Il me berce, me câline et débite des mots sans suite pour calmer mon état de choc. Il me tourne vers lui, me cachant la vue de son cadavre.

– C'est fini. Il est mort. Plus jamais il ne te fera du mal…

– Je veux partir, loin. Sans rien qui me rappelle cette journée. Emmène-moi vite, s'il te plaît, Noah…

CHAPITRE 29

EVY

La suite de l'hôtel est luxueuse. Non, somptueuse. Elle est décorée dans les tons beige, crème et or. Un lit taille XXL trône au milieu de la chambre. Un tapis moelleux est étalé devant une cheminée de marbre avec un foyer imitant à la perfection un véritable feu. Tout appelle au bien-être et à la détente. Noah a dirigé mes pas depuis l'entrée sans aucune hésitation.

Il a été accueilli en VIP. Il est connu ici, apprécié aussi, que ce soit pour son argent ou sa réputation. Qu'importe, les portes s'ouvrent sur son passage. Le concierge est aux petits soins, affable et obséquieux. Il manque juste les courbettes.

– Dois-je vous faire apporter un repas léger ? Chaud ? Du champagne ?

– Un repas chaud, oui. Et de la discrétion.

– Cela va sans dire, monsieur.

Quelle que soit l'exigence du client, cet établissement trouvera le moyen de le contenter. De façon rapide et efficace.

– J'ai froid.

Je n'arrive pas à parler plus fort que le pauvre murmure qui vient de franchir mes lèvres frémissantes. J'ai donné tout ce que j'avais, je suis vide, plus rien ne m'atteint, plus rien ne vit en moi. J'ai libéré ma haine, la projetant vers mon ancien tortionnaire et il ne me reste rien. Je n'ai plus d'énergie, plus l'envie d'exprimer tout haut mes pensées, ni mes besoins. L'état de choc induit par les évènements du manoir s'est renforcé, je suis prise de tremblements, aux bords de la nausée. Je me sens salie, avilie.

J'ai tué mon violeur, j'ai achevé une vie qui ne méritait pas d'être. J'ai empêché par cet acte de nouveaux crimes, mais mon esprit se révolte contre le geste en lui-même. Être juge et bourreau est beaucoup pour moi. Trop même. Noah augmente la température de la suite et me pousse vers la salle de bains.

Aussi grande que la moitié de mon appartement, elle éblouit par sa débauche de dorures, de faïences et de lumières LED. Il y a une double douche à l'italienne et une immense baignoire encastrée dans le sol. On y accède par quelques marches de marbre. Une étagère propose tout un éventail de produits de beauté et de savons, ainsi que des serviettes éponges moelleuses. Dans un coin éloigné se trouve l'incontournable jacuzzi, face à la baie vitrée. Je vois tout, mon cerveau enregistre les détails. Je fais l'inventaire, mais je suis comme dissociée, sans intérêt, sans envie de m'investir, ni même de bouger.

Mon compagnon me laisse au milieu de tout ce luxe. Il prépare un bain, faisant couler l'eau, choisissant les senteurs du bain moussant. Un parfum fleuri embaume l'atmosphère et la vapeur se propage. Elle recouvre de perles d'humidité les miroirs et ma peau. Je reste là, figée, les bras ballants, la tête baissée et le regard dans le vide. Si je réfléchis, je vais pleurer. Donc je réprime mes pensées, refusant de craquer. Des doigts tendres viennent me déshabiller. En douceur, sans à-coups ni brusquerie, lentement, en prenant tout leur temps. Noah n'y met aucune sensualité, juste des gestes naturels pour un acte somme toute banal. Chaque vêtement est jeté loin de nous. Ils sont foutus, imbibés du sang de cette ordure.

– Je vais m'occuper de toi. Viens, voilà.

Il me guide vers le bassin plein de mousse. Je suis si perdue dans mon monde que je sursaute quand mes pieds entrent en contact avec l'eau chaude. Nue devant Noah, je suis pourtant indifférente à cette situation. Je me glisse dans ce liquide à la brûlure bienfaisante qui se referme sur moi comme une couverture douillette. Je me laisse aller. Je dérive doucement en flottant. Les bulles de savon se collent à moi, me caressant et rendant ma peau douce et soyeuse. Mes cheveux flottent autour de ma tête et mes épaules, s'enroulant autour de mes bras comme du lierre. Je clos les yeux et permets à ma conscience de divaguer.

Noah m'a aidée, m'a apporté sur un plateau d'argent la tête de mon pire cauchemar. Il est comme un chevalier qui parcourt la terre et poursuit les dragons pour les offrir à sa bien-aimée. Je souris de cette idée romantique. Le parallèle est ironique. Il est droit et a des principes, mais je ne suis en rien cette pauvre princesse en détresse. Non, je suis plutôt la fille toxique qui finira par le mener à sa perte. Je lui souhaite de moins en moins de mal. Cette attirance pour lui, cette obsession, lutte désormais contre mon envie et besoin de vengeance. Je ne pourrai bientôt plus lui vouloir du mal.

L'eau bouge. Les clapotis, qui me surprennent et m'éclaboussent, proviennent de Noah. Il entre dans la baignoire et s'installe face à moi. Ses jambes entourent ma taille, ses mains soulèvent mes pieds et les déposent délicatement sur son ventre. Je fais abstraction, j'essaie du moins, du fait qu'ils ne sont pas loin de son entrejambe. Il démarre un massage de ma voûte plantaire et passe même entre mes doigts de pied. Il serre, malaxe, appuie sur les points sensibles. Mes tremblements commencent à diminuer et des soupirs de bien-être prennent le relais. Je frémis, frissonne, sursaute quand il touche des endroits plus chatouilleux. Il me ramollit, je suis comme une pâte à pétrir. Je me laisse faire, il me donne la forme qu'il veut. Ce n'est pas légal d'avoir un talent pareil.

Les muscles endoloris deviennent souples, le contentement envahit toutes mes cellules, tous les recoins de mon corps. Ajouté à la chaleur de l'eau, c'est merveilleux, je ne peux que profiter de cet instant. Il offre autant d'attentions à mon deuxième pied puis remonte doucement sur mon mollet, l'arrière de mon genou. Des picotements et des fourmillements me font tressaillir. J'entrouvre les paupières et le vois sourire tendrement. Il sait de quoi sont capables ses mains et la magie qu'elles opèrent. Il guette mes réactions et le résultat de ses manœuvres. Je fonds et me prélasse, mes yeux s'alourdissent et se ferment. L'étau qui enserre ma poitrine se relâche et je fais l'erreur de libérer mon esprit.

Des flashs de souvenirs me frappent. Dans le désordre, mais tous aussi puissants et blessants les uns que les autres. Hoggan sur moi ; la lumière qui se balançait au plafond de la cave, qui renvoie son ombre menaçante sur les murs ; Hoggan qui rit ; Hoggan qui parle et qui nargue Noah ; le sang qui gicle ; les cris et les pleurs ; son corps à terre. Je craque. Les tremblements reprennent, se font plus fort et font convulser mes muscles. Un son s'évade de ma gorge, mi-gémissement, mi-hurlement. Je me cache dans mes mains, me recroqueville. À chaque étape de mon plan, à chaque nom barré sur ma liste, je m'effondre. Je m'écroule. Comment faire pour être forte ? Comment effacer ces images ?

Noah me tire à lui, m'assoit sur ses genoux. Entoure mon corps de ses bras solides. De sa présence.

— Chut.

Il me berce dans les vapeurs de notre bain.

— Je... Je...

— C'est normal, c'est le contrecoup.

— Je l'ai exécuté, ma voix n'est qu'un souffle.

Il doit deviner mes paroles en se penchant vers moi. Sa bouche se colle à ma gorge, sous mon oreille.

— Oui, me confirme-t-il. Tu as éliminé une pourriture de cette terre.

Il ne travestit pas la vérité. Il ne détourne pas le regard, il est honnête, franc dans ses propos, direct et net.

— Oui, tu as tué. Mais si tu avais reculé, je m'en serais chargé. Je n'aurai pas supporté de le savoir impuni.

Ses mains continuent leur massage, palpant et faisant rouler mes muscles. Donnant du réconfort par la douceur.

— Laisse-toi aller. Après tu iras mieux.

Il a peut-être raison. Si je pleure, je pourrais me vider de mes émotions, me purger de ces sentiments macrophages, qui me bouffent de l'intérieur. J'ouvre les vannes, libère ma tristesse, mes rancunes, mes rancœurs. Je voudrais tant oublier et passer à autre chose. Ne plus avoir Hoggan en tête. Plus jamais ! Son empreinte sur mon corps et sur ma vie. J'ai besoin de l'effacer, de l'éradiquer. Qu'il n'ait jamais existé, qu'il ne m'ait pas touchée ni abîmée. Il faudrait que je me fasse d'autres souvenirs, de meilleurs, pour remplacer les anciens. D'autres sensations doivent supplanter celles que je ressens dès qu'un homme me caresse. Et pour cela, je sais ce que je dois faire. Et avec qui.

Un homme vrai, beau de l'intérieur et sexy. Sa force m'attire, m'excite. Et surtout me rassure. Si je pars en vrille, il sera là pour me rattraper, me donner la certitude d'être protégée. Jamais il ne me forcera à accepter l'impossible. Il pourra m'accompagner sur le chemin de la guérison. Ses caresses deviennent moins tendres, plus sensuelles. Il ne peut s'en empêcher. Il me veut depuis longtemps, il ne s'en est pas caché. Et je suis comme lui. Sauf que je refusais la vérité, je préférais être aveugle à mes sentiments pour lui, à mon désir de lui. Mais c'est fini.

– Noah, aide-moi... aime-moi.

Je redresse la tête, accroche son regard.

– Tu n'es pas dans ton état normal. Je ne vais pas profiter de toi, grogne-t-il.

– Vas-y, fais-moi l'amour... baise-moi, j'ajoute pour renforcer ma supplique. Je veux que tu sois le premier.

Je le caresse du bout des doigts. Le picotement qui apparaît comme à chaque fois que je le touche remonte dans mon bras. Le besoin de lui en moi, de connaître à nouveau le plaisir, de savoir ce que ça fait de le sentir en moi, est plus fort que mes peurs. Mon ventre se contracte, une chaleur se répand entre mes jambes.

– Noah, s'il te plaît, tu es le seul à me faire vibrer, me faire ressentir tout ça. Avant toi j'étais froide.

– Allons, calme-toi. Tu n'es pas sereine. Si je te touche maintenant, tu le regretteras. N'aie aucun doute, je te veux et je te ferai l'amour, mais pas tout de suite.

– C'est toi que je veux ! Depuis que je t'ai revu, je ne pense qu'à toi, je ne désire que toi !

– Evy !

– Tu es dans mes pensées, dans mes respirations, dans les battements de mon cœur.

– Oh, mon petit volcan... moi aussi, je suis accro. Tu es la première à retenir mon attention de cette façon. Tu es devenue ma priorité.

Les regrets remontent à la surface, il faut que je lui dise, que je lui rende sa sœur. Mais pas maintenant, après. Oui, demain, quand il m'aura aimée pour moi malgré ma vengeance, je comblerai le vide de son cœur.

– Je te veux !

Je pose mes lèvres sur son épaule, l'embrasse dans le cou, le griffe légèrement.

– J'ai peur... mais je te veux, te désire et...

Il m'entoure de ses bras et me cale plus près de lui. Ses mains descendent sous l'eau, trouvent mes fesses. Les serrent, les malaxent. Un frisson remonte le long de ma colonne et fait battre mon cœur de façon erratique.

– N'aie aucune crainte, pas avec moi. Je ne te ferai jamais de mal, je ne te forcerai jamais.

– Je sais, j'ai confiance. Tu es le premier avec qui je veux essayer.

Je prends ses mâchoires dans mes mains, abaisse sa tête vers moi et lui avoue tous mes sentiments par un baiser. Ce que je ne suis pas prête à lui dire à haute voix, je lui exprime par l'intensité des caresses de mes lèvres, de ma langue.

– Evy ! Cette attraction que je ressens pour toi, jamais je ne l'ai eue envers quiconque. Personne ne m'intéresse, personne, j'insiste sur le mot, n'attire mon attention, ne retiens mes pensées, sauf toi. Mais tu n'es pas prête, tu es encore sous le choc. Ce serait comme me servir de toi.

Il crispe les doigts. Il voudrait ne pas se comporter en gentleman, aimerait suivre ses instincts mâles et me prendre sans considération. Mais cet homme a une conscience et un caractère assez fort pour tenir les rênes de son désir. Je me dandine sur lui, l'impatience me tord le ventre.

– Tu es fatiguée et demain, on doit trouver une solution pour éviter les représailles. Lyons va nous chercher.

Dernier argument pour fléchir ma décision. Mais c'est inutile, je suis certaine de ce que je veux et ce dont j'ai besoin.

– Justement ! On n'aura plus le temps après. Pour le moment, il ne sait pas où on est, ce qu'on a fait. Tu ne profites pas de moi, tu me rends vivante. Tu soignes mes blessures.

Je le presse, je tente la logique. Je me fous de tout. Ma résolution est ferme, je dois surpasser les stigmates de mon viol. Et je le veux avec Noah, pour Noah. Je le serre, passe mes doigts sur ses pectoraux, dessine ses tatouages, ils me fascinent. Ils m'attirent tel un papillon par la lumière. Je laisse l'instinct me commander. Si je dois l'allumer pour qu'il craque, je le ferai. Je l'apprécie, je pourrais l'aimer. Je l'aime déjà peut-être ?

Je lèche ces lignes noires qui racontent son histoire, et mordille du bout des dents sa chair ferme. Il se tend. Ma volonté contre la sienne. Ma température corporelle augmente. Mon cœur se met à battre la chamade. Je relève les yeux. Il me fixe, les mâchoires serrées à se briser. Il essaie tant bien que mal de résister. Il ne veut pas que je me reproche de lui avoir livré mes premiers émois, ce qui prouve son intégrité.

– Noah… S'il te plaît, j'ai besoin de toi.

Ma vulnérabilité s'entend dans ma voix tremblante. Le fantôme de mes larmes se mêle à l'humidité ambiante. Mes joues sont sûrement rouges d'émotion, d'excitation aussi.

Je tente une dernière fois de séduire mon homme, le repousser dans ses retranchements. Je le chevauche. Rencontre son érection, dure et imposante. J'entame des mouvements du bassin. Frotte ma zone sensible contre sa masculinité. Je gémis doucement sous les sensations.

– On ne sait pas de quoi demain sera fait. Mais, maintenant, ici, je sais que je ne peux pas rester une seconde de plus sans toi. Sans tes caresses, sans ton réconfort. Et je veux connaître le plaisir. Rien qu'une fois. Avec toi !

– Evy ! Merde ! Tu me rends fou. Je ne peux pas... te résister.

Il m'embrasse, ouvre les lèvres et enroule sa langue à la mienne.

– Je veux que tu ressentes seulement du plaisir.
– Plus jamais la peur, j'enchéris.

Il sourit, dépose un baiser léger sur mon cou.
– Sortons de l'eau !

CHAPITRE 30

FIVE

J'admire Evy couchée sur le lit. Sa peau rosie par le bain miroite de mille perles d'eau. Elle est sublime. Magnifique. Ses larmes arrachent des lambeaux à mon cœur, qui se croyait fort et à toute épreuve. Elle me brise par sa tristesse, par sa fragilité, qu'elle enfouit sous une dureté apparente. Je la veux. Pas pour une nuit, non. Pour toujours.

Je l'ai blessée, elle m'a blessé en retour. J'ai versé le sang pour elle. Elle a ouvert son cœur pour moi. À cet instant, je suis là pour elle. Pour Evy, pour Annabelle. Je ne peux les dissocier. Je vois l'une dans le fond du regard de l'autre. Je serai toujours présent pour elle. Je veux être son bouclier, son protecteur, empêcher quiconque de lui faire du mal ou de la blesser.

Je desserre d'une pichenette le nœud de ma serviette. La gravité joue son rôle et celle-ci tombe doucement, sans un bruit. Evy prend une inspiration et se redresse sur les coudes. Elle me dévore littéralement des yeux, je sens son parcours presque physiquement. Elle me brûle partout où elle admire mon corps.

Ouais, je suis bien foutu, je le sais. Et je ne suis pas modeste pour un sou. Pourquoi le devrais-je ? Si je peux, grâce à ça, maintenir son attention, c'est tout bénef. Je grimpe sur le matelas, je la rejoins et la domine. Mes genoux de part et d'autre de ses hanches, mes coudes autour de sa tête. C'est un premier test, si elle ne se sent pas en sécurité, ses réactions me le diront.

– Hey, mon petit volcan !
– Humm…

Elle semble fascinée par mes muscles, je les contracte pour son plaisir. Je fais le beau, c'est pathétique ! Mais putain, je n'en ai rien à battre. Elle tend les lèvres, quémandant un baiser. Mais je veux la frustrer, la rendre impatiente, qu'elle ne soit plus que sensations, qu'animalité.

Je mordille sa mâchoire, lèche sa joue par petites touches. Elle frissonne en retour, tourne la tête pour atteindre ma bouche. Je me détourne, esquive et plonge vers la colonne pâle de son cou, le seul endroit où nos corps se rencontrent. Je souris contre sa peau. Elle tend une main, râle de ses tentatives avortées.

– Five… Noah… Ne me fais pas attendre, embrasse-moi.

Elle agrippe mes épaules. Je lui donne un peu de ce qu'elle réclame. Ma langue suit sa clavicule, goûte sa peau, récupère, en lapant lentement, l'eau sur son corps. Son parfum m'enivre. Je dois rester stoïque, son plaisir avant le mien. Ça va être difficile. Je rêve de m'abîmer en elle depuis trop longtemps. Plonger en elle, la conquérir et la faire crier. Je grogne, inspire, expire. Je dois me recentrer, résister encore, et ne pas lui sauter dessus comme un sauvage, pas tout de suite.

Je tire, avec une lenteur exaspérante, mais calculée, sur le tissu qui la cache. Sa poitrine se dévoile. Deux monts ornés de jolis tétons roses, qui pointent impatiemment et hurlent pour avoir de l'attention. Je les fixe. Mon cœur balance entre les empoigner et jouer avec, ou directement les prendre en bouche.

Evy se cambre, les élevant vers moi en offrande et je lâche les rênes de mon désir. Une main pour en diriger un vers moi, des doigts pour le taquiner, mes lèvres pour le vénérer. Putain ! Elle a un goût magique, une texture douce et satinée. Ma queue se tend, gonfle et me met au supplice. Je me perds dans les sensations.

Elle vibre et caresse mes cheveux, ma nuque, mon dos. Ses effleurements attisent mon désir et ma convoitise durcit encore plus mon sexe que je pensais raidi à son maximum. De fait, je me trompais. Elle empoigne mes fesses, plonge ses ongles dans ma chair, sous la surprise je m'effondre et la recouvre. Mon amante écarte les jambes pour accueillir ma queue, qui s'empresse de la rejoindre. Mes hanches se balancent, poussent sur son bouton. Elle bascule le bassin, me donnant libre accès.

Elle murmure des mots sans suite, me griffe de plus belle, et je grogne en écho. Je chauffe mais je ne suis pas encore en elle. Je retourne à ses seins, sans répit je tire, mordille, lèche, suce... dans une débauche de gémissements et de frissons. Elle crie, rejetant sa tête en arrière. Elle est proche. Mais pas assez. Je veux son abandon total.

Partant vers le sud, distribuant des marques et suçons sur le parcours, je rejoins son entrejambe. Le paradis. Mon but. Elle sursaute, gênée.

– Laisse-toi faire. Ne pense pas.
– Noah ?
– Humm, je rêve de ça depuis des jours.
– Non, Noah...
– Je vais te dévorer, te déguster. Je ne peux plus attendre.

En sueur, j'appose mes lèvres sur les siennes. Celles qu'elle cache et préserve, celles qui ne seront qu'à moi. Je me perds dans un brouillard de plaisir, de passion. Elle aime, elle est mouillée. Son corps m'accueille et attend, implore ma présence, mon toucher. Elle gémit, se crispe et parfois est secouée d'un spasme. Ses doigts dans mes cheveux tirent puis me repoussent, ses jambes se referment sur mes épaules. Ses réactions contradictoires démontrent ses hésitations. Je ne peux plus lutter, je n'en peux plus ! Je dois être en elle, maintenant ! D'un bond, je me retrouve sur elle. Ses yeux flous, embrumés de passion cherchent les miens.

– Evy ! Regarde-moi.

– Oui.

Je positionne ma verge face à son entrée. Je dois être prudent, ne pas la brusquer. Je n'utilise pas de capote, pas avec elle. Je suis clean, ne baisant jamais sans protection et elle ne laisse personne l'approcher. Donc pas de soucis de santé et si jamais elle ne prend pas de contraceptif, je serais heureux d'avoir un enfant d'elle.

– J'y vais.

Elle gémit mais m'accepte tout entier. Totalement enfoncé en elle je reste figé. Je respire pour me calmer. Mon front collé au sien. Les sensations sont torrides. Elle m'enserre comme un gant. Elle est étroite, humide et chaude. Bordel ! Il va me falloir tout mon self-control pour ne pas partir dans les dix secondes, comme un puceau.

– Ça va ?

Elle ne bouge pas, les yeux fermés. Elle semble tendue, hors de portée. Ayant pâli, elle frissonne. A-t-elle peur ? Se souvient-elle de Hoggan ? Elle semble perdue. Plus aucune passion ne se dégage d'elle, rien que des tremblements qui s'annoncent et une larme au coin de l'œil. Elle est froide et effrayée. Merde ! J'ai agi trop vite

Il faut que je la fasse revenir, réagir. Elle est loin dans ses pensées et ses souvenirs cruels. Si je l'embrasse, elle ne se rebellera pas. Elle doit d'abord me reconnaître et réintégrer la réalité. Je dois surpasser ses cauchemars, sinon à chaque fois, elle replongera dans l'horreur.

Une seule décision s'impose. Je suis prêt à tout pour que revienne la lumière dans son regard et qu'elle reprenne vie. Je ferai ce qu'il faut, je le lui ai promis. Je souffle et me blinde. Je n'ai pas droit à l'erreur, ni de reculer.

Je me retire, me sépare pour quelques secondes de son antre. Je la pousse plus haut sur le matelas. Cette manœuvre la fait gémir et elle cache son visage dans le creux de son bras, ne réagissant même pas. Je colle mon bassin au sien. Mon sexe dur frotte sur sa zone sensible et gonflée. Elle est ailleurs. Je dois l'obliger à revenir. Un électrochoc, voilà la solution. Exorciser son passé. Sinon rien ne sera possible entre nous. Je dois m'oublier, mettre mes besoins de côté, même si ça me tue. Et elle doit me regarder vraiment, pas à travers le prisme de ses terreurs. Ça sera dur, ça sera violent. Mais salutaire. Il le faut. Pour elle, pour moi.

Je serre plus fort ses poignets. Ses yeux s'entrouvrent, ils sont noirs. Elle ne me voit pas, ne me reconnaît pas !

– Qui suis-je ? je lui demande d'une voix rauque.

Elle agite la tête, rendue muette par la peur.

– Qui suis-je ? je détache les mots.

Elle semble reprendre pied.

– Mon nom ? Tu me connais ! Dis mon nom !

– Je... Tu... Five.

Sa voix n'est plus qu'un murmure, un souffle. Elle emploie à nouveau mon surnom et la rancœur qu'elle avait réussi à étouffer est remontée à la surface. Elle confond les époques, les situations.

– Non !

Je recommence, j'appuie mon sexe rigide et douloureux contre elle. La sueur me coule le long du dos. Je rêve de la reprendre, j'en ai un besoin vital mais je me retiens.

– Non ! Qui suis-je ? Regarde-moi ! Mieux que ça !

Les tremblements s'intensifient, elle revient de loin. Elle se cache le visage, mais je l'en empêche. Son corps vacille, mais son esprit reste hors de ma portée.

– Regarde-moi ! je lui ordonne. Tu me vois, je suis là. Dis mon nom.

Ma voix est rauque sous l'émotion et l'effort fourni pour me contrôler.

– Noah... tu es Noah, elle expulse mon prénom, le recrache comme s'il refusait de sortir de son corps.

Des larmes silencieuses dévalent ses joues. Elle pleure sans le savoir.

– Tu es Noah. Tu m'as abandonnée. Tu m'as fait mal !

– Je suis là maintenant. Je ne te laisse plus. Je ne voulais pas te blesser.

Je frotte ses tatouages d'une main. Je suis des doigts les fleurs qui cachent mon méfait. Le plus grand regret de ma vie.

– Je ne voulais pas, j'étais perdu, je devais savoir où se trouvait ma sœur. Lyons m'a manipulé, comme il le fait avec tout le monde. J'aurais dû comprendre qu'il ne me dirait jamais rien.

J'embrasse ses cicatrices. Je lèche du bout de la langue et dessine les contours des pétales, des tiges, des épines qui représentent notre passé commun.

– Mais c'était mon père, je ne pouvais pas croire qu'il était monstrueux jusqu'à ce jour-là, quand il m'a donné le choix entre te torturer et la vie de ma sœur. Comment choisir ? Je ne voulais pas…

Je continue à la caresser avec ma queue. Peau contre peau. La sensation est tellement forte. J'ai du mal à rester concentré sur mon objectif. Je rêve d'entrer en elle et de soulager cette pression. Mais c'est son moment. Il faut qu'elle surpasse notre passé. Ses cicatrices à l'âme sont plus profondes que mon besoin de lui faire l'amour. Car oui, c'est de l'amour, pas de la baise. Si je suis trop doux, elle ne surmontera pas son traumatisme. C'est comme retirer d'un seul coup le pansement d'une blessure, l'exposer et empêcher qu'elle s'infecte plus encore

– J'ai essayé de refuser, j'ai tenté de le combattre.

Mes explications sortent d'elles-mêmes du fond de mon âme. Je dois lui dire tout ce que j'ai ressenti ces jours-là. J'étais trop faible, pas assez fort… Je me ressaisis, resserre ma prise et ancre mon regard dans le sien. Le peu de temps que j'ai laissé filer à réfléchir lui a permis de replonger dans les méandres de ses cauchemars. Il faut maintenir le lien entre nous.

— Qui suis-je ? Dis-le ! Je veux t'entendre le répéter quand je serai en toi. Quand je serai au plus profond de toi. Je veux que tu saches qui te prend !

— Non, gémit-elle.

Elle me fend le cœur. Mais je dois rester fort.

— Si ! Regarde-moi.

Et je m'enfonce de quelques centimètres en elle. Elle n'est plus mouillée. Son excitation est retombée. Sans aucun plaisir, j'ai peur de lui faire mal, mais c'est la seule solution. Je ne dois pas reculer.

— DIS. MON. NOM. Bordel !

Pour chaque mot, je m'enfuis davantage en elle. Je veux qu'elle sache que c'est moi, en elle. Pas Lui. Moi !

— Noah, tu es... Noah.

Quand je suis en entier en elle, je m'arrête, je pose mon front sur le sien, vibrant de tout mon être. Nos yeux sont si près. Je ne vois plus que ses iris gris. Et elle n'a plus rien d'autre que moi. Elle ne voit que moi. Elle respire par à-coups. Je commence un va-et-vient très lent, mais même comme ça, je sens monter mon orgasme. Je serre les dents, le retenant le plus longtemps possible. Si je dois y passer la nuit, je le ferai. Pour elle.

— Noah...

Mon prénom sur ses lèvres est comme une prière. Un charme contre les démons, pour faire reculer les ténèbres. Elle est revenue. Sa bouche reste ouverte.

Evy secoue la tête de droite à gauche, comme pour nier ses sensations. Elle peut refuser d'y croire, mais je sens son corps se détendre, elle est mouillée. Elle devient plus souple, plus accueillante. Ses pupilles se dilatent.

– Regarde-moi. Je suis là.

J'ai du mal à parler. Le besoin de jouir me torture, je ne me suis jamais retenu ainsi. C'est douloureux. Comme mon amour pour elle.

– Evy !

Je ne l'appellerai pas Annabelle. Plus jamais et sûrement pas dans un lit.

– Evy ! je crie.

Elle ouvre les yeux et répand sur moi toutes les émotions qu'ils renferment. Ses peurs, ses rancœurs, son plaisir qu'elle voudrait nier et se refuser.

– Tu peux le faire, laisse-toi aller. Tu as le droit d'aimer ça.

– Noah, répète-t-elle.

Elle ne dit plus que mon prénom. Je tiens ses poignets d'une seule main, libérant l'autre pour qu'elle puisse se poser sur la pointe de son sein. Je le tire, la légère douleur la faisant sursauter. J'accélère mes mouvements. Je plonge dans son cou, je la mordille, lui fais des marques. Elle se débat, différemment cette fois. Ce n'est plus un refus, mais plutôt, la recherche du bon endroit à me proposer, à présenter sous mes lèvres et mes dents.

Son corps est en guerre avec son esprit. Il veut, mais il a peur. Elle se refrène encore. Elle ne veut pas admettre qu'elle mérite mieux, qu'elle a le droit de vivre, de ressentir du plaisir. Ma bouche descend le long de son cou, suit la délicatesse de sa clavicule et va mordre dans la courbe pleine de son sein.

Elle sursaute. Je la regarde. Elle frissonne et se lèche les lèvres. Je rêve de l'embrasser. Mais je n'irai pas tant qu'elle ne me le réclamera pas. Mes hanches claquent contre les siennes. Je me redresse. Ma main, les doigts écartés, à plat sur sa peau moite, file vers son ventre. Elle la suit, un peu apeurée. Je contourne le nombril et arrive au niveau de son trésor caché. Mon nirvana. Elle est de plus en plus chaude. Comprenant mes intentions, elle tente de délivrer ses mains de mon étreinte. Elle essaie de me faire partir, de me déloger, en secouant les hanches

– Regarde-moi te donner du plaisir.

Mon index approche lentement de son clitoris. Elle est affolée, elle voudrait refuser le plaisir, mais elle désire guérir. Si elle craque, elle reviendra parmi les humains, ceux qui sont heureux.

– Noah, non, je t'en prie.
– Rappelle-toi, c'est moi. J'y passerai toute la nuit, toute la vie s'il le faut. Regarde !

Je commence à la caresser, à la titiller. Je frôle, tapote son minuscule bouton qui voudrait se cacher. Et toujours, je suis en elle. Dans sa chaleur, dans sa moiteur. Elle se resserre sur ma queue. Ce que je fais lui plaît, malgré ses refus. Et finalement, ses jambes s'écartent, ses hanches se rapprochent de moi. Elle ondule doucement, suivant la houle de mes allers-retours.

– Humm...
– Tu aimes ?
– Humm...
– Dis-le, Evy. Tu aimes ?

Je veux qu'elle le reconnaisse. Elle ne doit pas nier ce qu'elle ressent. Si elle ne l'avoue pas à haute voix, elle pourra encore prétendre le contraire plus tard. Et ça, je le refuse. Je poursuis en augmentant la pression de mes doigts, le rythme de mes pénétrations. J'ai du mal à rester concentré. Je suis au bord de la calcination, je brûle de l'intérieur. La sueur coule dans mon dos, mes muscles sont tendus au maximum, j'ai mal partout.

– Dis-le, putain ! je crie en me penchant sur elle. Sinon j'arrête.

Elle craque, serre ses jambes autour de moi, me regarde et hurle :

– Oui, continue, par pitié Noah !
– Oui ? Quoi ?
– Oui, j'aime ! elle avoue en se mordant les lèvres.
– Qui te donne du plaisir ? Qui ?

J'insiste, mais il le faut, je dois lui faire comprendre que c'est moi. Et grâce à ce moment, elle pourra se battre contre les souvenirs de son viol et ses cauchemars. Je dois lui inscrire sur la peau, et même la marquer à vie, pour qu'elle passe outre toutes ces horreurs.

– Qui ?

Je me déchaîne, mon corps est hors de contrôle. Je lâche ses poignets et l'enlace. Je ne peux pas m'arrêter.

– Toi, c'est toi Noah, je… je…

Elle se crispe et ses contractions autour de ma queue me donnent le tournis. Ça y est, elle jouit. Son premier orgasme par pénétration. Et c'est moi qui le lui ai offert. La satisfaction envahit toutes les cellules de mon être.

Je continue à la labourer, la laminer. Je ne peux pas arrêter mes coups de boutoir, j'y suis presque. Je me suis tellement retenu que j'ai peur de ne pas y arriver. Une boule de chaleur part de mes reins, parcourt ma colonne et revient pour éclater le contrôle que je maintenais.

– Evy, je crie en me déversant en elle.

Le plaisir explose tout, mes neurones, ma faculté à respirer, mon cœur manque un battement. Je ne peux que la prendre dans mes bras et trembler.

À bout de souffle, je m'écroule sur le côté, évitant de l'écraser sous mon poids. Je l'enlace, cherchant à inhaler de l'oxygène. Mes yeux se ferment malgré moi. Je résiste, je dois savoir si tout va bien. Je ne dois pas m'endormir maintenant. La lassitude et le bien-être engendrés par cette libération sont comme un somnifère puissant. Je flotte dans la béatitude, mais ce n'est pas le moment. Je fournis un effort colossal et la regarde.

Son regard est plus clair que jamais, superbe. Elle caresse ma mâchoire délicatement. Un sourire tendre et timide fleurit aux coins de ses lèvres. Une dernière larme dévale sa joue. Elle se penche dans ma direction et m'embrasse. Un baiser plein de douceur et de sensualité.

– Merci, me fait-elle simplement.
– Je t'aime, Evy.
– Oh Noah... je...

Elle est gênée, se dandinant dans mes bras. J'ai la certitude qu'elle tient à moi. Osera-t-elle l'avouer tout haut ? Un silence empreint de gêne s'étale.

– Chut... Je sais. Tu n'es pas obligée de dire quoi que ce soit. Ma déclaration n'attend aucun retour.

Elle se détend un peu face à mon mensonge éhonté, se relogeant au creux de mes bras, la tête sous mon menton. Elle caresse mes biceps.

– Je suis bien avec toi. J'ai besoin de ta présence, tu me donnes le sentiment d'être protégée et aimée. Je ne veux pas te quitter, ni te perdre.
– Pourquoi on se séparerait ?
– Ta sœur... ton père.
– Ah !

Je resserre mon étreinte. Mon cœur saigne. Le sujet de ma sœur est douloureux et sensible.

– Je regrette, je...
– On en a déjà parlé, je la coupe un peu sèchement. C'est du passé, on ne peut rien y changer.
– Mais je... non... rien, souffle-t-elle.

Elle fait marche arrière. Je ne veux pas la forcer à parler. Et puisque ce qu'elle a à dire ne peut pas me rendre ma sœur, ça ne peut que me blesser. Je veux passer à autre chose. Essayer de surmonter l'amertume qui me tient depuis que j'ai, par ma faute, perdu tout espoir de la retrouver.

– Et Lyons ? Tu veux lui faire payer, mais tu devras attendre. Je dois d'abord l'obliger à cracher le morceau. Il est le seul maintenant à détenir les infos sur ma famille.

– Noah…

– Non, tu ne le feras pas, je dois savoir, tu ne me couperas pas l'herbe sous le pied cette fois-ci.

Si je dois la ligoter pour qu'elle n'approche pas mon paternel, je le ferai. En plus, elle est folle si elle croit qu'elle arrivera à le tuer sans y passer.

– Mais laisse-moi te parler !

– Non, dors, on en reparlera demain.

Elle soupire, exaspérée, en marmonnant au sujet des hommes têtus qui n'écoutent jamais et finit par rejoindre Morphée.

CHAPITRE 31

FIVE

Je la laisse se reposer. Je dois discuter avec Shane, préparer ma confrontation avec Lyons. Il voudra savoir ce qu'il se passe. Et me punir, bien sûr. Mais je dois attendre, jouer au mort quelques jours. Avoir un plan.

Nous avons encore un peu parlé, entre deux assoupissements. Elle était inquiète, m'a dit qu'elle avait un mauvais pressentiment. Elle chuchotait comme si elle craignait de faire apparaître ses peurs en parlant plus fort. Elle m'a déclaré vouloir me donner un objet et qu'après ça je ne douterai plus jamais d'elle, mais qu'il faudrait être prudent dans les prochains jours.

Nous ne pourrons pas sortir de notre cachette avant un moment. Ce sera un intermède tranquille et bienfaisant. Très étrange, il faut le reconnaître. J'ai l'impression de fuir la réalité et en même temps de vivre une lune de miel. Shane doit planquer le corps d'Hoggan, l'enterrer dans le désert. Lyons est au courant pour Cobb, et évidemment à l'heure qu'il est, il doit savoir qui est Evy. Le comptable a dû parler, fournir toutes les infos qu'il avait sur ma belle endormie, avant de disparaître pour toujours, lui aussi. Mon père ne pardonne pas, jamais.

Pour le proxénète en chef que nous avons buté, personne ne nous soupçonne pour l'instant. Je calcule qu'il faudra à Lyons quatre à cinq jours pour se soucier de son absence puis remonter jusqu'à notre bagarre dans le bar à putes. Les gorilles n'iront pas, de leur propre initiative, lui confesser qu'ils se sont fait démonter par seulement deux mecs et qu'ils ont perdu de vue leur boss. À leur place, je serais déjà loin. Je peux donc profiter d'un court répit, mettre celui-ci à profit pour me faire aimer d'Evy, mais aussi réussir à digérer mes douleurs. J'étais si près… j'imaginais à l'avance les retrouvailles avec Ambre. Je ne sais même pas si c'est son vrai prénom. Mon père s'est servi de photos, de vidéos comme d'une carotte pour que je fasse ce qu'il voulait. J'avais hâte de la rencontrer, de lui demander si elles avaient été quand même heureuses un peu, dans leur vie loin de moi. Il l'a prise, enlevée à notre mère avant qu'elle ne meure et l'a cachée dans une famille à sa botte. Mais a-t-elle été bien traitée ? J'ai de gros doutes. Son regard et la façon dont elle se tenait sur les clichés suggèrent que non. Je voulais tant la sauver.

***

Nous dormons tard et le réveil est très doux et sensuel. Les draps la recouvrent légèrement. Elle est blottie dans le creux formé par mes bras, et mon visage est plongé dans son cou, au milieu de sa chevelure. Son parfum m'entoure et me fait de l'effet. Je tente de rester stoïque et ne pas lui sauter dessus comme un gros bourrin. J'ai besoin de la séduire, lui donner autant envie de moi, que moi d'elle. C'est viscéral, elle m'est devenue vitale, je veux qu'elle s'attache à moi par tous les moyens. J'ai tellement peur qu'elle ne reste pas près de moi après avoir mené à bien ses projets de vengeance. Je veux la rendre folle, pouvoir à nouveau être au plus profond d'elle, de son corps magnifique et la voir se tendre vers moi. Je meurs, j'étouffe littéralement d'impatience de lui apporter ce qu'elle veut, ce qu'elle réclame. Mes années d'entraînement et de concentration pour mes combats de free fight vont m'être d'une grande aide. Je vais mettre en application toutes mes ressources afin qu'elle oublie tout et que je sois le seul, l'unique, celui qui la fait gémir et frissonner. Qu'elle supplie pour le plaisir, et puis prie pour que j'arrête tant elle sera submergée par les sensations.

Mes doigts posés sur sa hanche remontent délicatement vers sa taille, rencontrent le bord du T-shirt que je lui ai passé cette nuit. Il devait m'aider à ignorer ses formes, devenir la barrière qui m'empêcherait de la baiser pendant des heures. Il n'a fait qu'enflammer encore plus mon imagination. Qu'il m'appartienne lui confère en plus un symbole de propriété, comme si Evy se donnait un peu plus. Mon sommeil en a pâti et il m'a fallu longtemps avant de me détendre.

Mais maintenant il est l'heure. Je lâche les rênes de mon désir. Je me faufile sous le tissu, arrive sous son sein. La douce courbure est chaude et délicate. Sa cage thoracique entame un mouvement plus rapide, sa respiration devient saccadée. Elle est réveillée et me laisse à mon entreprise. Mon assaut sensuel est accepté, toléré.

Je bouge au ralenti, comme un chasseur ciblant une proie apeurée. Mon bassin approche millimètre par millimètre de ses fesses. Elle cherche une place plus confortable, étire les jambes, les frottant l'une contre l'autre. Son manège la met directement en contact avec ma queue, dure et bandée. Retenant son souffle, ma jolie petite perdrix se fige. Peut-être pense-t-elle que je l'oublierai si elle reste ainsi. C'est mal me connaître. Ma main prend en coupe le sein tentateur surmonté d'un téton bien pointu. Je détourne son attention d'en bas en jouant avec lui, le malmenant. Du bout de la langue, je goûte sa peau, j'embrasse par baisers légers, quasi-effleurements, son cou et je me perds dans sa nuque.

Sous mes caresses, elle ne sait plus vraiment quoi faire, comment réagir. Elle voudrait refuser ma présence contre son dos et réclamer plus de caresses devant. Notre position, en cuillère, est très appréciée de mes conquêtes en général, mais je la sens se tendre, se crisper. Malgré tout ce qui s'est produit ces dernières vingt-quatre heures, je me rappelle distinctement ses paroles au sujet de Hoggan. Qu'il l'avait plaquée et tenue sous lui et que depuis, elle ne supportait plus personne derrière elle. C'est donc le moment de lui faire passer une autre étape dans la guérison.

Je me redresse à demi, lui enlevant le vêtement d'un seul mouvement. Elle me suit et essaie de se positionner sur le dos. Je refuse en lui souriant.

– Un massage ?
– Je ne sais pas si...
– Fais-moi confiance. Tes muscles me remercieront bientôt. Tu as subi énormément de stress, tu es tendue comme un élastique.

Elle me jette un regard mi-paniqué mi-suppliant.
– Allez Evy !

Je prends ma voix autoritaire, un ton de commandement, sûr et ferme. Et elle se soumet, bien qu'un peu à contrecœur, soupire et roule sur le ventre.

– Tu ne le regretteras pas, je lui promets en commençant par la placer comme je le désire, balançant les coussins au sol.

Ses bras doivent rester le long de son corps et je m'amuse à lisser ses cheveux. Ce geste détourne son attention pendant que je m'agenouille par-dessus l'arrière de ses cuisses, mes tibias en travers de ses mollets. Être bloquée, privée de toutes possibilités de s'échapper est ce qui la fait flipper le plus. Avoir une présence dans son dos, un homme fort qui peut l'obliger à subir ce qu'il veut, doit être horrible.

Mes doigts remontent de son fessier de rêve vers ses épaules, les massant et m'amusant à compter ses vertèbres. Enchaînant des palper-rouler puis des caresses rassurantes, j'entame l'exploration de sa peau. Chaude, douce, veloutée et si pâle. Arrivé au carrefour entre ses omoplates, je bifurque vers le bras gauche. Dans des mouvements lents et calmes, je malaxe en descendant vers son poignet et la main. La pression exercée, je le sais d'expérience, est suffisante pour détendre un stressé congénital. J'insiste sur les points sensibles au creux de la paume et sur les doigts. Mon travail doit être efficace car Evy retient de courts gémissements de bonheur qui mettent mon self-control à mal. Elle ne se rend pas compte de l'effet que cela me fait. Je dois respirer lentement et me concentrer pour continuer. Ne pas lui sauter dessus, pas maintenant.

Je serre les dents et reviens vers sa nuque. Mes doigts rugueux, la dureté des cals produits par les heures innombrables de frappe sur un sac de boxe, font paraître le satiné de cette petite poupée encore plus délicat. Elle semble si fragile, elle qui a subi le pire à l'aube de son adolescence. D'un mélange parfaitement calculé, entre fermeté et frôlements, j'attaque l'arrière de sa tête. L'effet se ressent tout de suite et des gémissements toujours plus excitants me parviennent. Me perdant dans sa chevelure, je lui provoque des frissons. Une chair de poule prend naissance dans le creux de ses reins et remonte par vague vers son cou. Elle devient molle et se détend. Mon jeu commence à porter ses fruits. Je passe au bras droit et effectue les mêmes gestes.

Son corps appelle aux caresses. Il est en manque, et a besoin d'encore plus d'attentions sensuelles, de tendresse, et peut-être une touche de domination. Se laisser aller sans devoir prendre des décisions, pouvoir faire confiance à son partenaire.

– Tu es toute molle, toute douce, un vrai chamallow, je lui murmure à l'oreille en me penchant sur elle.

Récupérant ses cheveux, je les torsade et les place par-dessus son épaule, glisse un bras sous sa gorge et lui entoure le buste. Ma main agrippe son menton et tire son visage de façon à la diriger vers ma bouche. Les yeux à demi fermés, ses lèvres s'entrouvrent et se tendent vers moi dans un cri silencieux, réclamant mes baisers. Je la récompense sans tarder. La mordillant et la léchant par petites touches.

Elle est perdue dans une brume de béatitude, décontractée au maximum. Sans se rendre compte que je la maintiens et la bloque. Je laisse la gravité faire son travail et pèse sur son corps. Je suis plus grand, deux fois plus lourd qu'elle et bien plus fort. Si elle panique, ce devrait être maintenant. Mais si j'ai réussi à la relaxer suffisamment, elle ne sentira que le plaisir et non la peur.

– Là… tu aimes ?

Je loge ma queue bandée au maximum entre ses deux fesses, en grognant tant c'est bon. Ma main libre se pose sur sa hanche. Ses muscles se tendent d'anticipation, sa respiration se fait rapide sous l'effet d'un début de panique.

– Chuuut… Je suis Noah, Evy.

Elle gémit et se cabre, mais mon poids empêche tout mouvement. En reprenant mes caresses le long de ses côtes, je chatouille le bas de son sein puis descends entre ses cuisses. M'immisçant rapidement, je retrouve la chaleur de son antre. Elle referme les jambes dans un sursaut.

– Oh…

– Regarde-moi.

Elle fait mine de clore les paupières, je la pousse en me frottant durement contre ses fesses. Putain, comme elle est bonne !

– Evy, dans les yeux, maintenant !

Elle obéit, sondant mon visage pour retrouver son calme. Elle soupire en me reconnaissant et se relâche, ouvrant le passage vers son volcan que j'espère bouillant et accueillant. Profitant de l'occasion, j'incruste mes jambes dans le creux des siennes et avec vivacité je crochète son poignet et le ramène entre nous.

– Noah, qu'est-ce… Qu'est-ce que tu fais ?

– Je te prouve que tu peux aimer être maintenue et prise dans cette position.

– Non…

– Oh, si.

Et plongeant sur ses lèvres, nous partageons un baiser qui nous laisse essouflés. Nous respirons l'un par l'autre, l'un pour l'autre. Reculant pour la tenter, elle se jette vers ma bouche, fébrile et presque déroutée. Troublée et consternée, croyant que je l'abandonne. Mais je joue, je ne pense qu'à son plaisir, ce qu'il y aura de mieux pour elle. Mon désir est de lui fournir l'orgasme le plus violent possible. Pour cela je dois la frustrer, la rendre accro, sans repère à part moi. Moi, sur elle, autour d'elle, en elle.

Elle réclame encore mes attentions et je lui donne tout. Ma langue se fait coquine, mes dents agressives. Son attente devient pénible. Je suis moi-même au bord de l'explosion.

– Noah, je t'en supplie...

– Quoi ? Tu veux quoi ? Dis-moi et tu l'auras, je halète fiévreux et impatient.

Je prie qu'elle souhaite la même chose que moi. Que mon amante soit à bout de nerfs et ne pense plus qu'à être soulagée de ses tourments. Que je puisse libérer tous mes fantasmes. Mes hanches sont parcourues de soubresauts, sans possibilité de me contenir, je me branle sur elle. Comme un pervers.

– Viens, ne... ne me fais plus attendre.

Et elle se cambre, comme elle peut, coincée sous moi. Vers mon bassin, mimant l'acte et me rendant fou. Je perds le reste de mes moyens. La gardant maintenue, mon avant-bras autour de ses épaules, son poignet encastré contre mes abdos, je libère toute ma retenue. Je pars en vrille.

Plongeant au fond de sa chatte, je prends appui sur son corps, l'écrasant sans pouvoir me refréner, et je commence une chevauchée débridée. C'est plus fort que moi, mon entrée est abrupte. Je suis animal.

– Oh mon Dieu, c'est…, Evy crie de surprise.

Mes coups de boutoir l'enfoncent dans le matelas. Mon dos se fige avec la montée du plaisir. Je ne tiendrai pas longtemps. Elle est tellement sexy, chaude, serrée autour de ma queue et mouillée. Ce qui me rassure, dans le brouillard qui m'entoure, car je ne saurais pas arrêter facilement si elle me le demandait. Je le ferais, mais au prix de terribles efforts. Ses cris me démontrent, non pas sa peur, mais son approbation à la brutalité de mes coups de bassin contre ses fesses. Nos transpirations se mélangent, aidant au glissement de mes abdos contre son postérieur et son dos. Mes muscles se tétanisent, je dois tenir, ne pas me laisser aller au plaisir, pas encore. Attendre est une torture, agréable et magnifique, mais tellement douloureuse.

Mes grognements accompagnent ses gémissements. Elle se jette à l'aveugle dans le tsunami d'un orgasme dévastateur, ne respirant plus. Sa main libre se crispe dans les draps froissés, ses jambes se referment sur les miennes. Je ressens son plaisir par vagues et elle déclenche mon propre abandon. Libérateur et explosif, je hurle son nom en me déversant dans sa fournaise.

Je n'ai jamais joui aussi fort, un blanc se forme dans mon esprit, black-out complet. La sueur engendrée pendant mes va-et-vient se refroidit rapidement et me pousse à plonger sous les couvertures avec ma belle presque endormie. Se retournant dans mes bras, Evy me fait face et m'offre un sourire détendu et reconnaissant.

– Hum…

Elle se tortille en cherchant la position adéquate dans mes bras.

– Tout à fait, je suis le meilleur, je sais.

– Je n'ai pas dit ça, marmonne-t-elle sans ouvrir les yeux.

– Si, et aussi que tu voudrais recommencer très vite.

– Tout ça dans un *« hum »* ?

– Que veux-tu, je suis doué en langues.

– Tu es surtout modeste.

Elle pouffe, m'embrasse et se rendort, heureuse et pour un court instant protégée de tous nos problèmes. Demain, nous devrons trouver des solutions, mais là je n'ai qu'une envie, profiter d'elle et de notre retraite.

CHAPITRE 32

EVY

Les jours passés dans cette suite me paraissent merveilleux et terribles. Noah est ardent, sexy et il vénère mon corps passionnément. Il est insatiable. Je ne peux pas m'en plaindre. Il m'a prouvé que je pouvais aimer le sexe et que je ne devais plus jamais avoir peur de croire en lui. Il m'avait promis que j'aurais du plaisir et j'en ai eu plus que je ne l'aurais jamais imaginé. Malgré cela, je ne ferai jamais totalement confiance à un homme. Tout étranger devra démontrer sa probité avant que j'aie même le désir de l'accepter dans ma vie. Et plus je réfléchis, plus j'ai l'intime conviction qu'il n'y aura personne d'autre que Noah.

Ces moments hors du temps, à l'écart de la réalité, sont également horribles car je n'ai plus le contrôle de mon destin. Nous sommes cachés, à l'abri, pourtant je suis angoissée dès que j'ai quelques instants de calme. Une boule de stress est nichée en permanence dans ma gorge. Je suis sans nouvelles de Clara. Elle ne répond pas à mes appels, rien, c'est le néant. Je me ronge les sangs en tournant en rond dans la chambre et je cache mes tourments à mon amant.

Je ne lui ai rien dit sur la disparition et le silence de celle qui est comme ma sœur. Je ne veux pas lui avouer son implication dans mes manigances. Pour mieux le manipuler, elle a couché avec Shane, lui a soutiré des secrets que Noah pensait bien gardés. Il a cru se servir d'elle, mais finalement c'est tout le contraire qu'il s'est passé. Je ne suis donc pas pressée d'expliquer que mon inquiétude est due à l'absence de Clara.

Noah a contacté Shane par message pour lui dire de se faire discret, et de rester hors d'atteinte, ce qui sera facile pour lui. Si je pouvais prévenir mon amie pour qu'elle fasse de même, je pourrais dormir. Mais elle est injoignable, et je m'en veux. Je l'ai laissée se mêler de ma vengeance. Je lui ai donné l'occasion d'aider, sans refuser, sans rechigner, trop heureuse d'avoir un soutien, une sœur, une épaule sur qui m'appuyer. J'ai été horrible la dernière fois qu'on s'est vues. Je l'ai rejetée, la traitant pire qu'un chien. S'il lui arrive malheur par ma faute... Comment vivre avec ma conscience qui me hurlera tous les jours mes péchés et mes défaillances ? Si je la perds pour... pour quoi en fin de compte ? J'ai certes eu la satisfaction de voir crever des ordures, mais plus encore de me rendre compte que je suis aussi mauvaise qu'eux. Clara ne voulait pas que je fasse du mal à Chloé et elle avait raison. Je dois le lui dire et je dois demander son pardon. Qu'elle sache que je regrette mes mots, mes actes.

Noah m'a donné de la tendresse et des caresses. Il me protège et m'aime. Je crois en son attachement. Il aurait tué pour moi et m'a d'ailleurs aidée à le faire. Il m'a offert son cœur en même temps que celui d'Hoggan. J'ai de plus en plus de mal à garder le silence, il faut que je lui révèle la vérité, qu'il sache que je ne lui ai pas volé sa sœur. Qu'il n'a pas besoin de surmonter sa déception. Qu'il ne doit pas m'en vouloir ni essayer de me pardonner. Je lui dois bien ça. Si en plus, nous pouvons éliminer son père comme il m'a avoué rêver de le faire, je serais heureuse et surtout soulagée.

Je vais lui parler quand il sortira de la douche. Je l'emmènerai dans mon appartement et lui montrerai ma clé USB camouflée en bijou fantaisie. Si déclarer mes sentiments m'est encore trop difficile, le cadeau que je lui réserve le fera pour moi. Il comprendra alors sans que j'aie à prononcer les mots.

L'eau de la douche coule, le bruit de ses jets puissants contre les parois en verre résonne jusqu'à moi. La porte est entrouverte. La tentation de le rejoindre est forte. Il a pris l'initiative de nos étreintes depuis que nous sommes ici. Il a donné des ordres, auxquels je me suis empressée de répondre. Être entravée par ses mains fortes, son corps musclé ou des cravates et foulards commandés au service d'étage ne m'a pas fait reculer. J'ai accepté et apprécié. Comme si le fait de ne pas avoir le pouvoir de choisir multipliait mon plaisir, d'autant plus que je suis intimement convaincue que si je lui dis non, il écoutera ma volonté. Depuis le début de notre relation, avant même de savoir qui j'étais et ce que j'avais subi, Noah a toujours pris en compte mes peurs, pour éviter les larmes et le rejet. C'est un homme bon et… malin aussi.

Me décidant enfin à aller le rejoindre, je me lève et me dirige vers la salle de bains. La main posée sur la poignée, je suis interrompue dans mon geste par la sonnerie de mon iPhone. Mon cœur bondit. Il n'y a que deux personnes qui ont mon numéro et l'une d'elles est dans la pièce voisine. La peur me prend à la gorge, ma respiration devient saccadée. Je me dépêche de récupérer mon téléphone, les doigts tremblants. Le nom de Clara illumine l'écran, comme un signal dans la nuit. Mes jambes ne me portent plus, je me laisse tomber sur le matelas. Les draps ont été froissés et jetés à terre pendant nos derniers ébats.

Une intuition me souffle que ce n'est pas une bonne nouvelle et l'angoisse monte. Elle ne m'aurait jamais ignorée longtemps, son caractère n'est pas aussi mesquin. Elle est plutôt du genre à me dire mes quatre vérités. Son mutisme des derniers jours est suspect et maintenant, j'hésite à répondre. Mais je n'ai pas d'autre solution.

– Clara ?

– …

Le bruit d'une respiration hachée et difficile me parvient. Un silence oppressant coupé par un halètement. Le frisson qui me parcourt n'a plus rien de sensuel, mais est glaçant, et de mauvais augure. Un début de mot étranglé puis plus rien. Putain ! Mais…

— Clara ! Clara, c'est toi ? Réponds !

Je hurle presque. Que se passe-t-il ?

— Evy… Je… Aide-moi…

Il y a différents sons, j'essaie de les distinguer. Un cri entrecoupé d'un gémissement, un brouhaha, des claquements et des pleurs. Une voix assourdie qui menace et qui gronde. Ces larmes, je les devine comme étant celles de mon amie.

— Clara ! Pitié, dis quelque chose.

— Evy ! Non, ne fais…

— Silence.

La voix de l'homme qui la fait taire est effrayante. Elle n'appartient pas à Lyons, mais je suis certaine de l'avoir déjà entendue. Je fouille dans ma mémoire, vide pour le moment sous l'effet de la panique. L'identité de mon interlocuteur importe peu. Il me faut juste savoir ce qu'il fait à mon amie. Des sueurs froides coulent le long de mon dos et me donnent la chair de poule. Ce sentiment d'une catastrophe imminente est tellement fort que j'entends battre mon cœur par-dessus ma respiration.

— Je suis Williams, nous nous sommes déjà rencontrés.

Il me parle comme si la situation était normale. Comme si Clara ne pleurait pas derrière lui. Il se présente sur le ton qu'il prendrait pour un entretien amical dans des circonstances banales. Ce monde est complètement barré.

– Ou… oui, je me souviens de vous.

Le salaud m'avait obligée à voir Lyons, m'emmenant avec Five quand on était devant ma porte. Que fait-il à mon amie ?

– Il semble que vous êtes proche de cette charmante jeune femme.

– Comment le savez-vous ?

Soudain, on me prend le smartphone des mains. Je sursaute et essaie de le récupérer. Mais je suis stoppée par le regard de Noah qui me fusille. Il presse le symbole du haut-parleur et met un doigt sur sa bouche. Je comprends, je ne dirais rien sur sa présence avec moi.

– Nous devions trouver par où les infos ont fuité, qui est le traître dans l'organisation.

– Comment ?

– Votre copine a espionné pour faire tomber Cobb. On l'a vue fouiner et poser des questions.

Je ne réplique pas, je le laisse parler pour me permettre de réfléchir à ce que je vais répondre, sans envenimer la situation. Je suis dans la mouise et pire encore, Clara est en danger.

– On m'a assigné cette mission… vu que Five a négligé les ordres de monsieur Lyons.

Je fixe mon amant, désarçonnée, un peu perdue. Il a une drôle d'expression, un air gêné. Il donne un mouvement tournant à sa main comme pour me dire qu'il expliquera tout après. Ce n'est pas le moment de me laisser distraire, je dois rester concentrée. Le lieutenant continue ses explications. Je suis glacée, je n'entends plus Clara.

– Et là surprise ! Que trouve-t-on dans le répertoire de cette demoiselle ? Votre prénom.

– Elle aurait pu avoir une connaissance qui s'appelle comme moi, je tente la voix tremblante.

– Ce n'est pas un prénom très courant, ricane-t-il. Et puis, je me suis fait une joie de la faire parler. Pour confirmer.

Une envie de vomir bloque les mots qui devraient sortir.

– Que... que lui avez-vous fait ?
– À votre avis ? Je ne suis pas un saint.

Oh mon Dieu ! Mon imagination s'emballe et des horreurs défilent dans ma tête.

– Je suis certain que monsieur Lyons serait très heureux de vous revoir.

Ça, je n'en doute pas. Ses pertes sont déjà conséquentes et il n'a pas connaissance de la mort d'Hoggan. Pas encore.

– Si vous tenez à votre amie, venez me rejoindre à son domicile... et vite. Sinon, il ne restera pas grand-chose d'elle pour vous permettre de la reconnaître.

Il raccroche sans attendre ma réponse, le son de la tonalité résonnant dans le silence de la chambre.

Je me balance, le regard vide, paniquée. Mon Dieu, elle souffre, et c'est ma faute, je dois l'aider. Je dois la sauver, la libérer, me rendre là-bas et échanger ma place avec elle. Lyons me cherche, il ne s'intéresse pas à elle. Je m'enroule dans mes bras, serrant mon ventre. Je ne sais pas ce que je peux faire...

– Evy, on va la retrouver, ne t'inquiète pas.

Noah est calme, même trop je trouve. Il me coupe dans mes idées noires. Et ça me fait penser aux paroles de Williams à son sujet.

– Que voulait-il dire quand il a parlé de toi ?

Son air coupable revient, il s'agenouille devant moi et caresse ma joue du dos de sa main. La chaleur qui se dégage de lui me fait me rendre compte à quel point ma peau est froide. La sensation me rassure un peu.

– J'ai merdé, je n'ai pas obéi. Lyons exigeait une preuve que je suis encore à sa botte.

– Comment ?

– Il a compris que je ne voulais plus rien à voir avec lui, que je me détachais de plus en plus, qu'il n'avait plus vraiment de prise sur moi.

– Et...

– Et il a réclamé que je m'occupe de la fille qui a fouiné dans les affaires de Cobb.

C'est ma faute. Elle n'aurait jamais dû rester après la soirée au Paroxysm.

– Mais j'ai décidé d'ignorer ses ordres, même lorsqu'il a insinué que tu pourrais le regretter, et en subir les conséquences.

Je suis surprise. Lyons a donc perçu l'intérêt de Five pour moi comme un point faible à utiliser contre son fils.

— Je n'y ai plus pensé avec tous les événements.

Il se sent mal, responsable de la situation. Mais ce n'est pas sa faute. Il ne la connaît même pas. Moi en revanche...

— Tu ne m'as rien dit non plus, Evy, me reproche-t-il.

Il fronce les sourcils, mais il continue pourtant à me caresser machinalement pour me donner du réconfort.

— Oui, je lui avoue. Mais je ne peux pas t'expliquer maintenant. Je dois y aller...

Je me lève pour m'habiller. Je ne dois plus perdre de temps, car plus les minutes passent, plus Clara souffre. Noah me retient.

— Non, tu n'y vas pas, c'est un piège.

— Je sais, mais je ne peux pas la laisser être torturée.

— Non, mais tu ne peux pas partir. Je ne peux pas te laisser faire ça.

— Mais tu n'as rien à dire, c'est mon choix.

— Non, je tiens à toi, je ne te perdrai pas. Je vais y aller, moi.

Il empoigne mon bras, m'empêchant de m'échapper.

— Quoi ? Non !

Je ne veux pas qu'il se mette lui aussi en danger. Je ne supporterai pas que tout s'arrête. Mon souhait est que tout redevienne normal. Que Clara soit chez elle, que Noah retrouve sa sœur et moi que je parte loin d'ici, sans plus penser à ces pourritures qui m'ont gâché la vie. Je me secoue pour me libérer de son étreinte. Mais il résiste et entoure mon corps. Nous sommes collés l'un à l'autre, nos souffles précipités. La peur, l'angoisse ont supplanté le désir. Il ancre son regard vert dans le mien. Front contre front, il respire profondément et tremble légèrement.

– Je vais y aller. Tu ne discutes pas. Tu es une novice dans ce monde de merde.

– Mais…

Il me coupe en posant durement ses lèvres sur ma bouche.

– Ne crois pas t'en tirer en te livrant à sa place. Williams ne compte pas la libérer.

Il a raison, je rêvais.

– Il faut faire quelque chose, je gémis. S'il te plaît, elle compte tellement pour moi. C'est ma meilleure amie, ma seule amie.

– Je m'en occupe. Toi, tu restes ici. Et on reparlera de ta tendance à me révéler tes secrets quand il est déjà trop tard.

Aïe… je grimace sous cette pique. J'en ai encore un gros que je ne lui ai pas dévoilé, mais celui-là, j'espère qu'il lui fera plaisir, et qu'il me pardonnera plus facilement. Il me lâche et s'habille très vite.

– Donne-moi l'adresse.

Pendant qu'il termine de se préparer, calme et économe dans ses gestes, je trouve un bloc-notes et un stylo pour inscrire ce dont il a besoin.

– Je t'envoie Shane. Il prendra soin de toi et te protégera.

Il récupère le flingue et m'embrasse. Son baiser est intense et la crainte de le perdre me fait le prolonger. Je le tiens à deux mains, mes lèvres et ma langue vont et viennent, fiévreuses. J'ai peur qu'il lui arrive malheur. Ironique quand on sait qu'il y a moins d'un mois, je le voulais mort ou agonisant. La porte claque sur le silence rempli de mes angoisses et de mes regrets.

CHAPITRE 33

EVY

Shane entre dans le salon de notre suite. Son air est sombre, marqué plus encore par son début de barbe et les cernes sous ses yeux. Il est tendu et fronce les sourcils. J'attends depuis trois heures que Noah me donne des nouvelles. Je n'ose pas appeler sur son téléphone portable, mon angoisse est au maximum. C'est horrible.

– Je suis ici pour lui, pas pour toi, attaque mon nouveau compagnon d'infortune.

– Je n'ai rien demandé.

Je mets de l'espace entre nous, n'ayant aucune confiance en cet homme. Il est le meilleur ami de Noah et il sait ce que j'ai fait. Après toutes les preuves de son soutien envers moi – il m'a emmenée au Paroxysm, s'est battu pour moi, a kidnappé Hoggan, l'a torturé et m'a épaulée lors de son exécution –, je l'ai mis dans une situation intenable pour l'hypothétique sauvetage de Clara.

– Tu n'as pas besoin d'ouvrir la bouche, tu le regardes avec tes yeux de biche, tu lui joues ta mine de demoiselle en détresse, et lui, il court comme un lapin.

Il est furax et il a raison. Si je veux réparer mes actions, je vais devoir apaiser l'homme qui tourne en rond devant moi. Pour l'adoucir, je dois lui expliquer mon comportement et mes attentes.

– Écoute, je sais que tu me hais…

– Je ne te déteste pas, mais tu fais chier. Tu le rends barge et il ne fait que des conneries depuis qu'il te connaît.

– Je suis désolée, sincèrement. Je ne souhaite plus lui gâcher la vie.

– Tu ne veux plus ? Ah ! j'étais convaincu que tu ne cherchais qu'à te venger, j'avais donc raison.

Je ne crains pas sa violence, il n'est pas un homme à frapper une femme. Enfin, j'espère.

– Ce n'est plus le cas et pour te le prouver, je vais aller récupérer quelque chose chez moi.

– Hors de question ! Je suis ici pour te surveiller et te protéger. Tu ne sortiras pas sans mon autorisation.

Quel con ! Je veux lui donner la clé. Si elle peut servir de garantie pour la sécurité de mon amant, je l'échangerai sans problème.

– Il est parti arracher Clara des griffes de ce Williams, il va revenir. Mais je dois y aller maintenant.

– Clara ? La serveuse du Paroxysm est ta complice ?

– C'est mon amie.

– Eh bien, tu as tué ton amie, me lance-t-il abruptement.

– Quoi ? Non. Ne dis pas ça.

– Si. Mais tu crois quoi ? Qu'elle est en train de prendre le thé tranquillement avec le principal homme de main de Lyons ? Qu'il ne lui tire pas tout ce qu'elle sait, de gré ou de force ?

– Mais…

– Tu es naïve si tu t'imagines qu'elle est encore en vie. Et si elle l'est, poursuit-il implacable, elle doit prier, pleurer et même supplier pour que ses souffrances soient vite abrégées.

– Arrête !

– Non, je n'arrêterai pas. Tu dois t'en rendre compte, tu as entraîné ton amie vers la mort.

Les larmes coulent en flot ininterrompu sur mes joues, je resserre mes bras autour de moi dans une tentative de réconfort et de dénégation. Mes actes ont des conséquences tellement graves.

– Tu ne sais rien, je crie, désespérée.

– Pas besoin d'être présent pour être convaincu de son sort. Elle est morte ou elle le sera très bientôt.

– Non, ce n'est pas possible.

– Et Five est dans la merde maintenant.

– Quoi ?

– Il s'est jeté dans la gueule du loup.

– Lyons ne lui fera rien ! Dis-moi qu'il ne lui fera rien !

Il ne me répond pas, mais son regard est éloquent, il est persuadé de ne pas revoir son ami. Si Lyons s'en prend à son propre fils, il est encore plus pourri que je ne le pensais. La douleur qui éclate dans ma poitrine me plie en deux, je dois l'extérioriser sans quoi je vais finir folle. J'attrape une petite sculpture moderne en bronze qui orne une table basse et la jette en direction de Shane. Il l'évite facilement et ricane de mon geste, puis se détourne.

Mes genoux lâchent et je me retrouve à terre, me cache le visage dans les mains, ne supportant plus de voir son expression de dégoût. Il est mordant, accusateur, mais il a tellement raison. Son discours sans artifice pointe chacune de mes responsabilités. Je voulais éloigner Clara, la mettre hors de danger Et je n'ai fait qu'accélérer ses tourments. Si elle est morte, si je l'ai perdue à jamais, comment survivre sans elle ? Comment vivre avec sa mort sur la conscience et ne pas succomber sous les remords ?

Shane reste impassible face à mon chagrin, me laissant à terre et se servant un verre d'alcool en tapant frénétiquement sur son écran de téléphone. Il marmonne des propos dont je ne comprends pas tout. Il s'inquiète de l'absence de réaction de Noah

– Mais il fout quoi ?

Je me relève et me cache dans la salle de bains. Mon reflet dans le miroir me renvoie l'image d'une femme ravagée par les émotions négatives. La désolation, la douleur, le deuil sont déjà présents dans le gris de mes iris. Mes joues sont pâles et marbrées des larmes de mon chagrin. Je dois me secouer et décider ce que je vais faire. Être maligne, car Lyons a toujours un coup d'avance. C'est un joueur d'échecs qui calcule tous les mouvements possibles. Il n'a cependant aucune idée que j'ai une sauvegarde du PC de Cobb. C'est le seul avantage en ma possession. Je dois m'en servir intelligemment.

Après m'être rafraîchie, je sors rejoindre l'ami de mon amant. Je dois le convaincre de m'autoriser à retourner chez moi. Respirant de façon contrôlée, je malmène mes mains, les malaxant nerveusement. J'essaie de ne pas penser à Clara, si je laisse ne serait-ce qu'une image d'elle revenir à la surface, je m'écroule. Blinder mon cœur est donc obligatoire. Mon chagrin pourra me submerger, mais pas maintenant.

J'ouvre la bouche pour commencer ma plaidoirie quand mon téléphone sonne. Je croise le regard de Shane, mon angoisse ressurgit. Fébrilement, je me jette sur l'objet qui hurle sa sonnerie dans le silence de la suite de l'hôtel. Le numéro qui s'affiche à l'écran n'est ni celui de Clara ni celui de Noah. Après un instant d'hésitation, je décroche. J'ai peur de la voix qui se fait entendre. Elle m'a poursuivie pendant dix ans dans mes cauchemars. Lyons jubile et mon envie de vomir revient.

– Bonjour mademoiselle Russel.

Bordel, comment a-t-il eu mon numéro ? Seules les deux personnes qui comptent pour moi sont en sa possession. Qui le lui a fourni, sans aucun doute contre sa volonté ? Il faut qu'il me le dise. Est-ce Clara ? Ou Noah qui ne répond pas ?

– Qui vous a donné mon nom de famille, le vrai ?

Ma détermination s'est raffermie et j'ai pu sortir quelques mots sans trembler.

– Cobb a parlé avant de se taire à jamais. Et votre amie a confirmé votre identité.

La satisfaction est flagrante dans le ton qu'il emploie. Je tente de faire abstraction de Clara, il en parle pour me déstabiliser. Je serre les dents de rage.

– Même vos hommes, vous vous en débarrassez sans état d'âme.

– Il devait payer. Même si je sais qui sont les véritables responsables de cette débâcle, toi et mon cher fils, précise-t-il. Personne ne me fait défaut sans le regretter amèrement.

– Vous finirez en enfer. C'est tout ce que vous méritez.

– J'admire ta haine, tu serais une bonne recrue. Enfin, si je pouvais te faire confiance.

– Jamais ! Je vous tuerai avant d'être forcée à vous obéir.

– Je t'invite à venir là où tu as fait connaissance avec mon cigare.

– Pourquoi je me jetterais dans un traquenard ? Je ne suis pas si conne.

– Pourquoi ? Parce que j'ai quelqu'un qui pourrait t'être précieux.

La nausée tord mon estomac, reflue dans ma gorge. Je ne sais pas qui je « préfère » savoir entre ses mains de boucher. Clara ? Noah ? Il peut se débrouiller, lui, mais elle est si fragile. Comment choisir entre les deux, je ne veux pas avoir de préférence. J'aimerais pouvoir sauver ces deux personnes qui me sont chères, mais pour avoir l'une, il me faudra perdre l'autre, j'en suis à présent convaincue.

– Qui ? je lui demande d'une voix éteinte.

– Noah est impatient de te revoir. Tu as le choix, soit tu viens, soit tu seras amenée de force.

Il raccroche et je m'effondre. Noah est entre ses mains. Ce qui veut dire que Clara est...

– Je vais chez Clara, que tu sois d'accord ou non.

Ma résolution prise, je me lève et sors de cette suite sans un regard en arrière. Je dois être certaine du destin de mon amie – saine et sauve ou morte – et mon cœur me dit que c'est cette seconde possibilité qui est réelle.

***

Nous arrivons rapidement, je ne fais rien pour me cacher. Je cours dans l'escalier, fonce droit vers son appartement avant de stopper net sur le palier, tremblante, le cœur broyé par l'appréhension. La porte est ouverte sur le salon. Mes doigts sur la bouche, je cherche mon souffle, mes lèvres sont glacées.

La main de Shane se pose sur mon épaule, je le regarde sans comprendre, il fixe un point derrière les meubles renversés. Il est plus grand que moi d'une bonne trentaine de centimètres et vois donc quelque chose que je ne vois pas. Il est pâle et ses traits sont tendus.

— C'est Clara, chuchote-t-il.

— Non !

Je me précipite vers elle. Son corps est brisé, elle saigne abondamment. Ses yeux sont fermés et la tête tournée sur le côté. Mes genoux flanchent et je m'écroule. Ma main vient trouver ses doigts. Ils ne sont pas aussi froids que je le redoutais.

— Oh…

Mes larmes coulent et débordent de mes joues, elles tombent sur le tissu déchiré et sanglant du haut de mon amie. Je pose le front sur son ventre.

— Pardon, pardon…

— Ahhh.

Je sursaute, ce son provient de la bouche de ma sœur de cœur.

— Shane ! Elle est vivante !

Je crie de surprise et de bonheur, un espoir renaît comme une braise sous la cendre.

— Comment ?

Il s'approche et vient à nos côtés. Il prend son pouls à son poignet.

— Il est très faible et lent, constate-t-il en secouant la tête. Elle ne tiendra pas longtemps.

Il essaie de me dire que je m'emballe, mais je ne veux pas le croire. Elle est vivante et nous allons l'emmener à l'hôpital.

— Evy…

La voix cassée est ténue. À chaque inspiration, j'entends un râle provenant de sa poitrine. Mes sanglots m'empêchent de parler correctement.

– Clara, ma belle, ça va aller, tu vas guérir.

Je caresse ses cheveux, emportant des mèches collantes de son sang. Shane demeure près de moi, présence réconfortante mais muette.

– Non, Evy… je… Je ne… Je pars.
– Non… Je te l'interdis, reste avec moi !
– Tu dois arrêter avant que… que ce soit trop tard.

C'est déjà le cas. Elle est la victime collatérale de ma guerre, de ma vengeance. Je perds une des seules personnes au monde que j'ai aimée.

– Ne m'abandonne pas, reste…
– Je ne peux pas… C'est la fin.
– Non… Je suis perdue sans toi.

Je pleure et la serre dans mes bras, je me balance au rythme de mes larmes. Mon cœur se brise sous la douleur et les remords. J'ai joué avec la mort et elle gagne. Ma plus grande perte est celle de ma sœur.

– Promets-moi…

Elle tousse et s'étrangle. La souffrance crispe son visage et son corps, elle me tient la main, mais ses doigts sont de plus en plus faibles.

– Oui, tout ce que tu veux.
– Arrête et pars. Sauve-toi.

Comment lui dire que c'est trop tard ? Noah est prisonnier de Lyons, je vais chercher la clé et l'échanger contre nos vies. Et prier que ça suffise pour nous libérer de son emprise.

— Oui, je... je laisse tomber. Mais... bats-toi, reste avec moi, s'il te plaît.

— Je t'aime Evy, me souffle-t-elle.

Ce sont ses derniers mots. Pour moi, toujours moi. Elle a été mon amie, ma sœur, ma jumelle de cœur. Je hurle et pleure. Elle est partie et je reste seule.

— Clara n'est pas morte, Evy, m'annonce Shane. Elle est juste inconsciente.

Je me redresse et l'espoir revient.

— Nous ne pouvons pas rester, il faut que l'on parte, Lyons attend et plus le temps passe, moins il sera compréhensif.

C'est un euphémisme ! Je me rappelle les conséquences des refus de mon père. Cet homme est un malade qui joue avec la terreur qu'il inspire. Mais lâcher la main de Clara est tellement difficile, comment l'abandonner ici, par terre ? Seule et sans défense ?

— Nous devons partir, maintenant ! insiste-t-il. J'appelle une ambulance sur le chemin. J'ai des téléphones à carte prépayée dans la voiture, personne ne pourra nous repérer.

Il m'agrippe et me pousse vers la sortie, je regarde une dernière fois mon amie, évanouie, à terre, sans défense. Tout est ma faute. Je prie pour qu'elle survive jusqu'à l'arrivée des secours.

CHAPITRE 34

FIVE

Je me réveille, le corps endolori. J'ai l'impression qu'un camion m'a roulé dessus, et aurait fait marche arrière, l'histoire de ne pas me louper. Mon crâne résonne des battements de mon cœur, la migraine vrille mon estomac. J'ouvre un œil, le referme vite. La luminosité agresse le reste de mes neurones. On enfoncerait des aiguilles brûlantes dans mes rétines que ce serait la même chose.

Je fais le compte des dégâts. Debout : OK. Attaché les bras levés : problème.

Une côte cassée : aïe. Mais je peux gérer, ça m'est déjà arrivé pendant mes combats. La respiration sifflante annonce un éventuel poumon perforé. Chiotte ! La douleur est partout. Ma tête ressemble à une enclume. J'ai un œil poché et l'arcade ouverte. Le sang a coulé et coagulé sur la paupière et la pommette, me donnant la sensation d'être figé et borgne. Avec les mains attachées, je ne peux pas essuyer le sang.

Que s'est-il passé, bordel ? Je force mon cerveau, active mes neurones. Hoggan, la nuit avec Evy. Cette putain de nuit ! Nos discussions, ses remords, ses peurs. Pour moi, pour nous. Notre séjour à l'hôtel, cachés du monde extérieur.

Ce matin – enfin si on est toujours le même jour – je me suis levé dans l'intention de préparer notre départ loin de la ville. Evy m'avait dit qu'elle espérait se débarrasser de Lyons. Je lui avais rétorqué que le tuer ne l'aiderait en rien et qu'en plus, c'était trop dangereux. Elle avait grimacé et haussé les épaules. Mais ces dernières heures elle semblait très nerveuse. Pas au sujet du sexe. De ce côté-là j'ai réussi à ce qu'elle apprécie ce qu'il se passe dans un lit, ou ailleurs. Non, elle s'inquiétait et je ne savais pas de quoi. Toujours mystérieuse, tellement secrète. Et puis, il y a eu l'appel téléphonique.

Williams a trouvé la taupe. La nôtre, à Shane et à moi, mais aussi celle de mon amante. Elle nous a bien roulé la maligne. Cette Clara jouait sur les deux tableaux. Faisant semblant d'espionner pour nous, elle renseignait son amie en même temps. Car la crainte que j'ai vue dans le regard d'Evy m'a confirmé son attachement à celle-ci. Ce n'était pas juste une informatrice, c'était une amie, une sœur presque. Je suis sorti de l'hôtel, la laissant morte de peur, et je suis allé à l'adresse de cette pauvre fille. J'ai ouvert la porte et là, trou noir...

Merde, réfléchis Five. Rappelle-toi. Ah oui... ils étaient là...

***

La porte de son appartement est enfoncée, ça pue les emmerdes. Ils attendent Evy, ils vont être surpris de ma venue. Je dois me montrer prudent. Je jette un regard rapide et aperçois la scène. Les meubles sont retournés, des bris de verres et de plantes renversées sont éparpillés dans toutes les pièces.

La jeune femme est à terre, du sang partout autour d'elle. Elle n'est pas encore morte, j'entends sa respiration difficile et sifflante. Elle s'étrangle par moments, comme si quelque chose obstruait sa gorge. Par réflexe, je me précipite vers elle. Quel con ! Il y a quatre hommes de main et Williams. Et moi, comme un idiot, je les ignore.

– Ma journée s'améliore d'heure en heure, dit le lieutenant de mon paternel.

Son sourire est éclatant. Il est très heureux, ce con. Je ne le regarde même pas, totalement focalisé sur cette pauvre fille.

– Laisse-la tranquille.

– Oh, oui, ne t'inquiète pas. De toute façon, dans quelques minutes, elle sera morte. C'est trop tard.

M'agenouillant auprès d'elle, je la retourne pour faciliter sa respiration. Son corps porte d'innombrables coupures et ecchymoses, elle saigne du nez et de la bouche. Elle ouvre les yeux, mais son regard est trouble et ses pupilles dilatées au maximum. Elle essaye de fuir mon étreinte, ne me reconnaissant pas.

– Chut, c'est Five. N'aie pas peur.

Elle gémit, comme un animal aux abois. Je lui dis des mots rassurants bien que je les sache sans fondement. Sans soins immédiats elle ne survivra pas. Je ne veux pas pour autant qu'elle soit effrayée par son destin.

– Five... Evy... Evy est en danger.

Elle parle doucement, expirant douloureusement. Elle pense à son amie, malgré sa situation. C'est quelque chose de rare.

– Oui, ne t'inquiète pas, Evy va bien, elle est en sécurité. Elle m'a envoyé te chercher.

Je ne suis pas certain qu'elle m'entende car sur mes derniers mots, elle perd conscience. Je suis triste, pour mon amante et pour cette jeune femme. Si Evy était venue se livrer, elle serait dans cet état aussi. La colère monte sans prévenir, me submerge et calcine toutes mes pensées logiques. Je dépose le corps évanoui et je me jette sur Williams. Soudain, je ressens une piqûre dans le cou.

– Voilà, bientôt tu ne seras plus capable de quoi que ce soit. Tu ne feras pas trop de dégâts comme ça.

– Tu m'as fait quoi, putain ?

Je me retourne, mais je suis pris d'un vertige. Ma tête devient lourde et mon énergie commence à déserter mon corps.

— Une drogue rapide. Laisse tomber, Five. Tu vas être H.S. très vite. K.-O. par tranquillisants.

Il se marre, l'enfoiré. Aucune chance qu'ils m'emmènent sans que je tente quoi que ce soit. Je me bats, contre le produit et les gorilles de Lyons. Je résiste de toutes mes forces déclinantes. Ils vont morfler. Mais moi aussi.

Puis le trou noir.

***

J'entends des pas et reviens au présent, je respire lentement, simulant l'inconscience. C'est Lyons. Il vient d'entrer, je le suis de l'œil qui n'a pas subi trop de dégâts, la paupière relevée au minimum. On est dans le bureau au-dessus de l'Aréna. Il est décontracté, comme si prendre son fils à un crochet de boucher était tout à fait normal. Il s'installe dans son fauteuil et compose un numéro sur son téléphone fixe.

— Bonjour mademoiselle Russel...

— ...

Je n'entends pas la réponse d'Evy.

— Cobb a parlé avant de se taire à jamais.

La satisfaction est flagrante dans le ton qu'il emploie.

— ...

— Il devait payer. Même si je sais qui sont les véritables responsables de cette débâcle, toi et mon cher fils. Personne ne me fait défaut sans le regretter amèrement.

— ...

— J'admire ta haine, tu serais une bonne recrue. Enfin, si je pouvais te faire confiance.

— ...

— Je t'invite à venir là où tu as fait connaissance avec mon cigare.

— ...

— Pourquoi ? Parce que j'ai quelqu'un qui pourrait t'être précieux.

— ...

— Noah est impatient de te revoir. Tu as le choix, soit tu viens, soit tu seras amenée de force.

Il raccroche et vient dans ma direction.

— Ouvre les yeux, je sais que tu es réveillé.

— Elle ne viendra pas, elle n'est pas conne.

— Oui, mais pour tes beaux yeux, elle fera comme toutes les autres, elle viendra.

— Non ! Elle veut sa vengeance, elle se fout de mon sort. Je ne suis qu'un pion.

Je dois lui faire croire que je le pense. J'espère qu'elle se sauvera, qu'elle n'aura pas la stupidité d'essayer de m'aider.

— Oh... La façon qu'elle avait de baver sur toi dans ce bureau... Tu aurais dû voir ça. Elle lutte, mais elle est accrochée.

Il rit, secoue la tête, amusé par ses souvenirs.

— Laisse-la tranquille !

— Non ! Je ne permettrai pas à cette petite pute de foutre encore plus le bordel dans mes affaires !

Il attrape mes cheveux, tire ma tête en arrière pour me regarder bien en face.

— Tu me déçois. Tu me trahis pour une chatte !

— Non, même sans elle, je le ferais. Je ne m'en suis jamais caché, je n'attendais qu'une bonne occasion.

— Dès qu'elle sera morte, tu reviendras à de meilleurs sentiments. Sinon ta sœur aura droit au même sort que ta pétasse.

La peur pour les deux femmes de ma vie me tord le ventre, mais je ne dois pas lui laisser paraître. Il serait trop heureux.

— Je t'emmerde... Lyons.

Lui servir son nom, lui cracher à la gueule, c'est agiter un linge rouge devant les yeux d'un taureau. C'est jouissif. Il me frappe à l'estomac. La douleur est atroce mais rien à foutre, je lui ris au nez pour le narguer.

— Pour toi, c'est papa.

— Ça n'est plus le cas depuis dix ans, pour moi tu es mort.

Il me cogne encore puis appelle ses gorilles.

— Remettez-lui les idées en place.

Commence alors un passage à tabac dans les règles de l'art. Les deux sous-fifres font leur boulot avec enthousiasme et méthode. Et lui attend patiemment

Evy. Il lit ses papiers, écrit, boit un verre, et fait tabasser son fils sans sourciller.

Et moi, je morfle.

***

Ploc… Ploc… Ploc…

Je suis sur la pointe des pieds, ceux-ci ne touchant presque plus le sol. Ils ont tendu mes liens pour empêcher le plus possible mes mouvements. Mes poignets saignent, sous les cordes, d'avoir trop tiré pour me libérer. Cette fois, je suis certain que mes côtes n'ont pas toutes survécu. Ma respiration est sifflante.

Ploc… Ploc… Ploc…

Une goutte tombe, encore une, encore… une. Le sang s'écoule hors de moi. Lentement mais sûrement. Ils ont utilisé des coups-de-poing américains. Je fais le décompte de mes autres blessures. Arcade sourcilière gauche, pommette droite, lèvre supérieure. Mes reins ont souffert aussi. Les sous-fifres ont bien insisté dessus. Ça fait un mal de chien. J'ai perdu la notion du temps. À part ce bruit récurrent.

Ploc… Ploc… Ploc…

Je ne me vide pas complètement, mais la perte de ce sang finira par diminuer encore plus mes forces. Lyons revient vers moi. La haine qui me ronge enflamme mes cellules. Je le déteste, il me fait horreur, me dégoûte. Cet homme est responsable de ma naissance, c'est tout ce que je peux lui reconnaître. Pour le reste, il aura gâché toute ma vie. Ma mère s'est enfuie, obligée, pour sa survie et celle de ma sœur, de me laisser avec ce monstre. Je le méprise, c'est un chacal.

Il a regardé le spectacle de ma punition comme s'il était au cabaret. À peine si j'existais, ne parlant que pour donner des ordres, des instructions, pour que son personnel ne fasse pas trop de zèle et qu'il ne tue pas son « poulain ». Ironique, non ? Il me veut du mal, mais pas trop, il ne faudrait pas qu'il perde plus d'argent.

CHAPITRE 35

FIVE

Le téléphone résonne dans le silence relatif du bureau. Je reprends pied, me rendant compte que j'étais parti dans une semi-inconscience.

Lyons répond à l'appel.

– ... Oui... amène-la.

Le bruit de ses pas annonce son arrivée près de moi. Je ne vois que d'un œil, et pas très bien. Ma vision est floue, amoindrie par le sang et la sueur. Je frotte ma tête et mes yeux contre le haut de mes bras étirés vers le plafond.

– Ta chère et tendre approche. Tu t'es trompé, elle est venue. Mes hommes l'ont interceptée devant chez elle, vraiment pas maligne ta pute.

– Laisse-la... tranquille.

– Pas moyen, non. Elle a pris son temps en plus. Comme si elle hésitait entre sa santé et ta sécurité.

– Elle a raison... faut pas...

Ma voix est rauque et ma respiration me fait mal.

— Tu ne l'as pas bien baisée ? Tu ne l'as pas assez éblouie par tes talents et ta queue ?

La porte s'ouvre, je vois sa silhouette, petite, encadrée par deux malabars. Ils la poussent violemment dans la pièce. Elle me jette un regard, semble vouloir me rejoindre. Lyons l'intercepte, la renvoie vers les gorilles.

— Hé là ! Où vas-tu comme ça ? Pas si vite !
— Non ! Mon Dieu ! Qu'est-ce que vous lui avez fait ? C'est votre fils !

Ils parlent en même temps. Elle recule, mais l'un des hommes de main la retient et mon paternel lui arrache son sac.

— Fouille-la, ordonne-t-il.

Mon père retourne son sac et un fouillis indescriptible tombe à terre pendant qu'elle subit les tripotages de ce crevard de gros bras. Je fronce les yeux pour le reconnaître car, celui-là, je me ferai un plaisir de lui défoncer la tronche plus tard. Il se permet de la palper, son rire gras me dit qu'il apprécie ce qu'il touche. Elle se débat, cherche à le gifler, se retrouve finalement sur un siège, une main lui écrasant une épaule. Ses cris me foutent la haine. Je tire à nouveau sur mes cordes. En vain. Putain ! Lyons s'amuse de ses tentatives pour se défendre, approche et donne un coup de pied dans la montagne de bric-à-brac qui se trouve sur son chemin. Il soupire de façon dramatique en faisant l'inventaire :

– Mais c'est quoi tout ça ? Du parfum, un collier avec un chat, un étui, des clés, un porte-monnaie, du maquillage, des mouchoirs… Tu risques ta peau, mais tu trimballes une tonne de trucs inutiles.

Evy lui jette un regard meurtrier. J'ai l'impression qu'elle hésite à lui cracher au visage mais se contient finalement. Elle se tourne vers moi, tente de me faire passer un message, mais je ne comprends pas. Mon anxiété reprend, je suis inquiet pour elle. Pourquoi est-elle allée à son appartement au lieu de fuir ? Le risque était tellement grand et elle en était consciente. Lyons ramasse l'étui gris.

– Un cigare ? Tu fumes ? Je le garde comme cadeau pour te faire pardonner.

– Jamais ! Plutôt crever ! crache-t-elle, hargneuse.

– Ça peut s'arranger, tu sais, répond-il avec un sourire sadique.

– Je t'interdis ! je crie sans pouvoir me refréner.

– Et comment ? il se marre. Tu es mal placé pour quoi que ce soit. Vous, sortez, j'appellerai si besoin.

Il vire ses comparses. Il ne risque rien, je suis attaché et elle n'est pas armée. Evy, bras serrés contre son ventre, se balance légèrement sous la peur, mais le regarde droit dans les yeux. Toujours fière et têtue. Je voudrais lui crier de faire gaffe, mais cela ne changerait rien et ferait trop plaisir à mon connard de géniteur. Il rejoint son bureau, s'appuie contre, face à elle, s'amusant de façon inconsciente avec son butin. Il l'observe, semblant réfléchir à la suite.

— On veut jouer dans la cour des grands ?
— Quoi ?
— Tu tues Kenny, tu manipules mon fils, tu arrives à leurrer Cobb, tu as fait peur à cette peste de Chloé. Tu m'emmerdes, tu sais ?
— Et alors ?
— Je connais ta véritable identité, Cobb a parlé. Tu es la fille Russel. Je comprends mieux ta hargne et ta ténacité.
— Vous feriez pareil !
— Bien sûr, mais je ne serais jamais comme toi, en position de faiblesse.

Il la domine et l'observe comme si elle était un animal étrange.

— Vous n'êtes qu'un salopard.
— Pas faux. Maintenant, tu vas me dire ce que Noah a fait de Hoggan. Il a disparu et on ne le trouve pas.
— Comment je le saurais ? Et même si c'était le cas, en avouant, je n'aurais plus rien pour me protéger. Vous êtes sans scrupule.

Pourquoi ne m'a-t-il rien demandé ? Il m'a fait tabasser, mais ne m'a posé aucune question. Et là, il veut qu'elle réponde ? Je suis perdu. Mais il a souvent une longueur d'avance. S'il l'interroge, elle, c'est sans doute pour surveiller ses réactions.

— Exact ! C'est la loi de la jungle. Seuls les plus forts et ceux sans remords survivent.
— Des chacals, elle réplique d'un air dégoûté.

— Oui, regarde Noah, tu vois ce qui arrive à ceux qui pensent avec leur bite et leur conscience ?

— Noah est…, elle cherche un terme… parfait.

— Oh, c'est tellement romantique. Sortez les violons !

Sa voix dégouline de sarcasmes. Il se tourne vers moi et me dit :

— Finalement tu l'as eue, ta poupée. Elle bave presque en parlant de toi. Je suis fier.

— Evy ! Tu n'aurais pas dû venir, je souffle difficilement.

Je tousse et me crispe sous la douleur.

— Oh, Evy… il se moque, revient vers elle et la gifle. Tu l'as rendu mièvre. Petite salope ! Je t'avais prévenue de ce que tu risquais si tu me faisais chier.

Mon père sort le cigare de sa protection, le renifle de tout son long. Son sourire fait peur, annonçant des moments difficiles.

— Hum… il a l'air bon.

— Je… non, ne le fumez pas ! C'est dangereux !

Elle me regarde, voulant me dire quelque chose. Elle est paniquée, blême. Elle revient vers Lyons qui lui répond :

— Je vais me gêner. Et en plus, tu me serviras de cendrier, vu que tu ne sais pas rester à ta place. Je dois te le rappeler.

Il vient de menacer de la brûler. Encore ! Il se souvient donc de son destin dans la cave. Putain ! Non, pas une nouvelle fois ! Il le met en bouche, elle se relève.

— Non, pas ça, vous le regretterez !
— Si tu veux que je me soumette, je le ferai ! Arrête !

Je hurle pour attirer son attention. Si je pouvais me libérer. Mon père hésite, le cigare au bord des lèvres. Le briquet allumé, la flamme proche de l'extrémité. Il abaisse les bras. Je respire un peu mieux.

— Oh, tu obéiras ! me confirme-t-il. Ta pute me servira d'otage.

Le soulagement déferle dans mes veines, un soupir s'extirpe de ma poitrine, mes muscles se relâchent. Tout pour éviter à Evy de souffrir, même donner mon âme au diable.

— Mais avant… il sourit et approche de mon amour… elle doit être punie.

Il allume et tire plusieurs fois sur l'extrémité pour que le tabac s'enflamme. La fumée entre dans sa bouche, il retient sa respiration, semblant apprécier le goût. Il expire lentement, referme le clapet du briquet dans un claquement sec. Comment faire pour le contraindre à ne pas lui faire de mal ? Je suis coincé ! La terreur me tord l'estomac, la voir être violentée sans rien pouvoir y faire, est la pire des tortures qu'il puisse me faire subir.

— Non ! Elle a déjà assez souffert ! Je t'en prie !

S'il faut que je supplie, je le ferai.

— Pas assez ! Si elle revient à la charge, c'est soit qu'elle est conne, soit qu'elle aime ça.

CHAPITRE 36

FIVE

Evy se recule, fait tomber la chaise, tourne sur elle-même, à la recherche d'une échappatoire. Elle ne peut pas sortir, la pièce attenante est remplie des gorilles de Lyons. Mon père avance vers elle, l'acculant dans un coin. Je me tords, essaie de me libérer, mais c'est impossible. Les cordes creusent davantage le sillon sanglant dans ma chair. Je suis envahi par la rage et un sentiment d'impuissance, qui me rongent comme de l'acide.

Evy crie et se débat. Elle tombe, il la surplombe. L'image me frappe : cigare dans la main droite, l'autre sur sa joue, il la plaque au sol. Il la coince sous lui, de tout son poids. Elle tire, agite les doigts, le griffe, agrippe le poignet qui la menace. *Vas-y, résiste.* Mon désespoir fluctue. Quand elle prend le dessus, il reflue, mais dès que mon père la domine, il revient de plus belle. Evy pleure, je vois sur son visage l'horreur qui la hante.

– Je vais marquer ta jolie petite gueule. Pour que tu te rappelles chaque jour, chaque fois que tu te regarderas dans un miroir, qu'on ne défie pas Lyons !

Mais il ralentit son geste, ses mouvements deviennent lourds, moins coordonnés. Il vacille, recule, tombe sur les fesses, les bras ballants. Ma respiration sifflante fait écho à celle de mon père. Il a du mal à inspirer, il émet des râles. Mais qu'est-ce qu'il se passe ? Il était maître de la situation et puis d'un coup, il lâche tout et… quoi ?

Ma compagne se relève à quatre pattes, fait quelques pas très vite pour s'éloigner, sans le quitter des yeux. Putain, c'est quoi ce bordel ?

– Evy ! Qu'y a-t-il ?

Je ne vois pas son visage, pas en entier. Je ne comprends pas. Je suis soulagé qu'elle n'ait rien, mais c'est improbable, impossible. Je continue de crier, à briser mes cordes vocales.

– Lyons ? Lyons… Pourquoi il ne réagit pas ?

Rien, pas de réponses, pas d'explication.

– Evy, dis-moi ! Libère-moi !

Se remettant debout, elle vient vers moi. Elle est affolée, son regard est figé, agrandi au maximum. Sa respiration est angoissée, à la limite de la crise d'hystérie.

– Je… Il a… le cigare.

– Je sais ! Il t'a brûlé ?

– Non, mais… le cigare.

Elle se répète, en boucle. Elle est choquée. Ses doigts fébriles prennent un temps infini à libérer mes poignets blessés et engourdis. Dès que la corde se relâche, mes genoux flanchent, et mes talons retombent lourdement sur le sol. Elle me rattrape. Ses tremblements se répandent dans mon corps. Je l'enlace pour la consoler et trouver un soutien pour mon équilibre précaire.

– Je dois voir de plus près, amène-moi là-bas.

Elle acquiesce et nous exécutons quelques pas chancelants vers mon père amorphe. J'appuie sur mes côtes pour diminuer la douleur et Evy me tient par la taille. Mes genoux finissent par ne plus me supporter et je m'écroule à côté de Lyons. Il tente désespérément d'inspirer, d'inhaler quelques filets d'air. Sans succès, il vire au bleu, ses lèvres sont pâles. Par opposition, ses muscles sont mous, sans réaction à part au niveau oculaire. La panique dans ses iris verts, copie conforme des miens, est palpable. Il se rend compte qu'il y a un problème, mais il ne bouge plus, il ne respire plus.

– Mon Dieu, Evy ! Qu'est-ce qu'il a ?
– Le cigare…
– Oui quoi, putain !

Je m'énerve, mais elle m'agace avec son cigare ! Elle est toute blanche, les larmes coulant abondamment sur ses joues.

– Poison dans le tabac. Mais j'avais changé d'avis. Je ne voulais plus. Pour toi… Je voulais…
– Quoi ? Non !

Mon père, je m'en fous ! Il mérite dix fois de mourir. Mais j'ai besoin de savoir pour ma sœur.

– Bordel ! Pourquoi il ne réagit plus ?

Je le pousse, le secoue, mais il reste sans réflexe.

– C'est un poison qui arrête le système nerveux, me répond-elle, fascinée par la mort programmée de son ennemi. Toujours conscient, mais plus maître de son corps, ensuite ses muscles se détendent de plus en plus puis se figent. Ceux du cœur et des poumons y compris.

– Mais… j'ai besoin de savoir où se trouve Ambre !

– Trop tard… il n'y a pas d'antidote. Je lui avais dit qu'il le regretterait. Qu'il ne devait pas !

Elle semble hors d'atteinte, se foutant de mon désespoir et de mes désillusions. Encore une fois. Je retombe de haut. Encore une fois ! Elle me retire la dernière possibilité au monde pour moi de connaître la vérité. Je bouscule Lyons, son corps dégringole sur le dos, j'ouvre la chemise en arrachant les boutons, en proie à la panique. Non, je ne le permettrai pas ! Il doit le dire, je dois savoir ! Je tente un massage cardiaque, j'appose les mains sur les pectoraux de celui qui aurait dû être un père pour moi et non un tyran. Je garde les bras tendus, mes doigts se croisent. Je pousse, j'enfonce sa poitrine. Les gestes de réanimations me reviennent. Mon cœur bat à mes oreilles, il frappe ma cage thoracique. L'adrénaline cavale dans mes veines, il faut qu'il tienne. Mes actes sont douloureux du fait de mes blessures, mais ma panique surmonte tout.

C'est pour moi essentiel, vital. Il me le doit bien, après toutes ces années à lui obéir. À subir son chantage. Je pompe rapidement. Puis je me penche pour lui insuffler de l'air, mais Evy me coupe dans mon élan.

— Non ! Ne fais pas ça ! Tu pourrais être empoisonné toi aussi. Ne touche pas ses lèvres.

Putain !

— Il va mourir si je ne fais rien !

— Oui ! Il n'y a aucune solution pour lui. C'est inutile.

J'observe les mouvements de sa poitrine qui s'amenuisent de plus en plus. Ils sont proches du néant. Son cœur suivra.

— Il ne sait plus parler ? Déjà ?

— Non, c'est rapide. Le poison est entré dans ses poumons directement quand il a respiré la fumée du cigare. Il est passé dans le sang et... on ne peut rien faire.

Elle sourit dans le vide. Elle en a fini de sa vengeance. Moi, je ne découvrirai jamais ce que j'espère savoir depuis plus de dix ans et elle sourit, putain ! Je veux savoir, lui extirper les mots, mais il est figé.

Celle pour qui je suis prêt à tout, pour qui je pourrais tuer, celle à qui je souhaite tout offrir, celle que j'aime me poignarde en plein cœur. Et elle sourit en observant mon père crever. Et elle s'en moque royalement, indifférente à mon malheur.

— Je ne saurai jamais où se trouve Ambre ?

La déception s'entend dans ma voix. Mon corps martyrisé par le passage à tabac se glace. Elle me regarde, sort finalement de sa transe. Je suis cassé physiquement et blessé encore plus moralement. Elle vient de piétiner mon dernier espoir.

Elle bouge, va vers le tas de débris de son sac, fouille dedans fébrilement.

— Tiens ! Je voulais te le donner en cadeau ce matin. C'est pour ça que je suis retournée chez moi.

Elle recommence à sourire, son visage d'ange reflète le bonheur. Comment peut-elle ? C'est de la provocation. Je la déteste.

— Tu m'offres un cadeau ? Maintenant ?

Elle hoche la tête, heureuse. Mon père se meurt, et avec lui les secrets qu'il détient. Et... je craque, je hurle. Elle sursaute et recule, effrayée par l'intensité de mes réactions.

— Dégage ! Va-t'en ! Je ne veux plus te voir. Je te hais !

J'exècre son geste, ses conséquences sur ma vie, sur celle de ma sœur. Elle, je ne la déteste pas... enfin, si... je ne sais plus. La colère brouille mes sentiments.

— Mais...

— Hors de ma vue ! Je ne veux plus de toi. Tu es mauvaise ! Tu n'apportes que le malheur. Tu détruis tout ce que tu touches.

Je ne supporterais pas qu'elle reste, je pourrais être violent. J'ai réussi à me retenir la première fois quand j'ai appris qui elle était… mais maintenant… Elle vient de briser le peu d'espoir que je conservais. Je lance le collier contre la vitre qui donne sur la salle des combats. Evy le regarde tomber, ébahie.

– Je… OK… Je comprends que tu sois en colère. Il te faut du temps pour te calmer.

Ses lèvres tremblent, une larme coule. Elle se lève, contemple le corps sans vie. Mon père est mort dans l'indifférence totale. Je ne veux pas d'elle, malgré tout je ne supporte pas qu'elle pleure. Je suis pathétique.

Elle arrive à la porte, hésite, se retourne. Il ne faut pas que je croise ses prunelles couleur gris fumée, tristes et pleines de solitude, sinon je ne résisterai pas, je courrai après elle.

– Shane est venu à l'hôtel, il m'a accompagnée à l'appartement. Il a dû me suivre. Tu auras de l'aide… Je…

– Va-t'en ! Reste loin de moi… pour l'instant, je rajoute tout bas, car je sais au fond que je la reverrai. Quand je serai remis de ma colère et de ma déception.

Elle laisse le silence s'installer entre nous, comme la rancœur et la fureur. Un soupir se fait entendre.

– Je suis toxique et je ne te mérite pas. Je voulais te dire… je t'aime aussi et… accepte mon cadeau… Adieu Noah.

Evy ouvre en grand la porte, les larmes aveuglant certainement sa vision, et s'enfuit. Je reste seul quelques instants, mon cœur saigne et la perte, de mon amour et de ma sœur, creuse un trou béant dans ma poitrine. Shane apparaît, comme l'avait prédit ma traîtresse. Il jette un coup d'œil circulaire, siffle entre ses dents.

– Eh bien, t'as bien morflé, toi !

Il me redresse, et me soutient debout.

– Elle est partie, me dit-il.

– Je sais, je réponds en grimaçant, la douleur me faisant ciller. Elle a tué Lyons.

Son absence me fait mal, plus elle s'éloigne, plus je souffre.

– Ahhh ! Le roi est mort, vive le roi !

– Connard, je n'en veux pas de sa couronne de merde.

– Et tu feras quoi alors ?

– J'ai perdu la seule possibilité de renouer avec mon passé par la faute d'Evy.

– Et ? Quoi ? Tu renonces ?

Il a raison, il y a toujours des moyens et je suis maintenant libre de mes actions. Je peux la chercher sans crainte. Plus d'épée de Damoclès au-dessus de ma tête ni de menace sur ma sœur.

– Putain non, mais…

Je regarde le bureau, le vide dans ma vie ressemble à celui-ci. Tout est brisé. J'ai rejeté celle qui m'aime mais qui me fait du mal. Sa phrase tourne dans mon esprit. Elle m'aime. Je lui ai ordonné de partir. Elle avait renoncé. Je me suis détourné. Elle a dit à Lyons de ne pas fumer. J'ai refusé de l'écouter, comme mon père. Elle m'aime... Je lui ai intimé de ne plus revenir. De dégager.

Je cligne des yeux, la lumière m'éblouit, me donnant la migraine. Un petit objet brille à terre. Son collier. Je le garderai, unique souvenir de sa présence dans ma vie. Son cadeau. Que vais-je devenir sans elle ? Je viens de souffler sur la seule lueur de bonheur de ma vie, comme on éteint une bougie.

Elle m'aime. Et moi, je reste seul comme le con qui l'a rejetée.

CHAPITRE 37

EVY

Je sors dans la rue, en larmes, secouée et sans repère. Ce que j'ai attendu et manigancé depuis si longtemps est arrivé. Je ne voulais plus la mort de Lyons. Non, pour Noah, pour nous donner une chance, j'avais renoncé à mes projets. Comme quoi le destin est un salopard.

Les gorilles m'avaient cueillie devant chez moi, j'y avais fait un saut pour mettre en sécurité la clé USB et le cigare. Hors de question qu'il tombe entre de mauvaises mains. Quelle connerie ! Je suis porteuse de malheurs, il a raison, ma venue annonce la mort. Il n'y a qu'à voir la vie de Noah. Je l'ai détruite, comme je l'avais prévu, mais je le regrette à présent. Et Clara... mon cœur se serre et mon âme se flétrit en pensant à son sort. Je l'ai laissée inconsciente dans son appartement, Il faut que je la retrouve et que je sache si elle a survécu à ses blessures.

Dans ma poche, je sens un papier froissé, boulotté. Je le sors et le déplie. Ma liste. Je la regarde, je n'en ai pas besoin pourtant, je la connais par cœur. Elle ne comporte que cinq noms. Je peux en barrer quatre car j'ai leur mort sur la conscience.

* Kenny

* Cobb

* Hoggan

* Lyons

Et lui, mon amour, dont j'ai souillé l'âme et détruit les projets.

* Five...

Mon Noah.

***

Après l'appel de Lyons, j'ai été indécise. Que faire ? Y aller ? Bien sûr, pour le sauver, j'aurais échangé ma place contre la sienne sans hésiter. Mais connaissant son père, il ne l'aurait jamais libéré. Il me fallait de l'aide et j'ai accepté celle de Shane, venu me protéger. J'ai mis trop de temps à réfléchir à un plan, à convaincre son ami de me laisser retourner chez moi. Je lui ai affirmé que j'avais une solution, un moyen de tout arranger. Il n'était pas content, disant que c'était trop dangereux de s'exposer et il avait raison. Il a été très cru dans ses propos, m'annonçant sans détour que mon amie devait déjà être morte et que Noah avait sûrement des ennuis. Je ne voulais pas le croire, je ne pouvais pas me le permettre à cet instant.

Nous sommes partis chez Clara. Je devais m'assurer qu'elle allait bien. Et mon cœur s'est brisé en trouvant mon amie agonisante. Après un temps infini, Shane m'a poussée à m'enfuir, affirmant que les secours s'occuperaient de la blessée très bien sans nous. Comme je ne voulais pas quitter la ville sans essayer de sauver Noah, j'ai réussi à le convaincre de me laisser faire sans lui révéler mon secret. Juste en laissant entendre que j'avais un moyen de pression pour libérer Noah. Mon pendentif, recelant toute la comptabilité de son organisation. Lyons aurait accepté beaucoup de choses pour récupérer ces données.

Des hommes de main sont venus chez moi pendant que je récupérais tout ce que je voulais garder de ce court séjour dans cette ville maudite. Et ils m'ont invitée délicatement à un rendez-vous dans le bureau du maître du crime. En sortant dans la rue, j'ai aperçu Shane, il était resté en arrière depuis l'appartement de Clara. Il s'était caché dans l'ombre d'une porte et m'avait fait signe de me taire, un doigt sur la bouche.

Et quand j'ouvre cette porte, après avoir dit adieu à Noah, Shane est là à tenir en joue les hommes de Lyons. Voyant mon état, il hausse les sourcils de surprise. Je me retourne une dernière fois. Five est de retour, le regard froid en observant son père. Il m'a déjà rayé de son existence. Je me persuade que c'est pour le mieux. Il sera cent fois plus heureux sans moi, sans ma présence nuisible.

Je fuis hors de cet immeuble et inspire profondément. Je dois partir, reprendre le cours de ma vie. Levant le bras, je hèle un taxi. Il se gare, je m'y engouffre et le chauffeur me demande ma destination. Bonne question.

– L'hôpital général, s'il vous plaît.

Je tourne la tête, je ne dois pas regarder en arrière. Sinon je vais pleurer toutes les larmes de mon corps. Le véhicule démarre doucement, il déboîte et sort de son emplacement. Soudain, il stoppe net. Un bruit sourd résonne à l'avant.

– Bon Dieu ! Mais qu'est-ce que… ?

Je me redresse et jette un œil par-dessus l'épaule du conducteur. Shane, les deux mains à plat sur le capot, est en travers du chemin. Il contourne le véhicule et ouvre la porte.

– Où vas-tu ?

– À ton avis, je lui réponds, la voix tremblante sous l'effort que je fais pour retenir mes larmes.

– Ne fais pas cette connerie, reste.

– Il me déteste et il a raison. Je ne suis bonne qu'à foutre tout en l'air.

Shane m'observe et doit finir par conclure que je ne changerai pas d'avis.

– OK, fuis, sois une lâche et n'assume pas les conséquences de tes actes.

Son expression remplie de dégoût et de mépris me heurte en plein cœur.

– Mais tu penses à Noah ?
– Il sera mieux sans moi.

Je me force à dire ce que je crois être la vérité. Dans ma poitrine, un gouffre s'ouvre où se trouvait, il y a si peu de temps, un cœur qui revenait doucement à la vie. Les larmes s'accumulent aux bords de mes yeux. C'est si difficile.

– Foutaises ! Il est sous le choc pour le moment, mais il va réfléchir et regretter. Donne-lui du temps.
– Je m'en vais, c'est décidé.
– Dis-moi où ? Tu seras en sécurité au moins ?
– Je pars loin. Je ne connais pas encore ma destination. Il faut juste que… que tu t'occupes de Clara pour moi. Je vais à l'hôpital et si elle ne peut pas être transférée loin d'ici, ce serait bien que tu veilles sur elle… s'il te plaît !

Ma voix se brise sur ces derniers mots, la douleur me transperçant.

– Tu ne veux pas le faire toi-même ? Tu ne le regretteras pas ?
– S'il te plaît, je supplie les larmes aux yeux. Je… je n'arriverai pas à rester dans cette ville.

Je ne pourrais jamais demeurer ici et être si près de Noah sans vivre avec lui. Shane hésite puis accepte d'un hochement de tête.

– Promets-moi de m'envoyer un message pour me donner de tes nouvelles et...

Je n'ose plus rester. J'ai peur que Noah sorte, qu'il me rejette ou qu'il essaie de me retenir. L'une comme l'autre de ces possibilités me rendent folle d'appréhension. Je ne veux pas, ne saurais pas le revoir sans craquer. Je coupe son ami dans sa tirade. Je promettrais n'importe quoi pour pouvoir partir.

– Oui d'accord, je le ferai.

ÉPILOGUE

EVY

J'ai pris le premier avion, la destination m'importait peu. Je ne voulais rien, ni soleil ni luxe. Finalement, j'ai atterri sur la côte est, dans l'État du Maine. J'ai pris une suite dans un hôtel de Long Island. La chambre y est confortable, la nature est encore très brute, les habitants vivent du tourisme et de la pêche. Je pourrais me plaire ici, si j'étais dans le bon état d'esprit. Mais pour le moment, je ne vois rien. Je suis aveugle aux beautés sauvages du paysage. Je ne veux rien, ne souhaite rien. Mon cœur est brisé.

Tout est de ma faute. J'ai cru que ma vengeance m'apporterait le soulagement, un semblant de paix. Mais non, je n'ai récolté que ce que j'ai semé, le malheur et la douleur. Les jours passent et mon humeur est de plus en plus morose. Les heures s'écoulent lentement, accompagnées du seul bruit de l'horloge. La chambre est insonorisée, les lumières jamais allumées et les fenêtres demeurent fermées. Je ne veux pas sentir l'air de la mer ni écouter les cris des mouettes. Mon unique souhait est de rester là, sans bouger.

J'ai bien failli perdre ma sœur de cœur. Clara est tout pour moi, mais les conséquences de mes actes lui ont gâché la vie. Si elle ne m'en veut pas, moi je ne pourrai jamais me le pardonner. Elle m'a soutenue, même en sachant pertinemment que j'avais tort. M'a aidée en donnant de sa personne. Je me rappelle trop bien sa voix la dernière fois que je l'ai entendue, ainsi que ses marques et ses blessures. À l'hôpital, les médecins n'étaient pas certains qu'elle survive, puis après l'opération, ils m'ont affirmé qu'elle aurait des séquelles. Les cicatrices peuvent être toujours effacées par de la chirurgie plastique mais la perte de mobilité dans ses jambes leur semblait définitive.

Mes larmes souillent les oreillers à toute heure de la journée et de la nuit. Mes regrets ne la feront jamais remarcher, je ne peux pas me pardonner. Je ne le veux même pas. Quand je pense qu'elle a été si déçue de moi, que je l'ai rejetée cruellement. Mes intentions étaient louables, à vouloir l'éloigner du danger. J'ai tout raté et dans les grandes lignes. N'y gagnant que son malheur et ma tristesse.

Le téléphone résonne dans la pièce. Le courage me fuit, je ne veux pas répondre, sachant qui appelle. Il le fait régulièrement pour prendre de mes nouvelles, il l'a fait chaque jour de la semaine. Pire qu'une teigne, il s'obstine. Il vérifie si je suis bien installée, si j'ai dormi, si j'ai mangé. Mais il insiste et je craque.

— Oui, je souffle doucement.

Mes bras sont lourds, ankylosés à force de ne pas bouger. Je n'ai pas envie de me lever. Je reste sur le lit à regarder fixement le plafond ou la fenêtre. Perdue dans mes pensées, sans ressentir le passage du temps. Seuls les appels de Shane m'indiquent qu'une nouvelle journée commence.

— Tu en as mis du temps pour décrocher.
— Si tu n'es pas content, fous-moi la paix.
— Tu as mangé ?
— Oui.
— Menteuse.
— Ah... comment tu le sais ? Tu devines ou tu essaies juste de connaître la vérité en me poussant à te répondre.
— J'ai soudoyé le concierge, il me fait son rapport quotidien. Tu dois te nourrir. Tu ne tiendras pas longtemps comme ça. Pense à Clara, elle au moins, elle se nourrit pour reprendre des forces et guérir.

Son souci pour ma santé me fait chaud au cœur un court instant, puis je me souviens de tout le mal dont je suis responsable.

— Tu n'es pas mon père. Laisse-moi tranquille.

Même me disputer avec lui est trop énergivore. Je suis lasse de ma vie. Je ne veux pas parler ni penser. La seule question qui aurait de l'intérêt pour moi ne franchira pas mes lèvres. Je ne lui demanderai pas ce que devient Noah. S'il se remet de ses blessures, s'il m'a pardonné pour son père, ou s'il a déjà retrouvé sa sœur. Il a mon collier, cela devrait être facile pour lui maintenant. Et je ne demanderai pas si après tout ça, il s'inquiète encore de moi.

– Tu ne veux pas savoir comment va Noah ? me reproche-t-il enfin. Ça fait une semaine que tu t'es réfugiée au bout du monde.

– Non, il est mieux sans moi, je ne vois pas ce que je pourrais apprendre de plus. Et le Maine n'est pas si loin de tout.

Mon cœur bondit et entame une danse fébrile dans ma cage thoracique. Je le refrène et tente de couper court à ma curiosité. Je ne peux qu'être déçue. La perte de Lyons n'a pu que lui être bénéfique et il doit déjà vivre heureux avec sa petite Ambre.

– Il va…
– Non, arrête, ça me fait trop mal. Ne dis rien.
– Mais…

Je lui raccroche au nez, ne voulant pas entendre ce qu'il a à me raconter. Mon père s'est suicidé, car il ne pouvait plus supporter les images de ma torture, se sentant responsable de mes malheurs. Ma mère s'est perdue dans l'alcool. Ma Clara aurait pu être si heureuse si elle ne m'avait pas rencontrée et appréciée. Son destin n'était pas de finir en chaise roulante, sans même mon soutien ou mes excuses. Je n'ai même pas été capable – lâche que je suis – de lui parler au téléphone. À part quelques messages impersonnels, je n'ai plus discuté avec elle depuis la dispute où je l'ai rejetée. Je suis une si mauvaise amie.

Et puis Noah. À cause de ma présence dans la cave, il a été obligé d'obéir à son père et de torturer une fillette contre sa volonté et ses convictions. Je sais que ce n'est pas ma faute, mais tout a commencé pour lui ce jour-là, il en a perdu foi en la vie et en son géniteur. Ses illusions d'un monde sans horreur se sont effondrées d'un coup. Puis dix ans plus tard, je reviens et je mets à terre tout ce qu'il a construit, tout ce en quoi il rêve et à quoi il aspire. Même l'amour qu'il m'a porté, je l'ai piétiné. Je l'ai manipulé, en mentant et en évitant les réponses compromettantes. Mon amant s'est retourné contre Lyons, il a décidé que j'étais plus importante à ses yeux que tout ce qu'il avait bâti jusque-là. Il s'est battu, a saigné pour moi et je l'ai remercié en écrasant tous ses espoirs.

Je me lamente, isolée dans cette chambre. Plus je pense, plus je me morfonds. J'ai perdu à jamais mon amie et j'ai gâché toutes mes chances de vivre heureuse avec le seul homme qui m'a appris à aimer. Car je l'aime. Mon aveu dans le bureau de Lyons était sincère, tardif, mais venant du fond de mon âme.

Les souvenirs sont trop nets, ils tournent en rond devant mes yeux. Je les ferme, mais ils persistent. Mon cerveau refuse de me laisser en paix et il rejoue sans cesse le moment où Shane est arrivé dans la chambre d'hôtel, sur ordre de Noah, et les derniers instants où j'ai vu Clara sur ce lit à l'hôpital, pâle et affaiblie par les coups et la torture. Quand j'ai serré dans mes bras pour la dernière fois mon amie. Ceux-là me hantent.

***

Le soir tombe lentement, me forçant à bouger et à prendre un repas léger ainsi qu'une douche. La chaleur de l'eau me redonne un peu d'énergie. Les larmes se sont mélangées avec les gouttes et sont parties discrètement. Cette habitude de me cacher pour pleurer est difficile à perdre, c'est plus rassurant dans ce vase clos qu'est la douche.

Je dois arrêter de me lamenter sur mon sort et aller de l'avant. Mais le futur me semble si vide de sens. Que faire maintenant ? Je n'ai plus de but, l'avenir est stérile et sans espoir. Naïvement, mes projets étaient de vivre heureuse. De trouver un homme, un foyer et de commencer ma vie. Sans Noah, je ne crois pas que j'y parviendrais.

Ironique comme retournement de situation. Aujourd'hui je ne pourrais être comblée que par celui que je voulais anéantir. En conclusion, je suis l'artisan de ma propre destruction.

Sortant de la douche, je suis surprise par un craquement et un murmure dans les pièces attenantes de ma suite. Ça ne peut être ni le service de chambre ni le personnel d'étage, ils savent que je souhaite être tranquille. Et personne n'a frappé à la porte. M'habillant discrètement et rapidement d'un short et d'un t-shirt, j'attrape la barre d'un portant dans la garde-robe, essayant de ne pas faire trop de bruit avec les quelques cintres qui y sont suspendus. Ce n'est pas grand-chose, mais ça peut me servir d'arme au cas où. N'ayant pas confiance pour ma sécurité, je ne veux prendre aucun risque. Je ne serai plus une victime, je n'accepterai plus de reculer ou de me cacher.

La porte s'entrouvre silencieusement sous la poussée de ma main. Bondissant, je remarque une silhouette devant la fenêtre. Sans réfléchir ni hésiter, je frappe et vise le crâne. Un cri masculin résonne. Sans pitié, je recommence, pliant mon arme sous la force des coups.

– Aïe ! Bordel, c'est moi, Shane.

La barre est tordue, mais toujours fonctionnelle. Des bras m'entourent et me bloquent, évitant à mon ami une troisième raclée. Sursautant, je lance ma tête en arrière et atteins mon assaillant. Mon coude droit se libère et enfonce ses côtes. Je me fous de qui est derrière moi, la peur et l'adrénaline empêchent toute réflexion cohérente. Me débattant comme une folle, j'arrive à lancer ma jambe et touche le tibia de l'inconnu.

– Evy… Putain, ça fait mal !

Je reconnais cette voix et lâche mon arme de fortune. Quelqu'un allume, la lumière se fait et je constate que c'est Shane, se frottant la tête.

— Mais t'es malade de frapper comme ça !
— Mais que fais-tu ici, tu…
— Si tu ne m'avais pas raccroché au nez, j'aurais eu le temps de te dire que nous arrivions, fait-il bourru, les dents serrées.

Il râle mais je vois bien qu'il est fier de moi. Je me suis défendue de toutes mes forces. Je ne suis pas une guerrière, mais il a quand même été surpris par mon attaque.

— Nous ? je répète perplexe.

Je me retourne en retenant mon souffle, pour vérifier que mon cerveau n'a pas eu une hallucination, qu'il n'a pas inventé un mirage. J'ai cru reconnaître le timbre caractéristique de celui que j'aime, mais si je regarde et que ce n'est pas lui, la déception sera trop grande. Celui qui m'a maintenu en arrière n'est autre que Noah, en train de se comprimer les côtes et de s'effondrer dans le canapé. Il grimace sous la douleur. Son corps a déjà été soumis à rude épreuve et j'en ai rajouté une couche avec mon coude. Le soulagement s'engouffre dans toutes mes cellules, me permettant de respirer à nouveau. Des taches de lumières parsèment ma vision et je dois secouer la tête pour les chasser.

— Mais que… ?

Une émotion pointe le bout de son nez, une lueur d'optimisme que je repousse désespérément. Il n'est pas venu pour moi, ce n'est pas possible. Je ne lui apporte rien de bon. Shane me regarde, essayant de faire passer un message, mais je suis trop perturbée pour le comprendre.

— J'attends à côté, criez si besoin. Mais surtout... arrêtez vos conneries et parlez !

Il hausse les épaules et sort. Merci du soutien, mon gars. Mes jambes se vident de leurs forces. Je me laisse tomber aussi sur les coussins moelleux du divan. Noah se tourne à moitié, soulève un bras et attrape ma main, la serrant un peu trop vigoureusement. Je ne m'en plains pas. Il est là, avec moi.

— Pardon, reviens ! Je ne veux pas que tu me quittes.

— Mais tu m'as chassée loin de toi. Et tu as raison, je suis mauvaise.

Je lui soustrais mes doigts, recule contre le dossier, créant un espace bien net entre nous. Je secoue la tête. Mon cœur se serre, il souhaiterait lui appartenir, rester à ses côtés, malgré le fait que je n'apporte que des ennuis et des désillusions.

— Chut, me fait-il, j'étais en colère. Je ne pensais pas vraiment ce que je t'ai hurlé. Ne me laisse pas !

Mon homme est dans un sale état. Les bleus ont viré dans de jolies teintes de violets et de verts, ses poignets sont bandés, une attelle entoure une de ses jambes par-dessus son jeans. Son genou a subi pas mal de dégâts lors de son passage à tabac dans le bureau. Lui qui, d'habitude, est souple et si à l'aise, est raide comme un piquet. Ses blessures le font encore souffrir et j'ai envie de le prendre dans mes bras, de le câliner, de l'embrasser et de rester près de lui aussi longtemps qu'il le souhaitera.

– Cette semaine a été un enfer sans toi.

– Je...

Je veux lui dire que je serais toujours là, que nous trouverons des solutions, mais mon regard est attiré par le collier qui dépasse de son t-shirt. Il a changé la chaîne, mais il porte autour de son cou mon pendentif. Ah ! Voilà la raison de ce retournement : il a compris.

– Non.

Ce seul mot qui sort de mes lèvres dévoile ma résolution. Je suis déçue, mon cœur se brise, mes certitudes s'effritent. Je ne supporterais pas qu'il soit venu uniquement parce qu'il est reconnaissant. Non, j'aurais préféré... je rêve d'être le centre de son monde, mais je n'ai que la deuxième place. Comment rivaliser avec une sœur disparue ? Je n'ose l'imaginer ni le souhaiter. Il a souffert, s'est vendu pour elle. Il surprend mes yeux posés sur le bijou, vois mon visage fermé et triste.

– Je l'ai gardé en souvenir. Il est laid et trop féminin, mais je ne pouvais pas m'en séparer.

– Tu reviens à cause de lui...

– Comment ? il m'interrompt en secouant la tête. Non, je suis venu car, même si tu as détruit toutes les chances pour moi de retrouver Ambre, je ne peux pas vivre loin de toi. J'ai besoin de toi.

– Je ne comprends pas, Ambre n'est pas avec toi ?

Il fronce les sourcils et une lueur de douleur traverse ses yeux verts.

– J'ai encore du mal à admettre que c'est terminé, ne remue pas le couteau dans la plaie, s'il te plaît. Malgré tout, je suis ici pour toi.

– Pour moi ?

Je dois lui paraître débile à reprendre ses paroles. Alors si ce n'est pas pour le collier, s'il n'a pas découvert le secret qu'il recèle, pourquoi est-il là ?

– Tu ne me croiras peut-être pas mais je n'ai compris que je ne pouvais pas vivre sans toi qu'après m'être relevé et m'être répété tes dernières phrases.

– Oui, accepte mon cadeau, je lui redis mes derniers mots.

La déception me rend amère.

– Non ! il me coupe. Tu as dit que tu m'aimais. Il m'a fallu un peu de temps pour entendre ton aveu par-dessus ma colère.

Il se rapproche vivement en se crispant, met sa main sur ma joue et tourne mon visage vers lui.

– Evy, je t'aime ! Je ne voulais pas te blesser avec mes paroles. La fureur m'a submergé, mais il y a une chose que je sais, tout au fond de moi : rien ni personne ne pourra me séparer de toi. Ni les coups durs, ni tes actes, ni le destin.

Pour chaque mot, il dépose un baiser sur mes lèvres tremblantes.

– Mais pourquoi me laisser partir ?

– Dès que Shane est arrivé, il m'a secoué, m'a fait la leçon, mais je ne pouvais pas te rattraper.

J'étais K.-O., mes blessures trop importantes. On m'a envoyé à l'hôpital pendant quelques jours et il a veillé sur toi, pour moi. Et puis... je devais te laisser réfléchir à ce que tu désires, à ton futur. Tu n'avais que ta vengeance en tête depuis dix ans. Et maintenant ?

Cette déclaration brise mes résolutions. Je l'aime, je ne peux pas, je ne veux pas vivre sans lui. Je me ferai pardonner.

– Noah, je t'aime moi aussi.

Il m'embrasse avec passion sur ce petit canapé, malgré ses blessures. Sa langue joue avec la mienne, ses mains sont dans mes cheveux. Je le serre et il grogne contre ma bouche.

– Pardon, je souffle. Je voulais te l'avouer dans la chambre d'hôtel et même avant, mais tu ne voulais rien entendre. Tu refusais que je te parle de ta sœur et de mes projets pour... ton père. J'avais renoncé... Je...

Il coupe le flot de paroles qui s'échappe de mes lèvres, m'embrassant à perdre haleine, à perdre la tête et le cœur.

– Je suis autant coupable que toi. Je te pardonne pour Ambre. Je trouverai une solution et finirai bien par avoir une piste.

– Ce jour-là, je t'ai dit d'accepter mon cadeau, tu te souviens ?

– Oui..., me répond-il perplexe.

– Rends-le-moi.

Je tends la main. Soulevant les siennes doucement pour éviter d'augmenter la douleur de ses côtes, il décroche le bijou, le serre dans sa paume un instant puis me le remet avec hésitation, comme s'il s'était habitué à le garder et que s'en séparer lui était difficile.

— Tu es un homme intelligent Noah, mais parfois tu passes à côté du plus important. Je ne t'ai pas offert, en cadeau d'adieu, un simple collier kitch.

Manipulant le petit chat décoré de faux diamants, je détache sa tête et la chaîne, de son corps dodu. En continuant mes explications, je montre à mon chéri ce que dévoile son gros ventre : une clé USB.

— Mon présent n'était pas juste un souvenir, c'était la réponse à tes recherches, l'aboutissement de ta quête.

— Que… C'est…

La tension de son corps le quitte et Noah se laisse retomber dans le fauteuil. Avachi, il lui faut quelques secondes pour percuter. Je constate que ses doigts tremblent quand il récupère le mystérieux chat.

— Oui, c'est toute la mémoire du PC de Cobb. Je suis allée la récupérer pour avoir une monnaie d'échange, pour que Lyons te libère. C'est pour ça que j'ai mis du temps à arriver au bureau de ton père.

Mon aveu entraîne un éclat de rire vite stoppé par la douleur. Il m'offre à la place un baiser brûlant.

– Shane, ramène-toi, crie-t-il subitement vers l'entrée.

Son ami arrive assez rapidement, devant attendre l'épilogue de notre histoire avec impatience. Il passe la tête puis approche avec un rictus sur les lèvres, notre position enlacée lui ayant donné la réponse qu'il voulait. Shane nous interpelle avec un grand sourire :

– Bon, alors les tourtereaux, j'y vais ou pas ? Je ne vais pas rester ici, à tenir la chandelle.

– Oui, tu te barres, confirme mon compagnon en lui tendant le collier. Fouille là-dedans et trouve ma sœur.

Il ne lui faut que quelques secondes pour comprendre la portée des paroles de Noah.

– Bordel, Evy, t'en as encore beaucoup des surprises pareilles ?

Il détaille le bijou et rigole. Secouant ses cheveux bruns, il relève les yeux vers nous et nous observe, hilare et un peu incrédule.

– Et dire que Noah se lamentait sur son sort en songeant à toi. Tout le temps que j'ai dû le tenir dans ce lit d'hôpital, à le forcer à rester immobile. Il ne pensait qu'à te retrouver pour se faire pardonner ses paroles trop cruelles. Il n'avait même pas compris ce qu'il avait entre les mains.

– Pareil pour toi, mon pote ! Tu aurais pu deviner, de nous deux, c'est toi le geek, réplique Noah avec un sourire éclatant.

Les paroles de Shane me rendent heureuse, je suis donc vraiment la raison de sa présence ici. Il ne savait rien et ne voulait que moi. Je me laisse aller et embrasse mon amant, mon compagnon. Il me répond avec avidité et nous oublions la présence de notre ami.

– Bon, eh bien, je me barre ! Le spectacle est sympa, mais je n'ai pas toute la journée, moi ! Même si vous êtes mignons.

Je ris. Il y avait longtemps que ce son n'était pas sorti de ma bouche de façon si naturelle. Noah fait un signe et Shane s'en va.

– Qu'est-ce qu'on fait maintenant ? je demande en fermant les yeux.

– Pour l'instant, on se repose, je me soigne et tu récupères. Puis on attend que Shane ait fini d'analyser ta clé USB.

– Et on ira chercher Ambre ?

– Oui, on la ramènera chez nous.

À ces mots, une vague de bonheur me submerge, une sensation de chaleur se répand en moi.

REMERCIEMENTS

Remerciements, quel mot étrange et exotique. Ce sont mes premiers et j'espère, pas les derniers. Je n'aurais jamais osé rêver un jour en écrire. L'aventure de ce texte a commencé avec Fyctia, un concours surprenant et magique. Puis ce fut l'autoédition avec Stories by Fyctia. L'équipe de Stories a été formidable et d'un soutien sans faille (merci à eux). Et maintenant *Five* prend son envol en édition papier !

Alors…

Merci à mon éditrice Lea, tu as su me rassurer et remettre de l'ordre dans mes idées et mes phrases. Merci pour ton sourire, tes commentaires et tes renvois vers ce qui me semble être l'un de tes meilleurs amis, le *Larousse*.

Merci à vous les filles, vous qui me soutenez dans les moments plus difficiles et qui me faites rire quand le soleil brille. Estelle, Alexia, Lisa, sans vous mes journées seraient grises et ternes.

Merci Camille de m'avoir poussée depuis le début à croire à cette histoire et m'avoir mise en avant.

Tu m'as encouragée et convaincue de continuer à écrire. Ta gentillesse, tes hashtags et tes propres livres sont pour moi une source d'inspiration. Bon, OK, je ne serai jamais aussi douée que toi en folie douce mais je serai toujours ta fan.

Merci Flora, pour ton œil d'aigle et ta faculté à pointer les faiblesses. Tu es la meilleure bêta lectrice, une tueuse ! Et une amie précieuse, ne l'oublie jamais. (PS : crois en toi autant que tu crois en nous !)

Merci à toi, Maloria. Tu sais ce que tu représentes pour moi, mon amie, ma jumelle. Sans toi, *Five* serait encore dans la mémoire de mon PC. Grâce à toi et ton amitié à toute épreuve, j'ai repris mon texte, je me suis lancée dans cette aventure d'autoédition et j'ai réussi à la mener à son terme. Sans toi, je serais restée sur le résultat du concours (qui était déjà génial en soi) et je n'aurais jamais pensé à être éditée ou m'autoéditer. Nos discussions sans fin, nos débats sur Five et Evy, sur les moindres détails et motivations… je n'aurais jamais eu une histoire aboutie et (j'espère) cohérente sans ta présence. Tu es essentielle à mon processus de création mais aussi à mon humeur. Plus qu'une bêta, tu es une véritable amie. Tu es ma Clara.

Merci aussi à mon chéri et mon petit homme qui m'ont soutenue dès le début de cette aventure. Ils ont beaucoup de courage de vivre avec moi et de supporter mes obsessions.

L'année a été difficile et étrange. *Five* a été bien accueilli en numérique et ce fut pour moi une grande joie, mais dans le même temps je perdais mon papa, disparu trop tôt. Il était si fier et si confiant dans le succès de mon livre. Malheureusement, il n'aura pas eu la joie de voir confirmer ses prédictions. Je lui dédicace donc ce livre. Papa, tu vois, tu avais raison.

Pour finir, j'aimerais remercier mes premiers lecteurs (lectrices) sur Fyctia et ceux/celles qui m'ont suivie sur Wattpad. Grâce à vos encouragements, vos demandes répétées pour avoir la suite, j'ai fini par accepter que peut-être ma plume et mes personnages étaient aimés.

Merci de tout cœur.

Kiss

Marjy

*Composition et mise en pages
Nord Compo à Villeneuve-d'Ascq*